U0329957

生活·讀書·新知 三聯书店

瞿小松 ⋯⋯⋯⋯

之间

著

图书在版编目（CIP）数据

之间／瞿小松著. —北京：生活·读书·新知三联书店，
2021.5
　ISBN 978 - 7 - 108 - 06847 - 7

Ⅰ．①之… 　Ⅱ．①瞿… 　Ⅲ．①古典文学－文学欣赏－中国
Ⅳ．① I206.2

中国版本图书馆 CIP 数据核字（2020）第 075532 号

责任编辑　李静韬
装帧设计　康　健
责任印制　徐　方
出版发行　**生活·讀書·新知** 三联书店
　　　　　（北京市东城区美术馆东街 22 号　100010）
网　　址　www.sdxjpc.com
经　　销　新华书店
印　　刷　北京隆昌伟业印刷有限公司
版　　次　2021 年 5 月北京第 1 版
　　　　　2021 年 5 月北京第 1 次印刷
开　　本　880 毫米×1230 毫米　1/32　印张 14.375
字　　数　196 千字
印　　数　0,001－3,000 册
定　　价　59.00 元
（印装查询：01064002715；邮购查询：01084010542）

目　录

自 序

习书法的讲："功夫在字外。"

写诗的有言："功夫在诗外。"

我是音乐人，却爱读闲书，不务正业，所以时常借口：功夫在声外。

几十年人生走过，更有深切体会，之间，是一微妙地带，随意，自在。

这本小书，正是处于之间的阅读与写作。

阅读与写作，是很个人的事。既然是个人的私事，就有个人之私的局限与浅陋。只是它真实。真实的阅读，真实的体会。

陶渊明笔下五柳先生，"好读书，不求甚解，每有会意，便欣然忘食"。

就诗词而言，我是一地地道道的门外汉，"偶读诗，不解格律，每有会意，便欣然击节"，故而文中"诗体"之"和"，意会、意和而已。

权以《之间》，附上不解格律之"诗作"，与不求甚解之会意。当然，也借题发挥。

本人本业在音乐。神游之间，不滞于业，无体，无界，无边。会意而不滞规矩方圆，其乐无穷，其妙无穷。

不以庄周为"哲学"，不以陶潜为"田园"，不以苏轼为"豪放"；不以老庄为"东"，不以耶稣佛陀为"西"；不以道、释、基督之信实为"古"，不以当代自然科学为"今"。智慧与悲悯，非东非西，非古非今，无大无小，无高无低，无边无界，所以即东即西，即古即今，即大即小，即高即低。一如庄子所言："道，无所不在。"

庄子笔下的庖丁，"以神遇而不以目视"，刀行于之间，顺其自然而自由之，所谓游刃有余。

文惠君情不自禁赞叹：了不得！技术怎能到这样的地步？

庖丁答：臣所为，看起来近乎技。道，臣之所好者。

处于之间，游于之间，安于之间，出入来去自如，尽享微妙于其间。

上篇　会意陶潜

诗选

四言

（五首）

一　停云

停云，思亲友也。罇湛新醪①，园列初荣②。愿言不从③，叹息弥襟。

> 霭霭停云，蒙蒙时雨④。
> 八表同昏，平路伊阻⑤。
> 静寄东轩，春醪独抚⑥。
> 良朋悠邈，搔首延伫⑦。

> 停云霭霭，时雨蒙蒙。
> 八表同昏，平陆成江。

有酒有酒，闲饮东窗。

愿言怀人，舟车靡从⑧。

东园之树，枝条载荣⑨。

竞朋亲好，以怡余情⑩。

人亦有言，日月于征⑪。

安得促席，说彼平生？

翩翩飞鸟，息我庭柯。

敛翮闲止，好声相和⑫。

岂无他人，念子实多。

愿言不获，抱恨如何。

注

① 罇（zūn）：古代盛酒之器。湛（zhàn）：清澈。醪（láo）：浊酒。

② "园列初荣"：园内树草初萌嫩芽。

③ "愿言不从"：言难尽意。

④ 霭霭（ǎi）：云气阴幽。停云：悬而不去之云。时雨：季节雨，此处指春雨。

⑤ 八表：东、南、西、北、东南、东北、西南、西北，八方。"八表同昏"：八方昏暗。

⑥ 抚：持，把盏。独抚：独酌。

⑦ 悠邈：遥不可及。延伫：痴立。

⑧ 靡（mǐ）：无。"舟车靡从"：舟车俱无。

⑨ 载：起始。荣：生发。载荣：新春生发。

⑩ 竞朋：高朋。亲好：亲朋好友。

⑪ 征：行。"日月于征"：日往月运，岁月穿梭。

⑫ 翮（hé）：翅膀。敛翮：收敛翅膀。

会意（一）

"风"于《诗经》,《诗经》于古今中外之诗，朴、实、淳、简、敛，节奏流畅，生动自然，不饰虚语，境象清纯素净。

素净之境，生自拙朴之心。

魏晋以降，至唐、宋，拙朴式微。

幸好，古往今来，山间田头乡里，拙朴只是天然。

陶渊明自述"性本爱丘山"，后又弃绝仕途而归田躬耕。田间山野，身心自适，故而素朴自在。其行，其诗，朴、实、淳、简、敛，中国历代诗杰，恐怕无出其右者。

我的体会，陶公诗，近《诗经》者，以四言为最。用语真朴，节奏流畅，境象素净，生动，自然。

会意（二）

以音乐人之耳听去，"风"的节奏，溪水般清澈无节的十六分音符，其和顺流畅，得益于诗句的均匀重复。比方说《周南》之《芣苢》：

采采苯苢，薄言采之①。

采采苯苢，薄言有之。

采采苯苢，薄言掇之②。

采采苯苢，薄言捋之③。

采采苯苢，薄言袺之④。

采采苯苢，薄言襭之⑤。

注

① 采采：丰茂。苯苢（fú yǐ）：草，又名"车前"，古人信其草籽
能令妇人怀孕。

② 掇（duō）：拾。

③ 捋（luō）：抹脱。

④ 袺（jié）：提衣襟以承物。

⑤ 襭（xié）：翻转其衣襟别于腰带以盛物。

会意（三）

均匀的重复之中，每一下句换一单字，一字一个动作，所
有动作同一行为。用语素朴实在，节奏流畅轻盈，意趣生动妙绝。
不妨以此看看《停云》第一、二段之起首：

霭霭停云，蒙蒙时雨。八表同昏，平路伊阻。

停云霭霭，时雨蒙蒙。八表同昏，平陆成江。

第一、二与第五、六句，词序有调换，状态有极精微的迁化（迁，移动、游弋；化，变异、幻化），隐见匠心。第四、八句，每句换三字，较《茉莒》稍多。然，节奏流动顺畅，用语朴、实、淳、简、敛，不饰虚语，意趣一脉相承。

后人有论云，《停云》堪称《诗经·秦风·蒹葭》以降"千古怀人之作"。

蒹葭 ①

蒹葭苍苍，白露为霜。
所谓伊人，在水一方。
溯洄从之，道阻且长 ②。
溯游从之，宛在水中央。

蒹葭萋萋，白露未晞 ③。
所谓伊人，在水之湄 ④。
溯洄从之，道阻且跻 ⑤。
溯游从之，宛在水中坻 ⑥。

蒹葭采采，白露未已 ⑦。
所谓伊人，在水之涘 ⑧。
溯洄从之，道阻且右。

溯游从之，宛在水中沚⑨。

注

① 蒹(jiān)：没有长穗的芦苇。葭(jiā)：初生芦苇。

② 溯(sù)：逆流。

③ 萋萋：丰茂。晞：干。

④ 湄：水草交接处。

⑤ 跻(jī)：高耸。

⑥ 坻(chí)：水中小沙洲。

⑦ 已：止。

⑧ 涘(sì)：水岸。

⑨ 沚(zhǐ)：水中小陆地。

以《秦风·蒹葭》看陶潜《停云》，用语与意境，血缘似更亲近。

诗，言志抒怀。陶公以小序自白："停云，思亲友也。"

"静寄东轩，春醪独抚。良朋悠邈，搔首延伫。"

幽幽悬云，蒙蒙春雨，寂寞独酌，微醉痴立，怀想遥不可及的挚友，此境，情悠意醇，细入毫末，邀人同饮春醪，微醺而忘江山岁月。

"叹息弥襟"，言有尽兮思无穷，"停云"的念想，淡去阴幽的云气，随蒙漠雾雨，渐远，渐隐。

二　时运

时运，游暮春也。春服既成，景物斯和。偶景独游，欣慨交心^①。

迈迈时运，穆穆良朝^②。
袭我春服，薄言东郊^③。
山涤余霭，宇暧微霄^④。
有风自南，翼彼新苗^⑤。

洋洋平津，乃漱乃濯^⑥。
邈邈遐景，载欣载瞩^⑦。
人亦有言，称心易足^⑧。
挥兹一觞，陶然自乐^⑨。

延目中流，悠想清沂。
童冠齐业，闲咏以归^⑩。
我爱其静，寤寐交挥^⑪。
但恨殊世，邈不可追。

斯晨斯夕，言息其庐。
花药分列，林竹翳如^⑫。
清琴横床，浊酒半壶^⑬。

黄唐莫逮，慨独在余 ⑭。

注与疏

① 偶景：人景成双。"偶景独游，欣慨交心"：触景感怀。人景虽成双，优游叹孤独。

② 时运：日往月运，时节更替。迈迈时运：时迁季移，岁月悠悠。穆穆：美好。良朝（zhāo）：清新之晨。

③ 袭：穿。薄言：轻语。

④ 宇：天宇。暧（ài）：暗昧。霄：云气。

"山涤余霭，宇暧微霄"：群山如洗，云淡天高。

⑤ "有风自南，翼彼新苗"：有风南来，新苗拂动如鸟翼。

⑥ 濯（zhuó）：洗。"洋洋平津，乃漱乃濯"：大水森森，清澈寂寥。

⑦ "邈邈遐景，载欣载瞩"：山水萧淡简远，引人神怡心旷。

⑧ "人亦有言，称心易足"：神游天外，夫复何求？知足当下，何虑时空？

《道德经》有言："祸莫大于不知足，咎莫大于欲得。故知足之足，常足矣。"

⑨ 觞（shāng）：饮酒之具。

"挥兹一觞，陶然自乐"：举杯畅饮，怡然自适。

⑩ 童：小儿。冠：成人。"童冠齐业，闲咏以归"：长幼皆毕其事，悠闲自在吟咏往还。

⑪ 寤（wù）：醒，觉。寐（mèi）：眠。寤与寐，寂寂浑然。修静功夫了得！

⑫ 翳如：茂密成荫。"斯晨斯夕，言息其庐。花药分列，林竹翳如。"后世苏轼有对子："宁可食无肉，不可居无竹。"以东坡居士之眼看渊明居所，可谓真文士清幽情操。

⑬ "清琴横床"：晋人好琴，文士讲究"左琴右书"。

据称陶渊明屋内墙上，挂有一张无弦之琴，以供抒怀。

⑭ 黄：黄帝。唐：唐尧。逮：及。

"但恨殊世，邈不可追"，"黄唐莫逮，慨独在余"：古圣先哲作古久远，邈不可追。但恨无缘同世，唯有独面天宇，慨然浩叹。

和

天宇本虚，岁月空幻。
挥兹一觞，山河烂漫。

致虚之极，守静之笃①。
廓然无圣，因何兴叹②？

注

① "致虚之极，守静之笃"，语出老子《道德经》：致虚极，守静笃。万物并作，吾以观复。夫物云云，各复归其根……

② 当年禅宗祖师菩提达摩西来中土，见梁武帝。武帝问："何为圣谛第一义？"菩提达摩回："廓然无圣。"梁武帝不会。菩提达摩起身，一苇渡江而去。后世禅家以话头参禅，有一著名话头："如

何是祖师西来意？"

三　归鸟

翼翼归鸟，晨去于林。
远之八表，近憩云岑①。
和风弗洽，翻翮求心②。
顾俦相鸣，景庇清阴③。

翼翼归鸟，载翔载飞。
虽不怀游，见林情依。
遇云颉颃，相鸣而归④。
遰路诚悠，性爱无遗⑤。

翼翼归鸟，驯林徘徊。
岂思天路，欣及旧栖。
虽无昔侣，众声每谐。
日夕气清，悠然其怀⑥。

翼翼归鸟，戢羽寒条⑦。
游不旷林，宿则森标⑧。
晨风清兴，好音时交。
矰缴奚施，已卷安劳⑨。

注与疏

① 岑（cén）：小高山。

② "翼翼归鸟，晨去于林。远之八表，近憩云岑。和风弗洽，翩翩求心"：翩翩归鸟，朝离丛林。远翔八方，小憩峰岭。逆风舒翼，觅心印心。

③ 俦（chóu）：伴侣。景：同"影"。"顾俦相鸣，景庇清阴"：知音会意，知音相鸣，息影于林，托庇清阴。

④ 颉（xié）：鸟之上飞。颃（háng）：鸟之下飞。颉颃：上下翱翔。

⑤ 遐：悠远。性：天然本性。依恋山林，鸟之真性。

"遇云颉颃，相鸣而归。遐路诚悠，性爱无遗"：颉颃入云，相鸣归林。路途悠远，但随天性。

⑥ 驯：意为顺、依循。

"翼翼归鸟，驯林徘徊。岂思天路，欣及旧栖。虽无昔侣，众声每谐。日夕气清，悠然其怀"：不思天路，欣归旧营，翼翼归鸟，欢飞绕林。知音同返，声声相应，朝暮气清，养我悠情。

⑦ 戢（jí）：收敛。

⑧ 森：丛林。标：树。

⑨ 缯（zēng）：古代射鸟之箭。奚：疑问词，何。

"缯缴奚施，已卷安劳"：翼翼归鸟，喜得知音，绕林欢飞，倦而安歇。

人，收你弓箭，弃尔凶器。

会意

鸟依丛林，性爱无遗。

陶潜爱丘山，矢志不渝。

《归鸟》之鸟，喜归旧林，托庇清阴。

渊明陶潜，终还故里，耕田归隐。

自悠悠上古，中国多隐士。

《庄子·齐物论》里头，子綦隐修坐忘，仰天长嘘，为弟子解天地人籁。

另有《让王》，大舜让王位予善卷，善卷不受。

舜以天下让善卷。

善卷曰："余立于宇宙之中，冬日衣皮毛，夏日衣葛绤（细葛布）。

"春耕种，形足以劳动。秋收敛，身足以休食。

"日出而作，日入而息，逍遥于天地之间，而心意自得。吾何以天下为哉？

"悲夫，子之不知余也。"

遂不受。于是去而入深山，莫知其处。

子綦、善卷、陶潜，千古同志。

翼翼归鸟，晨去于林。远之八表，近憩云岑。

和风弗洽，翻翩求心。顾俦相鸣，景庇清阴。

翼翼归鸟，驯林徘徊。岂思天路，欣及旧栖。

虽无昔侣，众声每谐。日夕气清，悠然其怀。

《归鸟》之鸟，远翔八方，小憩峰岭，逆风舒翼，觅心印心。

有志者事竟成。

"归鸟"喜逢知音，欣归旧林，相应相呼，共栖清阴。

渊明陶潜，其神得千古同志。弃官归田，更喜逢同路素心人："农务各自归，闲暇辄相思。相思则披衣，言谈无厌时。"真个"虽无昔侣，众声每谐"。

四 荣木

荣木①，念将老也。日月推迁，已复九夏②。总角闻道③，白首无成。

采采荣木，结根于兹④。

晨耀其华，夕已丧之。

人生若寄，憔悴有时⑤。

静言孔念，中心怅而⑥。

采采荣木，于兹托根。

繁华朝起，慨暮不存。

贞脆由人，祸福无门⑦。

匪道曷依，匪善奚敦⑧。

嗟予小子，禀兹固陋⑨。

徂年既流，业不增旧⑩。

志彼不舍，安此日富⑪。

我之怀矣，怛焉内疚⑫。

先师遗训，余岂云坠⑬。

四十无闻，斯不足畏⑭。

脂我名车，策我名骥⑮。

千里虽遥，孰敢不至⑯！

注与疏

① 荣木：落叶灌木，名"木槿（jǐn）"。

② 九夏：夏季九十天。

③ 总角：童子，束发为结。

④ 采采：丰茂。

⑤ "人生若寄，憔悴有时"：人生一如荣木，"晨耀其华，夕已丧之"。

⑥ "静言孔念，中心怅而"：静思人生世事无常，内心难安。

⑦ 贞：强硬。脆：脆弱。"贞脆由人，祸福无门"，古人云："祸

福无门，惟人自召。"言与行，生于心，发于心。贞、脆，祸、福，只在一念，决于一念。

⑧ 匪：非。曷：何。敦：勉励。"匪道曷依，匪善奚敦"：道法自然，无所依。本善自在，不须勉。

⑨ "嗟予小子，禀兹固陋"：自嘲秉性顽劣。

⑩ 徂（cú）：过去。"徂年既流，业不增旧"：岁月流逝，一无长进。

⑪ "志彼不舍，安此日富"：若不舍弃自幼所闻之道，必将日有所成。

⑫ 怛（dá）：忧伤，悲苦。"我之怀矣，怛焉内疚"："总角闻道，白首无成"，难能不忧。

⑬ "先师遗训，余岂云坠"：前贤先圣，无一不是先师。

老子有言："上士闻道，勤而行之。中士闻道，若存若亡。下士闻道，大笑之，不笑不足以为道。"

前贤先圣的教诲，宇宙人生的至理，既已闻道，自当勤而行之，岂能言退。

此处"先师"，当实有所指，极有可能是一隐迹高人。

⑭ "四十无闻，斯不足畏"：典出《论语》，"四十五十而无闻焉，斯亦不足畏也已"。此语，不过借先人之言而自嘲。

⑮ "脂我名车，策我名骥"：先师的智慧教诲，如油脂润我车轴，如响鞭驱我骏马。

⑯ "千里虽遥，孰敢不至"：后世弘一法师有偈，"日日行不怕千万里，常常做不怕千万事"。

会意（一）

后世学界议论，说东晋文士崇尚"儒玄双修"。我的会意，以此说附会陶潜以及竹林七贤之类放浪形骸于山林田土之士，极易导出似是而非的解读。

阮籍曾有言明志：礼，岂为吾辈所设！

而渊明陶潜，弃儒归道，更显明昭彰寓于言表。

其一，以《时运》"人亦有言，称心易足"句，会意老子《道德经》：

祸莫大于不知足，咎莫大于欲得。故知足之足，常足矣。

不攀不慕，知足常足。

以陶公诗文与其毕生所为看，"称心易足"，精气内聚，自有其实实在在的体悟，绝非仅人云亦云的浅层感叹。

"我爱其静，寤寐交挥。"

修静到了眠、觉俱寂的境界，陶公自有不凡的实修功夫，非仅以谈玄论虚为高之辈。

"人亦有言，称心易足"，"知足之足，常足矣"。看《时运》，体会《道德经》，但见"玄"，不见"儒"。

会意（二）

其二，《荣木》：

例句一，读"晨耀其华，夕已丧之"，"人生若寄，憔悴有时"，叹万物人生无常。

无常讲变易、讲非永恒。变易、非永恒，本是天地万物生灭运行之自然。

道可道，非常道。（《道德经》）

道家之"玄"，正在于体悟天地万物生灭运行无常之自然而顺应，能借言诠非议恒常世道，体悟不可言说也不被言说的恒常天道，进而相合以归返。

视之不见名曰夷，听之不闻名曰希，抟之不得名曰微，此三者不可致诘，故混而为一……

道生一，一生二，二生三，三生万物。（《道德经》）

老子实话实说，实说实话。于倚重人伦礼法之儒士而言，以嗜好逻辑推论之古今辩士而论，老子的实话，看不见、听不到、摸不着，"言辩而不及"（庄子语），虚之复虚，玄之又玄。

于体悟天地万物之自然而修真合道之士，不可言说之道，天然本真，本然而然，了无"玄"之可谓。

恒常天道，非玄，非不玄。

例句二，以"贞脆由人，祸福无门"句，再次体会老子《道德经》：

祸莫大于不知足，咎莫大于欲得。故知足之足，常足矣。

功、名、利、禄，无欲无求。安贫守朴，其心柔顺。不以"荣"喜，不以"辱"嗔，"得"不以为"福"，"失"不以为"祸"，不攀不慕，知足常足。

心无得失荣辱忧患，意无凶吉祸福牵挂，天地间，乾坤朗朗，性逍遥，身自在，旷达、坦荡。

例句三，读"匪道曷依，匪善奚敦"，会意老子《道德经》：

善者，吾善之；不善者，吾亦善之。德善。
信者，吾信之；不信者，吾亦信之。德信。

天之道，利而不害。圣人之道，为而不争。

非善非不善，非信非不信，百物生焉至善无意，星移斗转至信无念，天之道，养万有利而不害。

善者不善者皆善意以待，信者不信者皆诚信以对，善不移，信不移，古今真人之道，顺天道为而不争。

天地相合，以降甘露，民莫之令而自均。（《道德经》）

陶公后半生，弃绝仕途之诈之争，归田躬耕，亲身体察天地万物，亲身亲历时令，亲身感悟天道。虽有"总角闻道，白首无成""我之怀矣，怛焉内疚"之忧，却也有"先师遗训，余岂云坠""千里虽遥，孰敢不至"的清明确信。

读《荣木》，体会老子，不见"儒"，但见"玄"。

会意（三）

其三，观《劝农》，且听老子《道德经》如是说：

人法地，地法天，天法道，道法自然。

人依之法，地。地依之法，天。天依之法，道。
道之法，自在浑然，自在本然。

上古初民，尧、舜与后稷，冀缺、长沮与桀溺，亲行播种养殖，稼穑躬耕。悠悠传统，陶潜深心推崇一如老庄，称之为抱朴含真的巧妙智慧，且亲践以行。孔子耻于此道而不屑为农，陶公幽默，谨表恭敬，稍事揶揄："敢不敛衽，敬赞德美。"

《论语》有一段子：子路从而后，遇丈人以杖荷莜。子路问曰："子见夫子乎？"丈人曰："四体不勤，五谷不分。孰为夫子？"

相较这位丈人，陶公远为含蓄。然其倾向，却不言自明。

观《劝农》，体会老庄，近"玄"，远"儒"。

会意（四）

《饮酒》二十首第十六有句"少年罕人事，游好在六经"，游好在六经（儒家根本经典），说的是罕解人事的少年时代。第十九另有句"畴昔苦长饥，投耒去学仕"，放下犁耙入仕，仅为暂解饥肠之苦。"是时向立年，志意多所耻"，近而立之年回首，颇以受饥肠之驱而入仕为羞。《归去来兮辞》小序更明言："尝从人事，皆口腹自役。于是怅然慷慨，深悔平生之志。"

若进一步以《归园田居》五首印证，渊明陶潜，深谙道家，是一有道修真之士，当无可疑。

朱熹讲："渊明所说者庄、老，然辞却简古。"精辟，切中要旨！

会意《饮酒》二十首，会意《归园田居》五首，会意《归去来兮辞》，渊明陶潜，厌"儒"亲"玄"，无须赘言。

会意（五）

以诗文论，陶渊明实在是一稀世之才。只是，今人以"田园诗人"浪漫解读，我的理解，却是将陶潜看单了。

他的字、词，选择精微。其择，生发自精微的触觉。

二十四节气每一时刻的临降，更替，走逝；暮云朝露，雨雾阴晴，时分细微的迁化，他像鸟兽、像花草树木一般天然感应，也以同样的敏锐，感应鸟兽，感应花草树木。

切身同在于天地万物与岁月，他的触感、体悟，细入毫末。仔细、精微地选择字与词，只为尽可能贴切地趋近感悟到的真实。他不为文而文。

所以他平实。做人，作文，都平实。没豪言，无虚饰，不作惊人之语。借庄子的说法，真人不刻意为高。

依此看，渊明陶潜，与庄子笔下子綦、善卷，千古同志。

五 劝农

悠悠上古，厥初生民[1]。
傲然自足，抱朴含真[2]。
智巧既萌，资待靡因。
谁其赡之，实赖哲人[3]。

哲人伊何？时为后稷④。
赡之伊何？实曰播殖。
舜既躬耕，禹亦稼穑⑤。
远若周典，八政始食⑥。

熙熙令德，猗猗原陆⑦。
卉木繁荣，和风清穆。
纷纷士女，趋时竞逐。
桑妇宵兴，农夫野宿⑧。

气节易过，和泽难久⑨。
冀缺携俪，沮溺结耦⑩。
相彼贤达，犹勤垄亩。
矧伊众庶，曳裾拱手⑪。

民生在勤，勤则不匮。
宴安自逸，岁暮奚冀？
儋石不储，饥寒交至。
顾尔俦列，能不怀愧？

孔耽道德，樊须是鄙⑫。
董乐琴书，田园不履⑬。
若能超然，投迹高轨。
敢不敛衽，敬赞德美⑭。

注与疏

① 厥（jué）：其。

② 傲然：确信无疑。"抱朴含真"：《道德经》有言："见素抱朴，少私寡欲。"

朴：未经刀斧雕琢的原木。喻万物未经修饰的原初状态。

真：《庄子·渔父》有言"所以受于天也，自然不可易也"。

以现今的话讲，真，即"不因意志而转移"的宇宙本元、万物本真。

以人性而言，我的体会，人之初，性本朴。这个本朴之性，便是人性之真。

"悠悠上古，厥初生民。傲然自足，抱朴含真。"

上古初民，抱朴含真，顺天时应地利，不知"仁义"，不离天然本真之根本。

自适，自足，自在。

③ "智巧既萌，资待靡因。谁其赡之，实赖哲人。"

冥冥原初浑朴之中，似有智慧顺应天理，有待先古哲人窥见。

哲人者谁？"哲人伊何？时为后稷。"

④ 后稷：时为舜帝的农官。后稷窥见的智慧，直白简单："赡之伊何？实曰播殖。"

任民自适自足之道，以实实在在的白话讲：播种，养殖。

传说先人学会播、殖，正是后稷亲手相传。

老子讲："圣人在天下歙歙，为天下浑其心。百姓皆注其耳目，圣人皆孩之。"

先古圣人，识智，践智；知道，践道。"舜既躬耕，禹亦稼穑。"

⑤ 稼（jià）：耕种。穑（sè）：收获。

《道德经》有言："圣人无常心，以百姓心为心。"

舜、禹，以悠悠上古原初民心为心，亲身务农，亲身耕种，以亲身的耕种而收获，切身与天地万物打交道，朴素而不失元真。

《道德经》另有言："圣人云：我无为，而民自化。我好静，而民自正。我无事，而民自富。我无欲，而民自朴。"

舜与禹做的事，就是百姓做的事、百姓的事。以百姓事为事，言无自语，先古帝王为无为，为无已作。

⑥ "远若周典，八政始食。"

周典，《尚书》之《周书》，列八政："一曰食，二曰货，三曰祀，四曰司空，五曰司徒，六曰司寇，七曰宾，八曰师。"八政当中，食列第一。

食从何来？播种，养殖。

躬耕，稼穑，百姓做的事、百姓的事，也是先王们的事、先王们做的事。

⑦ 王无为，民自化。王好静，民自正。王无事，民自富。王无欲，民自朴。

于是，"熙熙令德，猗猗原陆。卉木繁荣，和风清穆"。

熙熙，和也。猗猗，美也。人天和美，万物安详。

⑧ "纷纷士女，趋时竞逐。桑妇宵兴，农夫野宿。"真真是，自由自在，顺性逍遥。

⑨ 气节：节气，"二十四节气"之"节气"。

⑩ 冀缺：春秋时期晋国大夫，因故降为庶人，耕于冀野，务农如事君，农夫即大夫，辛勤尽力一般无二。且与其妻，田间地头，相敬如宾，安于农却不失操守。俪：配偶，妻。"冀缺携俪"，一时传为美谈。

沮溺：春秋名士长沮与桀溺，隐居不仕，专事耕作。结耦：二人并耕。

⑪ 矧（shěn）：况。曳（yè）：拉，扯。裾（jū）：衣服大襟。拱手：尊敬。

"冀缺携俪，沮溺结耦。相彼贤达，犹勤垄亩。矧伊众庶，曳裾拱手。"冀缺携妻躬耕，长沮与桀溺结耦，互敬若贤。乡邻乡里，文士大夫，整襟拱手，敬表尊重。

⑫ "孔耽道德，樊须是鄙。"典出《论语·子路》："樊迟请学稼，子曰：吾不如老农。请学为圃，曰：吾不如老圃。樊迟出，子曰：小人哉，樊须也。"

⑬ "董乐琴书，田园不履。"典出《汉书·董仲舒传》："少治《春秋》，孝景时为博士。下帷讲诵，弟子传以久，次相授业，或莫见其面。盖三年不窥园，其精如此。"

⑭ 衽（rèn）：衣襟。敛衽：收束衣襟，整装致敬。

会意（一）

我的体会，陶渊明所谓"劝农"，实为劝己，以诗明志而已。

田土之人世代以农为生，农作是生计，自己清楚，无须文士提示。

譬如"气节易过，和泽难久"，农人岂有不明节气之理？

光照，湿度，气温，土壤与作物细微敏感的相应，二十四节气转换迁化，细致精微。比方说"惊蛰"，冬眠植物动物的"惊醒"，一刻之间，发端"万物复苏"。又比方说，春风温软于冬，秋风清凉于夏，"立春""立秋"当日，立时不同。诸如此类，不一而足。

面朝黄土背朝天。大地青天万物，农人细心体察。不单敏感于节气的迁化与细节，农人更对禽兽作物的微妙情绪，心知肚明。于农家而言，敏锐的直觉牵涉生机。

当代作家韩少功，从城市移居山村多年，亲身稼穑养殖，四体辛勤。以一本《山南水北》，记述乡间的见闻与经历：古树的灵性，花草对情绪的反应，禽兽的性格差异，等等。其中一段，写他在门前种下数株橘树。"手心手背都是肉"，浇水，施肥，修剪，诸如此类，少功以完全同样的殷勤伺候。不料，茂盛与衰颓，长势反差之鲜明，令人不解。有位农妇对少功讲："你要对它们多讲话嘛。你尤其不能分亲疏厚薄，要一碗水端平嘛。你对它们没好脸色，它们就活得更没劲头了。"这位热心肠的农妇更警告少功，切不可对瓜果的花蕾指指点点，否则它们会烂心。眼见植物受了孕，也不能明说，弄不好它们会气死。另有农人告知少功，油菜结籽，主人不敢轻赞猪油茶油，一不留意，油菜生气，给你一大片空壳。楠竹冒笋，主人倘若夸耀剖篾编席之类竹艺，竹笋害怕，就呆死过去，已经冒出泥土的，也会黑心烂根。少功写道："关键时刻，大家都得管住自己的臭嘴。"

会意（二）

借镜韩少功书中农夫、农妇的劝导，我们不妨以一个新的视角，回看《诗经·周南》之《芣苢》：

采采芣苢，薄言采之。
采采芣苢，薄言有之。
采采芣苢，薄言掇之。
采采芣苢，薄言捋之。
采采芣苢，薄言袺之。
采采芣苢，薄言襭之。

芣苢茂盛，草籽丰满，少妇欣欣，知恩感激。怀揣吉愿，小心翼翼，拾、捡、脱、抹，正其衣襟兜，翻转衣襟别在腰里兜，所有动作，都"薄言"，轻言细语以待。

农家自在天地，懂得天地，确知万物有灵，有真知，却无意于"懂得天地，自在天地，确知万物有灵"。

庄稼人不论道，文士圣贤论道。

会意（三）

诗言志。回说《劝农》。

《饮酒》二十首最后一首有句"羲农去我久，举世少复真"。相传伏羲氏仰观天象，俯察万物，作八卦以循天律。神农氏以木亲制农具，教民务农，更亲尝百草，发明医药救死扶伤。

亲身体察并感应天地万物，与天地万物同在并悲悯深广，伏羲、神农的传统，是渊明心识的朴与真。

身心疲于仕途，感叹"羲农去我久，举世少复真"之余，陶潜决意归隐，追随羲、农、舜、禹，以稼穑为生计，以田土为道场，亲身躬耕，返璞还真。

和

日行月运，山高海深。

万物滋润，天地大恩。

上古初民，拙拙敦敦。

顺时应季，抱朴含真。

稷窥真智，简言播殖。

大舜躬耕，禹随稼穑。

星移斗转，春秋两汉，

仁兴义举，大道昧暗。

仲尼儒圣，微露轻慢，

君子小人，高评低断。

君子论礼，小人耕耘，

未识天道，朴真涣散。

渊明知真，不以为愧，

敛衣束襟，拱手称美。

性本超然，不堪高轨，

仕宦艰涩，满口苦味。

回首千古，弃官归农，

冷暖自知，矢志无回。

按 "仁兴义举，大道昧暗"诸句，典出老子《道德经》：失道而后德，失德而后仁，失仁而后义，失义而后礼。夫礼者，忠信之薄，而乱之首。

五言

（十八首）

一　归园田居　五首

（一）

少无适俗韵，性本爱丘山。
误落尘网中，一去三十年。

羁鸟恋旧林，池鱼思故渊。
开荒南亩际，守拙归园田。

方宅十余亩，草屋八九间。
榆柳荫后檐，桃李罗堂前。

暧暧远人村，依依墟里烟。
狗吠深巷中，鸡鸣桑树巅。

户庭无尘杂，虚室有余闲。
久在樊笼里，复得返自然。

会意（一）

直抒胸臆，淋漓痛快！

朱熹有言："晋宋间人物，虽曰尚清高，然个个要官职。这边一面清谈，那边一面招权纳货。渊明却真个是能不要，此其所以高于晋宋人。"

何止晋宋人物。

功、名、利、禄，得、失、毁、誉，古往今来，仕途多争、多诤、多嗔、多浑、多混、多昏。

"少无适俗韵，性本爱丘山。"

最终幡然省悟，返其真性而归真，立于历代诗杰文士间，陶渊明卓尔不群！

会意（二）

当局者迷。

清净降生，糊涂入世。"误落尘网中，一去三十年。"

陶渊明前半生，入仕十余年。这个"三十年"之"三"，后人以为有误。

不忙，不忙不忙。

与其劳心拨弄算盘，不如设身处地，尝试体会素净浑朴之心。

于素净浑朴之心而言，君臣、同僚，"建功"之欲、"立业"之志，上下左右拘绊困缚，如鱼陷巨网。仕途之苦，苦不堪言，十年乘以三百六十五，这满口苦味，又岂止三十年！

"羁鸟恋旧林，池鱼思故渊。"

如苦恋旧林的羁鸟，若悠思故渊的池鱼，误入仕途的陶渊明，郁闷啊！

旁观者清。

《道德经》有言："外其身而身存。"好个真放得下的陶潜，外其身，一如清者旁观，自觉其迷，当下立断："开荒南亩际，守拙归园田。"

弃巧守拙，绝宦归耕，陶渊明返璞还真。

这一下子，爽！

"暧暧远人村，依依墟里烟。狗吠深巷中，鸡鸣桑树巅。"渺渺人村，炊烟徐徐，深沟曲巷，鸡犬之声相闻。成都话讲：对头，只有那样巴适！

简，朴，淳，土，世外甘苦，乐者自知。

称心易足。

"方宅十余亩，草屋八九间。榆柳荫后檐，桃李罗堂前。"知足常足，常足常乐。

得闲，寂坐空阔无尘的户庭，不禁长嘘："久在樊笼里，复得返自然。"

悠哉，陶潜！

（二）

野外罕人事，穷巷寡轮鞅①。
白日掩荆扉，虚室绝尘想②。

时复墟曲中，披草共来往。
相见无杂言，但道桑麻长。

桑麻日已长，我土日已广。
常恐霜霰至，零落同草莽③。

注与疏

① 人事：仕途，机事，机心。鞅：马脖子上的皮套。轮鞅：车马。
② 荆扉：细小树条编织的柴门。

　　虚室：《庄子·人间世》有言：虚室生白。

　　有注曰："虚，心也。室，身也。白，道也。"

　　《道德经》讲："道生一，一生二，二生三，三生万物。"道是本元，无生无灭，如何由心、身而"生"？

"虚室"，身也，内空，通。"白"，气也。

"虚室生白"：以身修气，以气修真。气纯而心静，心静而致道。

《庄子·天地》中有一农夫回子贡问："吾闻之吾师，有机械者必有机事，有机事者必有机心。机心存于胸中则纯白不备。纯白不备则神生不定，神生不定者，道之所不载也。"

"纯白不备"，即真气不纯。真气不纯，则无以致道。以此看，"白"并非道，而是致道之途。

《道德经》另有言："虚其心，实其腹。"此"腹"，指丹田。丹田，藏密称"气轮"，位置在脐下约四指处。"气轮是一个核心，是通往法界，超越时空的隧道。"道虚空，无念。修道者必先将心空掉，虚如道空，此谓"虚其心"。将气下沉至丹田，令其充满，以备游走全身，并以此与道的能量合一。此谓"实其腹"。

心虚如道空，气才没障碍。所以必先"虚其心"，才能"实其腹"。

"虚室绝尘想"："绝尘想"就是虚其心，无俗念。心虚掉了，了无意念，彻底自由，虚室才能生白。

③ 霰（xiàn）：小冰粒，雪子。

会意（一）

河上公注释《道德经》，之所以明白，深契要旨，因其非寻常意义的文人学者。他修道，是一有高深功夫的实修之士。

读《道德经》，论家从外边看，他从里边看。

一如河上公，渊明陶潜，亦非寻常意义的诗人文士。

断仕途，远机心，绝尘想。陶渊明归野，自得其所。

"野外罕人事，穷巷寡轮鞅。"

山野之地，少有烦心世事。乡里穷巷，稀闻车马喧嚣。正好"白日掩荆扉"，杜门谢客，寂坐静室，清绝尘念，虚室生白，乾坤朗照。

会意（二）

"时复墟曲中，披草共来往。相见无杂言，但道桑麻长。"

山野道友，偶尔往来交游，坦荡直白，不着虚饰。相见只为切磋修真心得，不饶舌家长里短。

"桑麻日已长，我土日已广。"

但喜境界日增，不意心胸愈旷。

老子《道德经》有言，为修道者画像。

古之善为士者，微妙玄通，深不可识。夫为不可识，故强为之容：

豫兮若冬涉川。犹兮若畏四邻。严兮其若客。涣兮若冰之将释。

修真之士深知，修行如履薄冰，不慎则堕，务须谨小，慎微。此谓"豫兮若冬涉川"。

静心，内专，外交则神散。此谓"犹兮若畏四邻"。

不为主。恭敬，退避，谦让，恪守本位。此谓"严兮其若客"。

冷暖自知，收放仅在毫厘。此谓"涣兮若冰之将释"。

"常恐霜霰至，零落同草莽。"以《归园田居》第二首看，确定无疑，渊明陶潜是一修真之士，深契修行之道，不甘混同世俗。

（三）

种豆南山下，草盛豆苗稀。
晨兴理荒秽，带月荷锄归。

道狭草木长，夕露沾我衣。
衣沾不足惜，但使愿无违。

会意

舜帝将天下让与善卷。

善卷答曰："余立于宇宙之中，冬日衣皮毛，夏日衣葛絺。春耕种，形足以劳动。秋收敛，身足以休食。日出而作，日入而息，逍遥于天地之间，而心意自得。"

乐在稼穑，称心易足，善卷不屑为王，遂遁去深山。

潇洒。

陶潜悠然长嘘"久在樊笼里，复得返自然"，当然珍惜逍遥岁月。

"种豆南山下，草盛豆苗稀。晨兴理荒秽，带月荷锄归。"

或不谙农事，或爱惜野草，日出而作，日入而息，辛辛苦苦才弄得个"草盛豆苗稀"。还家路上，"道狭草木长"，晚间露水将衣衫也沾湿了。辛苦。

辛苦归辛苦，"但使愿无违"，乐者自有其乐。

庄子讲："朴素而天下莫能与之争美。"以诗歌论，这第三首，确有天下莫能与之争美之朴素。

（四）

久去山泽游，浪莽林野娱。
试携子侄辈，披榛步荒墟①。

徘徊丘垄间，依依昔人居。
井灶有遗处，桑竹残朽株。

借问采薪者，此人皆焉如②？

薪者向我言，死没无复余③。

一世异朝市，此语真不虚④。
人生似幻化，终当归空无。

注与疏

① 披榛（zhēn）：拨开丛草乱木。

② 采薪：砍柴。焉如：何往。情况怎样，哪里去了。

③ 没（mò）：淹没。

"死没无复余"，人死如灯灭，没了，干干净净，无余，什么也留不下，什么也带不走。

④ "一世异朝市"：人生一世，无异市朝。早发，人头涌动。晚收，货尽场空。

瞬间变易，没一刻停留。末了，"人生似幻化，终当归空无"。正所谓，世事无常，人生无常，一切终将返还虚空。

和

久去山泽游，逍遥化浪莽。
探知昔人居，人走见空房。

江山非常在，人生白马恍。
识得万象真，笑对有无常。

按　"人生白马恍"，语出《庄子·知北游》：人生天地之间，若白驹之过隙，忽然而已。

（五）

恍恍独策还，崎岖历榛曲①。
山涧清且浅，可以濯我足②。
漉我新熟酒，只鸡招近局③。

日入室中暗，荆薪代明烛④。
欢来苦夕短，已复至天旭⑤。

注与疏

① 策：杖。榛曲：偏僻草莽之地。

② 濯（zhuó）：洗。"山涧清且浅，可以濯我足"，典出屈原《渔父》。

③ 漉（lù）：过滤。局：处。近局：近处。

④ 日入：日落，俗话讲"太阳下山"。荆薪：柴火。

⑤ "欢来苦夕短，已复至天旭"：有常听道行深的友人讲，夜晚打坐效果超好，容易入静。入得静，心欢喜，佛家讲"法喜充满"，一眨眼，天亮了！事实上，打坐修气是比睡眠远为有效的休息。笔者曾经结交一友，整晚独自寂坐。早起，凡夫如我，睡眼惺忪，他却神气清爽，一天到晚不见他疲劳困顿。禅定或言修静功夫深的人，通宵达旦，弹指一挥。

引屈原《渔父》以会意

屈原既放，游于江潭，行吟泽畔，颜色憔悴，形容枯槁。

渔父见而问之曰："子非三闾 ① 大夫与 ②，何故至于斯？"

屈原曰："举世皆浊我独清，众人皆醉我独醒。是以见放。"

渔父曰："圣人不凝滞于物，而能与世推移。世人皆浊，何不淈其泥而扬其波 ③？众人皆醉，何不餔 ④ 其糟而歠 ⑤ 其醨 ⑥？何故深思高举，自令放为？"

屈原曰："吾闻之，新沐者必弹冠，新浴者必振衣。安能以身之察察，受物之汶汶者乎？宁赴湘流，葬于江鱼之腹中。安能以皓皓之白，而蒙世俗之尘埃乎？"

渔父莞尔而笑，鼓枻 ⑦ 而去。

歌曰："沧浪之水清兮，可以濯吾缨 ⑧。沧浪之水浊兮，可以濯吾足。"

遂去，不复与言。

"少无适俗韵，性本爱丘山。误落尘网中，一去三十年。"

幡然醒悟的陶潜，不做奔命沉浮于仕途，因失宠而颜色憔悴形容枯槁，至死仍深思高举、孤傲不悟的屈子。

"淈其泥而扬其波，餔其糟而歠其醨"，志同渔父的渊明，决然跳脱尘网，不复凝滞于物。

白日里翻山越岭披荆斩棘，乐在山野。夜晚打坐修真，通宵达旦。

"久在樊笼里，复得返自然"，渊明陶潜，恰如重返自由之大鹏，展翅奋飞而慨然放歌："沧浪之水清兮，可以濯吾缨。沧浪之水浊兮，可以濯吾足。"

遂去，不复以言。

注

① 闾：古代平民区。

② 与：通"欤"。

③ 淈（gǔ）：搅浑，扰乱。

④ 餔（bū）：食、吃。

⑤ 歠（chuò）：饮。

⑥ 醨（lí）：淡酒。

⑦ 枻（yì）：桨。

⑧ 缨：古代系帽之带。

二　游斜川

辛丑正月五日，天气澄和①，风物闲美，与二三邻曲，同游斜川。

临长流，望曾城②，鲂鲤跃鳞于将夕③，水鸥乘和以翻飞。彼南阜者，名实旧矣，不复乃为嗟叹。若夫曾城，傍无依接，独秀中皋④。遥想灵山，有爱嘉名⑤。

之间

欣对不足，率尔赋诗。悲日月之遂往，悼吾年之不留。各疏年纪乡里⑥，以记其时日。

开岁倏五十，吾生行归休⑦。
念之动中怀，及辰为兹游。

气和天惟澄，班坐依远流⑧。
弱湍驰文鲂，闲谷矫鸣鸥。

迥泽散游目，缅然睇曾丘⑨。
虽微九重秀，顾瞻无匹俦⑩。

提壶接宾侣，引满更献酬⑪。
未知从今去，当复如此不？

中觞纵遥情，忘彼千载忧⑫。
且极今朝乐，明日非所求。

注与疏

① 澄和：透朗和煦。

② 曾城：山名。即陶公家乡浔阳（今江西九江）附近曾城山。

③ 鲂（fáng）：淡水鳊鱼。

④ 皋（gāo）：水边高地。

⑤ 灵山：昆仑曾城山，仙山。"有爱嘉名"：家乡曾城非仙山，但喜名与仙山同。

⑥ 疏：比"注"更详细的注解与释意。

⑦ 开岁：四季之始，开春。倏（shū）：迅速。

　　归休：典出《庄子·田子方》，"生有所乎萌，死有所乎归"。

　　《庄子·刻意》："其生若浮，其死若休。"

　　"吾生行归休"：我这一辈子，这就要走到头了。

⑧ 班坐：依次顺坐。

⑨ 缅（miǎn）：遥远。睇（dì）：斜视，流盼，眯眼远眺。曾丘：即曾城山。

⑩ "虽微九重秀，顾瞻无匹俦"：家乡曾城山之秀美，非比仙山，然环顾左右，却也不见匹敌。

⑪ "提壶接宾侣，引满更献酬"：提壶迎宾客，酒满好敬人。

　　现今民间敬客，仍有"酒满敬人，茶满欺人"的说法。

　　所以劝酒，一定要喊："满上，满上！"

⑫ "中觞纵遥情，忘彼千载忧"：杯中自有豪情在，空樽横扫千古忧。

和

开岁倏五十，此生行归休。
早已归去来，何苦自忧愁。

气和天惟澄，坐望鲂鸥游。

之间

———

044

遥遥曾城山，独立天地悠。

提壶接宾侣，引满更献酬。
我先干为敬，诸君尽自由。

倾樽洒豪兴，醉讪千载忧。
笑看古今事，空角啜春秋。

按 "归去来"，陶潜有《归去来兮辞》。樽与角（爵），古代饮酒器。讪，讥嘲。"我先干为敬，诸君尽自由。"民间劝酒，常以客气话敬客："我干杯，你随意！"一笑。

三 乞食

饥来驱我去，不知竟何之。
行行至斯里，叩门拙言辞。

主人解余意，遗赠副虚期①。
谈谐终日夕，觞至辄倾杯。
情欣新知欢，言咏遂赋诗。

感子漂母惠，愧我非韩才②。
衔戢知何谢，冥报以相贻③。

注与疏

① 虚期：私下里的期待。

② "感子漂母惠，愧我非韩才"：韩信发达之前曾寄食一亭长之家。主妇不欢喜韩信，时常令家人提前开饭，弄得韩信时常挨饿。一专事拆洗的"漂母"看不过，数十日为韩信供食。韩信感激，誓言报恩。

③ 衔（xián）：用嘴含（飞燕以嘴含泥，一口一口构筑燕窝）。戢（jí）：收敛。衔戢：以嘴含泥，收敛羽翼，深表恭敬。

"感子漂母惠，愧我非韩才"，韩信雄才大略，当世发达。

愧我这一世，拒绝仕宦，不再会有"发达"之日。故而"衔戢知何谢，冥报以相贻"：我如飞燕，敛羽衔土，不知何以谢恩。遗愿冥世，涌泉相报。

会意

"饥来驱我去，不知竟何之。行行至斯里，叩门拙言辞。"

一代不世稀才，窘受饥肠之驱，踌躇难堪，不知如何是好。无可奈何，一步一踟蹰，笨口拙舌叩门乞食。

设身处地换位揣度，难，真难！

主人会意，施以酒食。渊明感激，赋诗表白："衔戢知何谢，冥报以相贻。"

此情此景，令人鼻酸。

渊明渊明，深渊清明。

即令落于如此窘境，也绝无重返仕途之意。

"谈谐终日夕，觞至辄倾杯"，醉去，不复言。

杰哉，渊明陶潜！

四　诸人共游周家墓柏下

今日天气佳，清吹与鸣弹①。

感彼柏下人，安得不为欢②。

清歌散新声，绿酒开芳颜。

未知明日事，余襟良以殚③。

注与疏

① 清吹：吹奏管乐器。鸣弹：弹拨弦乐器。"清吹与鸣弹"：丝竹之乐。

② 柏下人：墓中长眠者。"感彼柏下人，安得不为欢"：以心度彼，怎知墓中之人不能与我等同欢。

③ 襟：胸襟，胸怀。殚（dān）：尽。

"未知明日事，余襟良以殚"：明日之事，即令吾人殚精竭虑，也无从知晓。

世事无常。

往事已逝，不可追。明日事，难料。

故有言醒世："活在当下。"或言"把握当下"。

其实，"当下"也正逝去，无从"把握"。哈！

和

今朝云疏淡，浅吹和清弹。

冥冥柏下人，欣欣共为欢。

气煞琴弦止，雅韵清音谐。

悠悠千古事，寸心实难安。

叩问天与地，问山问大海。

寂寂兮寥寥，天问无言还。

抬头观穹宇，俯首看江山。

古有先觉者，智慧通圆满。

遥遥兮星辰，邈邈兮河汉，

万物一真性，其性本天然。

凡圣无差别，轮涅非两端。

欲知前后事，今生细细观。

意念并言行，好歹自决断。

心是同一颗，此岸即彼岸。

按　1.“轮涅非两端”：轮，轮回；涅，涅槃。《法华经》里，佛陀释迦牟尼以“火宅”喻“轮回”，以“化城”喻“涅槃”，开示轮涅皆如幻的“佛知见”。

2.“欲知前后事，今生细细观”：因果不虚，“过去”是“现在”之因，成为“果”之“现在”，是“未来”之因。

3.“心是同一颗，此岸即彼岸”：此岸喻“迷”，彼岸喻“悟”。迷、悟，同一颗心的内在转化，并非“彼此”不同的“地方”。

五　和戴主簿（五月旦作）

虚舟纵逸棹，回复遂无穷①。
发岁始俯仰，星纪奄将中②。

明两萃时物，北林荣且丰③。
神渊写时雨，晨色奏景风④。

既来孰不去，人理固有终⑤。
居常待其尽，曲肱岂伤冲⑥。

迁化或夷险，肆志无窊隆⑦。

即事如已高，何必升华嵩⑧。

注与疏

① 虚舟：无人之舟，无系之舟，无舟之舟。

以庄子的说法，虚舟，喻了无拘绊、自在遨游之士。

棹（zhào）：桨。回复：来回。

② 发岁：一年开端。

星纪：岁月。奄（yǎn）：忽然。

③ 明两：本为"离"卦，后指太阳。造成"夏火之候"（能量，生机）。

萃：聚集。时物：夏季物候。

④ 神渊：天河。写：泻。

⑤ 来、去：喻生、死。

⑥ 肱（gōng）：泛指胳膊。曲肱：弯曲胳膊做枕头，喻贫困。冲：虚，道。道，无生无灭，非始非终，恒常。

⑦ 迁化：迁移，变易，物之理，无常。夷：平，顺坦。险：陡，逆阻。肆志：任情尽意。窊（wā）：下，衰。隆：高，盛。窊隆：高下，盛衰。

⑧ 即事：临事，处世，视野，境界。华：华山。嵩：嵩山。华、嵩二山，均为传说之中得道升仙之地。

之间

050

会意

　　这位参与机要、总领大臣幕府杂事的官僚戴主簿，不知何许人士，说了些什么话，做了些什么事，引得陶公和诗如许。

　　此诗，言精词炼，意旨高远，实在忍不住，浅译以会意：

　　　　　虚舟自遨游，如意天地空。
　　　　　抬头见岁发，低头已当中。

　　　　　夏候元阳盛，草木气脉通。
　　　　　水自神渊降，云雨奏和风。

　　　　　有生必有死，人理物理同。
　　　　　居恒观有尽，贫岂碍道冲。

　　　　　无常是迁化，任情无窊隆。
　　　　　凌云天地广，何须攀华嵩。

　　僚臣主簿戴某，当真有福，得和如此，得诗如此。也该谢这位戴主簿，令后人得窥陶公心胸。

引《道德经》以和陶渊明

　　致虚极，守静笃。万物并作，吾以观复。

　　夫物云云，各复归其根。归根曰静，静曰复命，复命曰常，知常曰明。

　　　　物云云者归，归根者清扬，
　　　　清扬归根静，静兮复真性，
　　　　真性命合天，天道乃恒常。

　　　　陶潜居其常，虚极守静笃。
　　　　渊深且清明，静观万象复。
　　　　意高旨趣远，无意为仙夫。

六　连雨独饮

　　运生会归尽，终古谓之然①。
　　世间有松乔，于今定何间②？

　　故老赠余酒，乃言饮得仙。
　　试酌百情远，重觞忽忘天③。

　　天岂去此哉，任真无所先。

云鹤有奇翼，八表须臾还④。

自我抱兹独，俛俛四十年⑤。
形骸久已化，心在复何言⑥。

注与疏

① "运生会归尽"：运生，万物。归尽，复归其根。

《道德经》有言："万物并作，吾以观复。夫物云云，各复归其根。"

② 松乔：赤松子与王乔，传说中的得道仙人。

③ 忘天：典出《庄子·天地》："忘乎物，忘乎天，其名为忘己。忘己之人，是之谓入于天。"

④ 须臾：瞬间。

"云鹤有奇翼，八表须臾还"：典出《庄子·逍遥游》。

"北冥有鱼，其名为鲲。鲲之大，不知其几千里也。化而为鸟，其名为鹏。鹏之背，不知其几千里也。怒而飞，其翼若垂天之云。……鹏之徙于南冥也。水击三千里，抟扶摇而上者九万里。"

⑤ 抱兹独：安贫守朴，遗世独立。俛俛（mǐn mǐn）：勤勉。

"自我抱兹独，俛俛四十年"：陶潜生于东晋哀帝兴宁三年（365），卒于刘宋文帝元嘉四年（427），终年六十二岁。以此诗看，渊明勤勉修行四十载，自"先师"闻道当在少年。这位先师，想来实有其人，必是一道家高士。

⑥ "形骸久已化"：化形骸，典出《庄子·大宗师》。

"颜回曰：'堕肢体，黜（chù，免）聪明，离形去知，同于大通，此谓坐忘。'"

渊明坐忘，外化形骸，了无拘绊；内净心性，清明朗照。

正所谓"外化内不化"。故言："心在复何言。"

与渊明共饮

养志者忘形，养形者忘利，致道者忘心。（《庄子·让王》）

独饮疏百情，悠然忽神仙。
苍天不异我，我不异苍天。

形骸久已化，心在尚余念。
若将心也无，寂漠了无言。

陶公怀千古，千古叹陶公。
近此无相境，言语道断空。

按《金刚经》有言，"无我相，无人（他）相，无众生相，无寿者相"，开示非语言、非概念境界。于此，语言无能为力，所以说："近此无相境，言语道断空。"

七　移居二首

其一

昔欲居南村，非为卜其宅^①。
闻多素心人，乐与数晨夕。

怀此颇有年，今日从兹役^②。
弊庐何必广，取足蔽床席^③。

邻曲时时来，抗言谈在昔^④。
奇文共欣赏，疑义相与析。

其二

春秋多佳日，登高赋新诗。
过门更相呼，有酒斟酌之。

农务各自归，闲暇辄相思。
相思则披衣，言笑无厌时。

此理将不胜，无为忽去兹^⑤。

衣食当须纪，力耕不吾欺⑥。

注与疏

① 卜（bǔ）：择地而居。

② "怀此颇有年"：南村多有素心人，我这里心怀卜居之愿，已历数年。

"今日从兹役"：今日终如愿。

③ "弊庐何必广，取足蔽床席"：庐舍不必宽阔，有个立足之地，有张床睡觉，足矣。

④ 抗言：高谈阔论。在昔：今昔，现在与过去。

⑤ 理：道理。将：岂。胜：高。

"此理将不胜，无为忽去兹"：有为者自扰，无为者自安。

⑥ "衣食当须纪"：纪，打理，经营。日常所需，适时自理。

"力耕不吾欺"：不吾欺，不自欺。

一分耕耘，一分收获，实实在在的道理，童叟无欺。

会意

朴素而天下莫能与之争美。

有朴素心，识素心人。

抱朴知足，朝夕相交，共享奇文，互磋疑义，煮酒笑谈古今。痛快。

春耕，夏耘，秋收，冬储，四季农务，各自经营。

但有闲暇，"过门更相呼，有酒斟酌之"。喝高了，乘兴登高，畅赋新诗。

喜交素心人，渊明如鱼得水。

日出而作，日入而息，素心于农务，应天律，顺四时，为即无为。

天在上，地在下，逆者有为而累而败，顺者无为自安。

衣与食，日常所需，当打理则打理。

土地实在，苍天实在。一分耕耘，一分收获，稼穑实在。天地的道理，童叟无欺。

素心人明素理，自然而然。

八　和郭主簿二首（选一）

其一

蔼蔼堂前林，中夏贮清阴①。

凯风因时来，回飙开我襟②。

息交游闲业，卧起弄书琴③。

园蔬有余滋，旧谷犹储今④。

营己良有极，过足非所钦⑤。

春秫作美酒，酒熟吾自斟⑥。
弱子戏我侧，学语未成音。

此事真复乐，聊用忘华簪⑦。
遥遥望白云，怀古一何深。

注

① 蔼蔼：茂盛。中夏：仲夏。

② 凯风：南风。飙（biāo）：暴风。

③ 息交：杜绝仕途是非之交。游闲业：不事功名，弄书琴为趣。

④ 余滋：美味富足。旧谷：陈谷，上一年的稻谷。

⑤ 钦：看重。"营己良有极，过足非所钦"：衣食住行，节制有度。过度非我所求。

⑥ 舂（chōng）：将稻谷放在石臼里捣，去皮得米。秫：谷物。

⑦ 华簪：华丽的发簪，喻富贵。

会意

蔼蔼堂前林，仲夏漫清影。
南来风徐徐，飘飘掀衣襟。

久息功名念，悠游在山林。
起居远是非，旨趣在书琴。

庭园蔬有余，陈谷滋味新。
衣食有其度，过足非吾钦。

春秋作美酒，酒熟喜自斟。
幼子绕膝戏，学语音未成。

乐此堂前林，乐子牙牙语。
仲夏风起处，欣见万象真。

和

悠悠白云远，思古原初民，
春夏与秋冬，播殖四体勤。

自甘五谷饭，自美土布衣，
自安茅草庐，自乐天伦情。

邻国近相望，鸡犬声相闻，
不攀亦不慕，素心清且灵。

太虚兮寂寂，万象兮森森，
蒙漠没分断，日月天地明。

九　和胡西曹示顾贼曹 ①

蕤宾五月中，清朝起南飔 ②。
不驶亦不迟，飘飘吹我衣 ③。

重云蔽白日，闲雨纷微微 ④。
流目视西园，晔晔荣紫葵 ⑤。

于今甚可爱，奈何当复衰。
感物愿及时，每恨靡所挥 ⑥。

悠悠待秋稼，寥落将赊迟 ⑦。
逸想不可淹，猖狂独长悲 ⑧。

注

① 西曹：官名。西曹主管官员任命。贼曹：官名。贼曹主管捕拿盗贼。

② 蕤（ruí）：下垂。蕤宾：阳上，为主。阴下，为宾。

十二律中第七律，阴下，称蕤宾，指仲夏。

"蕤宾五月中"：五月在南方，已经是仲夏。此处"五月"，说的是农历五月。

飔（sī）：凉风。

③ "不驶亦不迟"：不快不慢，适中。

④ 重云：浓云。闲雨：细雨。

⑤ 晔晔：灿灿夺目。

⑥ 挥：挥洒。

⑦ 秋稼：秋耕，此时紫葵将败落。寥落：稀疏衰落。赊迟：徐缓。

⑧ 逸想：联想。淹：存留。猖狂：壮怀激烈。

会意

　　"流目视西园，晔晔荣紫葵。于今甚可爱，奈何当复衰。"这诗看似面对当下美艳夺目的紫葵，终将为徐徐衰败的无常命运而哀叹，言辞却意外地壮怀激烈："感物愿及时，每恨靡所挥。……逸想不可淹，猖狂独长悲。"

　　史上有人将此诗解为"感怀时事"，倒也令壮怀激烈的言辞不那么意外。

　　民国年间人称"四大高僧"之一的弘一法师李叔同，晚年随友人登雁荡山。

　　上得山顶，弘一法师看似情绪激荡。友人问：似有所感？答：实有所感。问：所感何事？答：家事，国事，天下事。

　　先天下之忧而忧，后天下之乐而乐。善哉出家僧弘一法师，善哉修真士渊明陶潜。

十　悲从弟仲德①

衔哀过旧宅，悲泪应心零②。
借问为谁悲，怀人在九冥③。

礼服名群从，恩爱若同生④。
门前执手时，何意尔先倾⑤。

在数竟未免，为山不及成⑥。
慈母沉哀疚，二胤才数龄⑦。

双位委空馆，朝夕无哭声⑧。
流尘集虚坐，宿草旅前庭⑨。
阶除旷游迹，园林独余情⑩。

翳然乘化去，终天不复形⑪。
迟迟将回步，恻恻衿涕盈⑫。

注

① 从弟：叔伯兄弟。
② "悲泪应心零"：心哀伤，泪应悲感而飘零。
③ 九冥：九泉。

④ 礼服：丧礼之服。群从：晚辈。

⑤ 倾：辞世。

⑥ 在数：定数，"大限"。为山：功名事业。"在数竟未免，为山不及成"：功名未成身先死。

⑦ 二胤（yìn）：仲德二遗子。"二胤才数龄"：二子尚年幼。

⑧ 双位：仲德夫妇灵牌。空馆：灵位空室。

⑨ 虚坐：为亡者所置的座椅。旅：寄生，非由播种而生。

⑩ 游迹：友人游踪。

⑪ 翳（yì）：羽毛做的华盖。终天：永久。不复形：不复生前形貌。

⑫ 恻恻：凄凄然。衿（jīn）：衣襟带子。

会意

"双位委空馆，朝夕无哭声。流尘集虚坐，宿草旅前庭。阶除旷游迹，园林独余情。"人远逝，楼清庭旷，空寂萧瑟。心深痛，却难言。

"迟迟将回步，恻恻衿涕盈。"徐徐滞滞，一步一回头，痛亲如同生的兄弟再也不复生前形色，忧身后二子年尚稚幼。泪涕涕兮难持，浸盈盈兮沾襟。

读此诗，同心深痛，共感难言。

十一　庚子岁五月中从都还阻风于规林^①
（二首选一）

其一

行行循归路，计日望旧居。
一欣侍温颜，再喜见友于^②。
鼓棹路崎曲，指景限西隅^③。

江山岂不险，归子念前途^④。
凯风负我心，戢枻守穷湖^⑤。

高莽眇无界，夏木独森疏^⑥。
谁言客舟远，近瞻百里余。
延目识南岭，空叹将焉如^⑦！

注

① 庚子岁：晋安帝隆安四年（400），彼时陶潜在江陵供职。

　都：京都建康，今江苏南京。规林：地名，位于京都建康与浔阳之间。

　"从都还阻风于规林"：公务结束，自京都返还江陵，顺道往浔阳省亲，却被大风阻于规林。

② 温颜：慈母。友于：兄弟。

③ 指景：指日。限：受阻，滞留。

④ 前途：前方尚余路程。

⑤ 枻（yì）：桨。

⑥ 高莽：高高的野草芦苇。眇（miǎo）：辽远。

⑦ 南岭：庐山高峰之一。焉如：如何。

会意

晋安帝隆安四年，陶潜三十五岁。古人这个年龄，已经过了"而立之年"。以现今的眼光看，也已步入中壮年。而诗中渊明，"行行循归路，计日望旧居"，掰着手指细数回家的日子，归心之切，令人莞尔。

"一欣侍温颜，再喜见友于。"首先期待见到的，是慈母。之后便待与兄弟畅怀言欢。回家真真是喜事。

无奈，"凯风负我心，戢枻守穷湖。高莽眇无界，夏木独森疏。……延目识南岭，空叹将焉如"。因风受阻，心痒难熬啊！

活脱脱一恋母思乡的少年人，急慌慌一热锅蚂蚁的"不成熟"。其真，其淳，拨人心弦。

《和胡西曹示顾贼曹》，感时事，壮怀悲烈，但见一狂豪黑头，血性郁懑。

《悲从弟仲德》，悼亡亲，哀心伤恸，幽幽一深沉须生，亲情凄怅。

《庚子岁五月中从都还阻风于规林》，思慈母，急急切切，痴痴一恋母赤子，归心慌忙。

渊明陶潜，另有侠传，书壮士荆轲；尚有哀文祭亲妹程氏、悼从弟敬远。

活生生的热血身躯，洒脱无拘的超尘性灵，节制内敛遣辞古简的修真之士，忧则忧，笑则笑，啸则啸，号则号，吟则吟，行则行，仕则仕，隐则隐。真性真情真放达，怎一个"田园诗人"堪以温情定格？！

十二 辛丑岁七月赴假还江陵夜行涂口 ①

闲居三十载，遂与尘事冥 ②。
诗书敦夙好，林园无世情 ③。

如何舍此去，遥遥至西荆 ④？
叩枻新秋月，临流别友生 ⑤。

凉风起将夕，夜景湛虚明。
昭昭天宇阔，晶晶川上平 ⑥。

怀役不遑寐，中宵尚孤征 ⑦。
商歌非吾事，依依在耦耕。

投冠旋旧墟，不为好爵萦⑧。

养真衡茅下，庶以善自名⑨。

注与疏

① 辛丑岁：晋安帝隆安五年（401）。

"赴假还江陵"：假日结束了，回江陵复职。涂口：今湖北安陆市。

② "闲居"：闲舍而乐，无为而治。此时陶潜，身在仕途，心却游离世外。这个"闲居"，当指心的闲居。以此看，"赴假还江陵"，实在是一苦旅。"遂与尘事冥"，此处"尘事"，亦即"世情"。所指不外仕途的功名利禄，是非纷争，蝇营狗苟。

冥：断绝。"闲居三十载，遂与尘事冥"：数十年修行，身在仕途，心，绝尘事，断世情。

③ 敦："厚此薄彼"之厚。夙好：长年之喜好。爱丘山，好诗书，渊明夙好。

"诗书敦夙好，林园无世情"：丘山寡尘事，林园无世情。

林园即丘山，丘山即林园。丘山林园，本性所归。

远功名利禄，远是非纷争，心在林园诗书，本性不昧。

④ 西荆：荆州。"如何舍此去，遥遥至西荆？"本性虽不昧，身却不由自主行在苦旅。何时了却营营？千古含灵文士自问。

⑤ 友生：友人。

⑥ 皛（xiǎo）皛：皎洁。

⑦ "怀役不遑寐，中宵尚孤征"：皓月当空，天宇无垠，身却受

役于仕宦，夜半仍在征途。

心郁闷，心惶惑，左右难合眼。

⑧ 投冠：挂印，弃官。好爵：高官贵爵。萦：缠绕，纠缠。

⑨ 养真：养性修真。衡茅：即"衡门"，简陋的房屋，横木为门，此处喻养性修真之茅庐。庶以：自来。善：善于，悉心护持。自名：自洁，洁身自好。

会意

凉风起将夕，夜景湛虚明，
昭昭天宇广，晶晶川上平。

抬头凝苍虚，俯首观素心，
少无适俗韵，丘山散性情。

羞为商歌事，耻为好爵萦，
误落尘网中，疲于苟蝇营。

池鱼思故渊，羁鸟恋旧林，
投冠旋旧墟，守拙归耕耘。

少小得闻道，今欲返丘山，
养真衡茅下，无为坐卧行。

十三　癸卯岁十二月中作与从弟敬远^①

寝迹衡门下，邈与世相绝^②。
顾眄莫谁知，荆扉昼常闭^③。

凄凄岁暮风，翳翳经日雪。
倾耳无希声，在目皓已洁^④。

劲气侵襟袖，箪瓢谢屡设^⑤。
萧索空宇中，了无一可悦^⑥。

历览千载书，时时见遗烈^⑦。
高操非所攀，谬得固穷节^⑧。

平津苟不由，栖迟讵为拙^⑨。
寄意一言外，兹契谁能别^⑩？

注与疏

① 从弟敬远：敬远与渊明，二人之父为兄弟，母为姊妹，所以是非同寻常的近亲兄弟。

此外，敬远的情操，深得渊明心："于铄（shuò）吾弟，有操有概。孝发幼龄，友自天爱。少私寡欲，靡执靡介。后己先人，临

财思惠。心遗得失，情不依世。其色能温，其言则厉。乐胜朋高，好是文艺。"(《祭从弟敬远文》)

② 寝：息也。迹：踪迹。寝迹衡门：遁世歇息，静心修真。

③ "荆扉昼常闭"：杜门谢客，独自清修。

④ "倾耳无希声"：《道德经》有言："视之不见名曰夷，听之不闻名曰希。""大音希声，大象无形。"希声，没有声音。"倾耳无希声"，欲静而不能，唯岁末凄风肃杀。

⑤ 箪(dān)：古代竹碗。箪瓢，典出《论语·雍也》："贤哉回也。一箪食，一瓢饮。在陋巷，人不堪其忧，回也不改其乐。"谢：告白。

⑥ 空宇：空荡之居所。

⑦ 遗烈：丰功伟业。

⑧ 高操：建功立业之壮志。固：执守。穷：贫困。节：节操。固穷节：志趣清明，贫贱不能移。

⑨ 平津：平坦大道，此处喻仕途。栖迟：身心寄托。讵(jù)：岂。

⑩ 契：契合，领悟。

会意 (一)

陶潜这位从弟，情操与心气高洁。自幼孝敬并博爱，少私寡欲(老子语)，先人后己，厚道知恩。不在意得失，不认同世俗。善，所以心柔。仗义执言，所以言厉。喜好交接文艺挚友。

这样一个人，实在是难得的知音。难怪渊明向敬远直白坦言不为外人道的修真清苦与心志。

会意（二）

雪野莽莽兮，皓皓无尘。
旷漠辽辽兮，寂寂无声。

斗室清清兮，寒气浸浸。
一箪一瓢兮，心系贤圣。

志士仁人兮，伟业丰功。
有为而累兮，非我所钟。

仕宦坦途兮，蝇营狗苟。
机心蠢动兮，真朴无踪。

寝迹衡门兮，无为将息。
旨趣所在兮，微妙玄同。

十四　庚戌岁九月中于西田获早稻 ①

人生归有道，衣食固其端 ②。
孰是都不营，而以求自安 ③！

开春理常业，岁功聊可观 ④。

晨出肆微勤，日入负耒还⑤。

山中饶霜露，风气亦先寒⑥。
田家岂不苦，弗获辞此难。

四体诚乃疲，庶无异患干⑦。
盥濯息檐下，斗酒散襟颜⑧。

遥遥沮溺心，千载乃相关⑨。
但愿常如此，躬耕非所叹。

注

① 庚戌岁：晋义熙六年（410），彼时陶潜已归隐。

② 归：归属。有道：典出《庄子·在宥》。"何谓道？有天道，有
人道。无为而尊者，天道也。有为而累者，人道也。"

③ "孰是都不营，而以求自安"：不为功名利禄奔命，归田躬耕
自安。

④ 常业：农务日常作业。岁功：终年收成。

⑤ 肆：动作。耒（lěi）：古代农具。

⑥ 饶：多。风气：季节气流与湿度气温。

⑦ 庶：几乎，一般来讲，大概其。异患：意外的麻烦、灾祸。干：
干扰，侵害。

⑧ 襟颜：心胸与容颜。

⑨ 沮溺：长沮与溺桀，春秋名士，隐居不仕，专事耕作。

会意（一）

古往今来，功、名、利、禄，得、失、毁、誉，仕途多争、多净、多嗔、多浑、多混、多昏。

为功名利禄入仕，为锦衣玉食奔波，得则喜，失则忧，劳碌奔命，身心俱疲。所以庄子讲："有为而累者，人道也。"

"孰是都不营，而以求自安。"无意功名利禄，无意锦衣玉食，不钻营，不纠缠，放下，心安则身安。

人法地。"开春理常业，岁功聊可观。晨出肆微勤，日入负耒还。"

一犁一锄耕，一爪一耙薅，一镰一把收，一兜一斗储，耕耘一分，收获一分。日出而作，日入而归，春夏秋冬，实实在在。

人法地，地法天，天法道，道法自然。（《道德经》）

"遥遥沮溺心，千载乃相关。"面朝黄土背朝天，以身体会万物，沮溺心即农夫心，农夫心即天地心。

以天地心领悟，道之法，自在浑然，自在本然。

以天地心体证，逆道则累，顺道则安。

会意（二）

"田家岂不苦，弗获辞此难。"面朝黄土背朝天，日出而作，月升方归，农家岁月，自有其难。

田家不言苦。

所以不假言辞，只因自古天然。

于入仕之士而言，读书入仕，古来天经地义。以入仕之眼看出离仕途，世称"隐居""消极遁世"。

以"性本爱丘山"会沮溺之性，唯重返丘山、亲身躬耕，与天地万物同在，心才踏实。

心踏实，曰归，而非"隐"。

《作与从弟敬远》《西田获早稻》，前表修静养真，后咏躬耕守拙。养真守拙，陶渊明返朴归本。

十五　戊申岁六月中遇火 ①

草庐寄穷巷，甘以辞华轩。
正夏长风急，林室顿烧燔 ②。

一宅无遗宇，舫舟荫门前。
迢迢新秋夕，亭亭月将圆。

果菜始复生，惊鸟尚未还^③。
中宵伫遥念，一盼周九天^④。

总发抱孤介，奄出四十年^⑤。
形迹凭化往，灵府长独闲^⑥。

贞刚自有质，玉石乃非坚。
仰想东户时，余粮宿中田。

鼓腹无所思，朝起暮归眠^⑦。
既已不遇兹，且遂灌我园。

注与疏

① 戊申岁：晋义熙四年（408），彼时陶潜已归隐。

　　因后有"迢迢新秋夕，亭亭月将圆"句，想来遇火在农历盛夏六月中旬，此诗作于初秋。

② 烧燔（fán）：焚烧。

③ "惊鸟尚未还"：盛夏大火一起，群鸟飞散，初秋仍未回归。

④ 九天：四面八方，视线极处，天际。

　　周九天，视野遍及四面八方辽远之处。

⑤ 总发：幼年。抱孤介：闻道修持。奄（yǎn）：忽然。

　　奄出：一晃眼，光阴过去了。

⑥ 形迹：形骸踪迹。灵府：灵台，心。闲：无为清净。

"形迹凭化往，灵府长独闲"："形骸久已化，心在复何言。"

⑦ 鼓腹：实其腹。无所思：虚其心。"鼓腹无所思"：心虚如道空，气盈若天地，养气修真，无得失福祸牵挂，故能真洒脱。

会意

天有不测风云，人有旦夕祸福。

穷巷草庐，渊明林园诗书所寄。不料一场大火，烧个一干二净。"一宅无遗宇"，干干净净，无遮无拦，舟船过往，如同大树门前成荫。

烧光了，一无所有，释然。

"迢迢新秋夕，亭亭月将圆。"秋高气爽，太虚空阔，半夜里独自伫立，遐观穹宇，叹岁月如梭。

幼年闻道，一晃眼，光阴过去了。四十年修持，"形迹凭化往，灵府长独闲"。灵台清明，遗世独立，冷眼闲观世事。

世事人生无常，有甚牵挂？

放下。

豁然通透，坦坦荡荡。

有养真之虚，有躬耕之实，虚实自适、自足、自在。陶渊明遇火，园林居室烧个精光，依然潇洒。

这潇洒，是真潇洒。

十六　饮酒二十首（选九）

　　余闲居寡欢，兼比夜已长，偶有名酒，无夕不饮。顾影独尽，忽焉复醉。既醉之后，辄题数句自娱。纸墨遂多，辞无诠次。聊命故人书之，以为欢笑尔。

其一

　　　　　衰荣无定在，彼此更共之。
　　　　　邵生瓜田中，宁似东陵时①。

　　　　　寒暑有代谢，人道每如兹。
　　　　　达人解其会，逝将不复疑②。

　　　　　忽与一觞酒，日夕欢相持③。

注与疏

① 邵生：《史记·萧相国世家》有记："邵平者，故秦东陵侯。秦破，为布衣。贫，种瓜长安城东。瓜美，故世俗谓之东陵瓜。"邵平失官为农，安于贫，方能种得美瓜。

　　"宁似东陵时"：安于布衣，安于贫，安于农。"彼此更共之"，自认与邵生同路。

② 达人：通达天律而放达之士。解其会：明见人道与万物之道无异。"逝将不复疑"：视生死如来去，从容安闲。

③ 相持：相聚，相交。

共饮

衰荣无定在，寒暑自往复。
生死呼吸间，万象本如兹。

安贫离忧患，抱朴远得失。
品得味中味，彼时便此时。

陶潜与邵生，达者岂隔世？
忽与酒一觞，古今同相持。

其四

栖栖失群鸟，日暮犹独飞。
徘徊无定止，夜夜声转悲。

厉响思清远，去来何依依。
因值孤生松，敛翮遥来归①。

劲风无荣木，此荫独不衰②。

托身已得所，千载不相违。

注与疏

① "因值孤生松，敛翮遥来归"：孤鸟偶遇孤松，敛翅依归。

② "劲风无荣木，此荫独不衰"：狂风肆虐之下，满目残枝败叶，唯孤松独立。松，根深，所以挺立，经得风雨。

不妨以青松喻人生。

人生若有信，一如青松根深。

逆境之中，深信者健，无信者衰；深信者安，无信者乱。

共饮

人择孤清宁，鸟离群独飞。
但得安身处，矢志永不回。

按　1. 此"安身处"，暗喻灵之归宿。

2. "矢志永不回"：一旦决意归耕以抱朴含真，即令饥贫交迫，也决不回返仕途之蝇营狗苟。俗话说得好："开弓没有回头箭。"渊明《饮酒》第九首有句："且共欢此饮，吾驾不可回。"

其五

结庐在人境，而无车马喧。
问君何能尔，心远地自偏。

采菊东篱下，悠然见南山。
山气日夕佳，飞鸟相与还。

此中有真意，欲辨已忘言[①]。

注

① 忘言：典出《庄子·外物》。"筌（quán，捕鱼具）者所以在鱼，
得鱼而忘筌。……言者所以在意，得意而忘言。"

共饮微醺

酒肆人声沸，往来车马喧。
闹市如静室，心远地自偏。

看之不见形，听之不闻声，
抟之了无痕，言者言无言。

之
间

按　末四句，典出《道德经》："视之不见名曰夷，听之不闻名曰希，抟之不得名曰微。此三者不可致诘，故混而为一。""圣人言不言之言。"

其六

行止千万端，谁知非与是。
是非苟相形，雷同共誉毁①。

三季多此事，达士似不尔②。
咄咄俗中愚，且当从黄绮③。

注与疏

① "是非苟相形"：《道德经》有言，"有无相生，难易相成，长短相形，高下相盈，音声相和，前后相随，恒也"。雷同：雷声有大有小，质却无二。

② 三季：昔，今，未来。

"三季多此事"：且观"俗中愚"，自古纠缠是非，仍将是非纠缠。

达士：旷达之士。旷达之士不纠缠毁誉是非。

③ 黄绮（qǐ）：夏黄公、绮里季。

秦末有四位名士，隐居地处今陕西商洛东南的商山，史称"商山四皓"，黄、绮居其二。"且当从黄绮"，但随高士离世隐去，远离毁誉是非。

共饮

太虚无生有，生一生二三，
六五四三二，归一阴抱阳。

万物一真性，黑白本同根。
天道无分辨，人道自张狂。

性本无差异，教化弄高低。
誉毁生是非，恩怨衍沙场。

知雄守其雌，知白守其黑，
蒙漠荣与辱，寂寥天地广。

按　1."归一阴抱阳"：典出老子《道德经》。"有生于
无。""道生一，一生二，二生三，三生万物。万物负阴而抱阳，
冲气以为和。"

2."人道自张狂"：庄子有言，天道无为而尊，人道有为
而累。

3."蒙漠荣与辱"：典出老子《道德经》。"知其雄，守其雌，为天下谿。为天下谿，常德不离，复归于婴儿。知其白，守其黑，为天下式，常德不忒，复归于无极。知其荣，守其辱，为天下谷。为天下谷，常德乃足，复归于朴。"

雄为刚，雌为柔。老子另有言曰："专气至柔，能婴儿。"守其雌，即安其柔，复归于婴儿。婴儿原初，浑漠无念，了无"是非"之辨、"荣辱"之断。

"白"为显，"黑"为隐，为"寂"、为"寥"。守其黑，即化于隐，无声无形，复归于无极。

4.寂寥：典出老子《道德经》。"有物混成，先天地生，寂兮（无声）寥兮（无形），独立而不改，周行而不殆，可以为天下母。吾不知其名，字之曰道。"

其七

秋菊有佳色，裛露掇其英①。
泛此忘忧物，远我遗世情②。

一觞虽独进，杯尽壶自倾。
日入群动息，归鸟趋林鸣③。

啸傲东轩下，聊复得此生！

注

① 裛（yì）：沾湿。掇：收拾。英：风采。

② 遗世情：遗世独立之情操。

③ 群动息：万物声息躁动。

举杯同醉

朝花佳色艳，夕露败其英。
早晚无常物，醒我遗世情。

浊酒与君对，杯尽壶自倾。
大笑傲江湖，千古会者听。

其九

清晨闻叩门，倒裳往自开。
问子为谁与，田父有好怀。
壶浆远见候，疑我与时乖 ①。

褴褛茅檐下，未足为高栖 ②。
一世皆尚同，愿君汩其泥 ③。

深感父老言，禀气寡所谐④。

纤辔诚可学，违己讵非迷⑤？

且共欢此饮，吾驾不可回。

注

① 与时乖：不合世风。

② 高栖：高隐。

③ 汩（gǔ）：同"淈"。此处喻混同。

汩其泥：和稀泥，循规蹈矩，依随仕宦大众。

④ 禀气：禀性气质。

⑤ 辔（pèi）：驾驭牲口的嚼子与缰绳。违己：背反天性。

微醺会意

大早轻敲门，来一田老汉。

提酒相规劝，怀里揣期盼。

你个读书人，不合时可叹。

茅草陋庐居，衣无绫罗缎。

位置没一个，怎地不高攀？

万般皆下品，读书能做官。

自古圣贤理，祖辈照章办。
你若不从众，铁定一般般。

感恩父老言，说来真遗憾。
我这人固执，散漫成习惯。

嚼子锁牙口，缰绳颈脖绊。
衣食不用愁，本性却不干。

痛饮酒一壶，但愿两家欢。
掉头草不香，本驾无回还。

好个不听劝的陶潜，斩钉截铁！

不过，农家老汉上门相劝，本是一番好意，所以这酒，定要喝个畅快。

借酒敬父老，满上再满上。
有缘才相会，和气不能伤。

干！

其十一

颜生称为仁，荣公言有道①。

屡空不获年，长饥至于老②。

虽留身后名，一生亦枯槁③。
死去何所知？称心固为好④。

客养千金躯，临化消其宝⑤。
裸葬何必恶，人当解意表⑥。

注

① 颜生：颜回，孔子弟子。荣公：隐士，与孔子同代。

② 不获年：寿短。长饥：长年忍饥挨饿。

③ 枯槁：容颜憔悴，骨瘦如柴。

④ 称心：随顺心的本性。

⑤ 宝：千金躯，自贵自身，自视肉身为宝。

⑥ 裸葬：不穿"寿衣"，裸体而葬。恶：厌恶。解：解除。意表：意念之表象。解意表：退衣，除去所有虚饰。光身来，光身去，裸呈天地。

会意

孔丘弟子颜回，长年忍饥挨饿，容颜憔悴。"年二十九，发尽白，蚤死。"（《史记·仲尼弟子列传》）

当局者迷，旁观者清。

以沮溺之心、修真之士冷眼旁观，力求一个仁，苦觅一个道，却不明道本不因力求与苦觅而得。

长年忍饥挨饿，容颜憔悴、骨瘦如柴而早夭，拘住了。

世人贵养千金躯，爱恋"人身宝"，不见此宝终必消散，迷住了。

留名，逐利，一虚一实，一拘一迷，意滞于表。

解其意表，光身来，光身去，天地间放浪形骸，无拘之心契道。

其十四

故人赏我趣，挈壶相与至^①。
班荆坐松下，数斟已复醉^②。

父老杂乱言，觞酌失行次。
不觉知有我，安知物为贵^③。

悠悠迷所留，酒中有深味。

注与疏

① 故人：道家有个说法，修道成功的仙人，有时重返人间，点化

有缘人。

　　所以此处"故人"，既可解为结交已久的老友，也可解为重返人间的仙人。

　　从"赏我趣"看，后解未尝不可。挈（qiè）：提。

② 班：布，置。荆：枝条。班荆：席地布荆而坐。

③ "不觉知有我"：致道者忘心。心都忘了，哪里去寻一个"我"？"安知物为贵"：《庄子·秋水》有言，"以道观之，物无贵贱。以物观之，自贵而相贱"。忘心，契道，寻不着"我"，评断万物贵贱者谁？

同醉

　　仙人来点化，班荆坐松下。
　　父老多隐语，觞酌雾中醉。

　　非我非非我，谁断贱与贵？
　　话头悠悠密，酒中有深味。

其十七

　　幽兰生前庭，含薰待清风。
　　清风脱然至，见别萧艾中。

　　行行失故路，任道或能通。

觉悟当念还，鸟尽废良弓。

会意（一）

"幽兰生前庭，含薰待清风。清风脱然至，见别萧艾中。"

清幽，无尘，洒脱，超然。

这是陶渊明。

无论渊明身后的文人学士如何以讽喻历史或感怀时事附会此诗，我只愿就此诗体会此诗。或许，换个说法，我以我心，于云云萧艾之中，会意渊明之清幽、无尘、洒脱与超然。

历史具体，时事短暂，而人心，旷广幽远。

说到头，怎样的心智，显现怎样的陶潜画像。

万事万物，见仁见智，古今略同。

会意（二）

"行行失故路，任道或能通。觉悟当念还，鸟尽废良弓。"

鸟为食亡，人为财伤。仕途之康庄大道上，得失毁誉之强弩，专射奔命忧患于功名利禄之仕鸟。

于"性本爱丘山"之士，众人视为天经地义的康庄大道，却实在苦涩艰险，危机四伏。一旦"误落尘网中"，有个要命的穴位，就痛。

痛！

痛则不通。整条命都不通。

苦海无边，回头是岸，"觉悟当念还"。明白了，这就重返故路，义无反顾。

功名利禄，锦衣玉食，仕者在意的，你不在意。仕者要的，你不要。仕者谋的，你不谋。你不动心机。你说再见。那弓，就找不着目标，它只好"歇菜"。

重返丘山，躬耕在田，任情顺意，甘苦皆逸然，此谓"任道"。

任道，回归本性之道，性情天然之道。

通！

通则不痛，任道通畅。

十七 止酒

居止次城邑，逍遥自闲止①。

坐止高荫下，步止荜门里②。

好味止园葵，大欢止稚子③。

平生不止酒，止酒情无喜。

暮止不安寝，晨止不能起。

日日欲止之，营卫止不理④。

徒知止不乐，未知止利己。
始觉止为善，今朝真止矣。

从此一止去，将止扶桑涘⑤。
清颜止宿容，奚止千万祀⑥。

注

① 次：靠近。邑（yì）：小城。次城邑：城郊。"逍遥自闲止"：悠游自在。

② 荜（bì）：竹或荆条编织之物。荜门：竹门或荆条门、柴门。

③ "大欢止稚子"：大乐不过天伦之乐。

④ 营卫：中医学概念。

营气，由水谷化生的精气，属阴，主血，行于脉内，运行血液，滋养脏腑。

卫气，由水谷化生的悍气（弥散力强），属阳，主气，行于脉外，温养皮肤、腠理（皮肤纹理与皮下肌肉之间的空隙）、肌肉，司汗孔开阖，卫护肌表。

营、卫二气，散布全身，内外相贯，运行不息。

不理：乱条理，不顺达，不通畅。

⑤ 扶桑：其一，神话树名；其二，扶桑之地，"大汉国东二万余里"，地处东海外，日本方向，故相沿用作日本代称。

涘（sì）：水边。扶桑涘：大水天边。

⑥ 祀：此处指年代。千万祀：千秋万代。

疏

唐代大诗人白居易，有诗赞陶潜：

吾闻浔阳郡，昔有陶征君。

爱酒不爱名，忧醒不忧贫。

尝为彭泽令，在官才八旬①。

悠然忽不乐，挂印着公门②。

口吟归去来，头戴漉酒巾。

人吏留不得，直入故山云。

归来五柳下，还以酒养真。

人间荣与利，摆落如泥尘。

先生去已久，纸墨有遗文。

篇篇劝我饮，此外无所云。

我从老大来，窃慕其为人。

其他不可及，且效醉昏昏。

注

① 彭泽：江西北部一县。彭泽令，是陶渊明彻底挂印辞官前的最

后一官，为期八十余日。

② 愀（qiǎo）：严肃，眉头紧锁。

会意

一句"酒中有深味"，引得白居易赋诗相随。现下，陶潜又来"止酒"，且句句有个"止"。更说要止到海角天边，止到永远。

"我从老大来，窃慕其为人。其他不可及，且效醉昏昏。"

辛辛苦苦追效陶公体味酒中深味，好不容易喝得醉昏昏的香山居士，不知何时醒转，跟上脚步再学止酒。

一笑。

十八　拟古九首（选四）

之三

仲春遘时雨，始雷发东隅①。
众蛰各潜骇，草木纵横舒②。

翩翩新来燕，双双入我庐。
先巢故尚在，相将还旧居③。

自从分别来，门庭日荒芜。

我心固匪石，君情定何如④？

注与疏

① 遘（gòu）：相遇。始雷：第一声春雷。隅（yú）：角落。

② 蛰：二十四节气之"惊蛰"。

"众蛰各潜骇，草木纵横舒"：惊蛰当下，深藏虫蚁蠢动，冬眠动物惊醒，深水避寒之鱼渐向水面游移，万物感应，徐徐复苏。

《庄子·天运》有言："蛰虫始作，吾惊之以雷霆。"

③ 相将：相伴。

④ 匪：非。"我心固匪石，君情定何如"：门庭日荒芜，我心幽幽叹。双双飞燕君，想来应同感。

会意

少无适俗韵，性本爱丘山。

误落尘网中，一去三十年。

羁鸟恋旧林，池鱼思故渊。

幸得始雷惊，返朴归园田。

按　此处"始雷惊"，喻内在觉醒，"幡然悔悟"。

之四

迢迢百尺楼，分明望四荒。
暮作归云宅，朝为飞鸟堂。

山河满目中，平原独茫茫。
古时功名士，慷慨争此场。

一旦百岁后，相与还北邙①。
松柏为人伐，高坟互低昂②。

颓基无遗主，游魂在何方？
荣华诚足贵，亦复可怜伤。

注

① 北邙：河南洛阳城北之邙山，也称北芒。古时王侯公卿墓地。
② 低：俯。昂：举。低昂：俯首昂头。

会意

百尺流芳楼，遥遥四方望。
千古心高士，志在功名堂。

伟业丰功著，相邻居坟场。
漫漫陈年土，风起黄沙扬。

之七

日暮天无云，春风扇微和①。
佳人美清夜，达曙酣且歌。
歌竟长叹息，持此感人多。

皎皎云间月，灼灼叶中华②。
岂无一时好，不久当如何？

注

① "春风扇微和"：春风和软如扇之轻微。

② 灼（zhuó）灼：明亮。《诗经·周南·桃夭》有句："桃之夭夭，灼灼其华。"

"灼灼叶中华"之"华"，"桃之夭夭，灼灼其华"之"华"，既可解为花，也可解为光华、丽色。

会意

日暮天无云，春风扇微和。

佳人美清夜，温情风流窝。

通宵达旦酒，狂饮并欢歌。
声色犬马趣，文人雅士多。

皎皎水上月，镜中花灼灼。
但乐一时好，光阴梦蹉磨。

采菊东篱下，悠悠远南山。
归田守天真，安贫抱朴拙。

按　1.“皎皎水上月，镜中花灼灼”，水面之月，镜中之花，一如梦境幻影。

2.“悠悠远南山”，远即远去，南山喻归隐。

悠悠然，远去南山，离俗世而归真，远浮华而返朴拙。

3.天真，天然本真。

之九

种桑长江边，三年望当采。
枝条始欲茂，忽值山河改。①

柯叶自摧折，根株浮沧海。
春蚕既无食，寒衣欲谁待？

本不植高原，今日复何悔！

注与疏

①"种桑长江边，三年望当采。枝条始欲茂，忽值山河改"：义熙八年，司马休之举兵反抗刘裕，三年后败亡。东晋名存实亡，江山易主。

"兵者，不祥之器。……战胜，以丧礼处之。"（《道德经》）

会意

熊熊霸王瘾，血光罩沙场。
兵者战之器，凶煞不吉祥。

一将功名就，身后万骨茫。
户户飘白幡，家家痛断肠。

十室九屋空，满眼尽草莽。
可怜小百姓，巴巴望平常。

"柯叶自摧折，根株浮沧海。春蚕既无食，寒衣欲谁待？"自古兵家征战，平民百姓遭殃！

"种桑长江边"，陶渊明深恶战乱，悲悯庶民。

善哉，渊明陶潜！

文选

（三篇）

一　桃花源记（并诗）

晋太元[①]中，武陵人捕鱼为业。

缘溪行，忘路之远近。忽逢桃花林，夹岸数百步，中无杂树，芳草鲜美，落英缤纷。渔人甚异之，复前行，欲穷其林。林尽水源，便得一山。山有小口，仿佛若有光。

便舍船从口入。初极狭，才通人。复行数十步，豁然开朗。

土地平旷，屋舍俨然，有良田美池桑竹之属，阡陌交通，鸡犬相闻。其中往来种作，男女衣着，悉如外人。黄发垂髫[②]，并怡然自乐。

见渔人，乃大惊。问所从来，具答之。便要还家，设酒杀鸡作食。

村中闻有此人，咸来问讯，自云先世避秦时乱，率妻子邑人，来此绝境，不复出焉，遂与外人隔绝。

问今是何世，乃不知有汉，无论魏晋。此人一一为具言所闻，皆叹惋。

余人各复延至其家，皆出酒食。

停数日，辞去。此中人语云：不足为外人道也。

既出，得其船。便扶向路，处处志之。

及郡下，诣③太守说如此。太守即遣人随其往。

寻向所志，遂迷不复得路。

南阳刘子骥，高尚士也。闻之，欣然规往，未果。寻病终。

后遂无问津者。

注

① 太元：晋孝武帝年号，376—396 年。

② 髫（tiáo）：古时小童垂发。

③ 诣（yì）：拜访。

今译

晋太元年中，武陵（今湖南常德）人以捕鱼为业。

偶尔沿溪流而行，渐忘路之远近。忽然之间，见一桃花林，两岸数百步，纯然无有杂树。芳草鲜美，落英缤纷。武陵渔人惊异，叹为观止。

再往前行，欲深探其林。

林尽，见水源，亦见一山。山有小口，仿佛若有光。

渔人离船而从山口入。起初山路极狭窄，仅供一人过。续走数十步，豁然开朗。

土地平坦宽阔，良田、美池、桑竹环绕，屋舍清朗。其间路径通达，鸡犬相闻。往来劳作的男女，衣着皆如外来人，老幼皆怡然自乐。

乍见渔人，村人大惊。探问渔人从何来，渔人答了。村人欣喜，邀渔人进家，备酒杀鸡做饭款待。

村中另有人闻讯，都来问候。并告知渔人，村民先辈避秦时战乱，率妻儿老小并族人来此绝境，从此不再迁徙，逐渐与外人隔绝。

问当今何世，竟不知有汉一代，更不知有魏、有晋。村民听渔人细说，尽皆叹惋。

众人心热，相继邀请渔人至家，皆待以美酒佳肴。

武陵渔人尽享村人盛情款待，数日后辞别而归。临行，桃源人叮嘱：此间境况，切莫说与外人。

出村，上船，武陵渔人沿来路处处细作标记。

回到郡下，见太守，将奇遇细细报告。太守立马派人随武陵渔人前往。

一行人循之前所作标记，却莫名其妙迷失，不复得路。

南阳高士刘子骥，听闻此事，欣然计划前往，未能成行。不久病逝。

此后，再也无人问津。

会意（一）

自陶渊明写下这篇奇文，后人始终猜疑不定，是实录，抑或虚拟？

我愿信其实。

美国费城远郊，住有一支欧洲早期移民，敬重古制，坚持农耕，自有其不同于周遭的装束风习，自有其不同于时下的教化系统。交通载物一概用马，不仰慕现代文明。年轻后生即令外出求学，毕业之后也都情愿返乡。

不愿无礼打扰，我在远处留意过这帮族人。但见他们，神情肃然，松弛内敛，对周遭现代文明视若无睹，不慕不攀。

"甘其食，美其服，安其居，乐其俗。"
"邻国相望，鸡犬之声相闻，民至老死不相往来。"（《道德经》）

美国，现代文明顶级象征，尚有这般奇人奇事。4世纪的陶渊明时代，当不难想象。

会意（二）

回说《桃花源记》。

武陵渔人"忽逢桃花林，夹岸数百步，中无杂树，芳草鲜美，落英缤纷"，"甚异之"，于是，继续前行，好奇林子的尽头到底有怎样一番景象。

"林尽水源，便得一山。"行文至此，陶渊明留下一个微妙的细节："山有小口，仿佛若有光。"

虚室生白。修静入深，时有光感。气与光都是能量，能量响应能量。文后赋诗有句："奇踪隐五百，一朝敞神界。"这"仿佛若有光"之光，陶潜之意，灵光？神光？

此事，自然仁者见仁，智者见智。

会意（三）

"先世避秦时乱，率妻子邑人，来此绝境，不复出焉，遂与外人隔绝。"

特意与世隔绝的桃源人，拙朴敦厚，各各将武陵渔人邀请到家，好酒好食盛情以待。

临了，请求这位不速之客，莫向外人多言。

既"不足为外人道"，自然不愿被外人搅扰其清静。

武陵渔人却不守信，回程路上，一一仔细留下标记。更报与当地长官得知。

想来，桃源人敏感，猜到了渔人的不老实，尾随其后，将留下的标记一一消除。尔后举村遁避。

惹不起，躲。

避战乱，躲是非，已然躲避好几百年。

抱朴含真，持之不易。

千多年之后，神州大地，形迹之遁几无可能。

幸好，有桃源情结的，尚有素心可以躲避。

会意（四）

其中深意，《记》之外，陶潜另赋一诗：

嬴氏乱天纪，贤者避其世 [①]。
黄绮之商山，伊人亦云逝 [②]。
往迹浸复湮，来径遂芜废。
相命肆农耕，日入从所憩。[③]

桑竹垂余荫，菽稷随时艺 [④]。
春蚕收长丝，秋熟靡王税。
荒路暧交通，鸡犬互鸣吠。

之间

106

俎豆犹古法，衣裳无新制⑤。

童孺纵行歌，班白欢游诣。
草荣识节和，木衰知风厉⑥。
虽无纪历志，四时自成岁⑦。
怡然有余乐，于何劳智慧？

奇踪隐五百，一朝敞神界⑧。
淳薄既异源，旋复还幽蔽⑨。
借问游方士，焉测尘嚣外⑩？
愿言蹑轻风，高举寻吾契⑪。

注与疏

① 嬴氏：嬴政，秦始皇。

② "黄绮之商山"：秦末，有四名士隐居于商山，其中有夏黄公、绮里季二人。商山：地处今陕西商洛市东南。

③ 浸：逐渐。湮：淹没。相命：相依为命。肆：事，致力于。

④ 菽（shū）：豆类。稷：百谷。时艺：季节农艺。

⑤ 俎（zǔ）：与"豆"皆为古代祭祀用具。

⑥ 节和：温和适宜的节气。

⑦ 四时：四季。

⑧ "奇踪隐五百"：秦至晋，五六百年光阴。

⑨ 淳：桃源人淳厚。薄：世事凉薄。幽蔽：幽隐遁避。"淳薄既异源，

旋复还幽蔽"：桃源人淳厚，深知世人凉薄寡信。无奈，只好再次幽隐遁避。

⑩ 游方士：混迹于机巧俗世之浊士。"焉测尘嚣外"：如何能解方外之朴拙天真？

⑪ 蹑（niè）：追随。高举：崇尚其高洁。吾契：契合吾心之志趣者。

会意

"桑竹垂余荫，菽稷随时艺。春蚕收长丝，秋熟靡王税。荒路暖交通，鸡犬互鸣吠。"

辛勤播殖，抱朴含真。稼穑自足，没人派官税。不开山凿路，依顺天地，珍惜自然。

且看庄子笔下，又是怎样的景象：

民有常性，织而衣，耕而食，是谓同德。

一而不党，命曰天放。

故至德之世。……山无蹊隧，泽无舟梁，万物群生，连属其乡，禽兽成群，草木遂长。……夫至德之世，同与禽兽居，族与万物并，恶乎知君子小人哉。

同乎无知，其德不离。同乎无欲，是谓素朴。(《庄子·马蹄》)

"虽无纪历志，四时自成岁。怡然有余乐，于何劳智慧？"

春，夏，秋，冬，四季更替，岁月天然，没曾想纪历志。

耕，耘，敛，储，四体辛勤，人顺天律，不劳动圣贤智。

至德之世，不尚贤，不使能，上如标枝，民如野鹿。

端正而不知以为义，相爱而不知以为仁，实而不知以为忠，当而不知以为信，蠢动而相使不以为赐。

是故行而无迹，事而无传。（《庄子·天地》）

"愿言蹑轻风，高举寻吾契。"

会意《桃花源记》，我有一个体会，现今世界，无论陶渊明的桃花源，抑或庄子的"至德之世"有无现实可能，抱朴含真，自净其意，体悟心之桃花源，体悟心的"至德之世"，却是真真实实的，古今可行，古今通行。

二　归去来兮辞（并序）

序

余家贫，耕植不足以自给。幼稚盈室，瓶无储粟。生生所资①，未见其术。亲故多劝余为长吏②。脱然有怀③，求之靡途。

会有四方之事，诸侯以惠爱为德④。家叔以余贫苦，遂见用于小邑⑤。于时风波未静，心惮远役⑥。

彭泽去家百里，公田之利，足以为酒，故便求之。及少日，眷然有归与之情。

何则？质性自然，非矫厉所得⑦。

饥冻虽切，违己交病。尝从人事，皆口腹自役⑧。于是怅然慷慨，深愧平生之志。犹望一稔⑨，当敛裳宵逝。

寻程氏妹丧于武昌⑩，情在骏奔⑪，自免去职。仲秋至冬，在官八十余日。

因事顺心⑫，命篇曰"归去来兮"。序乙巳岁十一月也⑬。

注

① "生生所资"：经营生机所需的"本钱"，资本。

② 长吏：县令。

③ "脱然有怀"：有所动念。

④ "会有四方之事，诸侯以惠爱为德"：江州刺史刘敬宣有德，惠爱四方。

⑤ "家叔以余贫苦，遂见用于小邑"：由家叔引荐，得取用为小城卑吏。

⑥ 风波未静：战事未息。惮（dàn）：忌惮，害怕。

⑦ "质性自然"：本性率真。矫厉：造作刻薄。

⑧ 人事：仕途。口腹自役：为口腹之需自投罗网，自服刑役。

⑨ 稔（rěn）：成熟。犹望一稔：期待机缘成熟。

⑩ 寻：不久。

⑪ "情在骏奔"：心切情急如奔马。

⑫ 因事顺心：终于自免去职，如释重负。

⑬ "序乙巳岁十一月也"：本文作于义熙元年（405）辞官彭泽之初。

今译

余（本人），家贫，耕植不足以自给。幼子满屋，罐无储粮。维生所需，苦于不知经营之术。亲朋好友劝我求个官职。无奈，心有所动，却寻不着途径。

幸有江州刺史刘敬宣，有德有仁，惠爱四方。于是家叔引荐，得取用为小城卑吏。是时，战事未息，风波未静，心中忌惮远离家乡之职。

彭泽，离家百十里地，距离合适，公田之利可糊口养家，于是求而得之。

不多日，暗生归返之心。

何故？本性率真，难为造作刻薄之举。

此番尝试随从仕途，皆因口腹之需而自设囚笼。虽迫于饥寒交加，然，一旦违背真性，灵难安，心病顿生。于是，怅然慷慨，深愧平生之志。但待机缘成熟，当决然弃官，布衣回返。

不久，程氏妹于武昌过世。心切情急如奔马，正好自免去职。仲秋（八月中）至初冬（十一月），在官八十余日。

终于，弃官还归，如释重负，遂愿顺心喜作此篇，曰"归去来兮"。

序，乙巳岁十一月。

正文

归去来兮，田园将芜胡不归？
既自以心为形役，奚惆怅而独悲。

悟已往之不谏，知来者之可追。
实迷途其未远，觉今是而昨非①。

舟遥遥以轻扬，风飘飘而吹衣。
问征夫以前路，恨晨光之熹微②。

乃瞻衡宇，载欣载奔。僮仆欢迎，稚子候门③。
三径就荒，松菊犹存。携幼入室，有酒盈樽④。

引壶觞以自酌，眄庭柯以怡颜⑤。
倚南窗以寄傲，审容膝之易安⑥。

园日涉以成趣，门虽设而常关。
策扶老以流憩，时矫首而遐观⑦。

云无心以出岫，鸟倦飞而知还^⑧。
景翳翳以将入，抚孤松而盘桓。

归去来兮，请息交以绝游^⑨。
世与我而相违，复驾言兮焉求？

悦亲戚之情话，乐琴书以消忧。
农人告余以春及，将有事于西畴^⑩。

或命巾车，或棹孤舟。
既窈窕以寻壑，亦崎岖而经丘^⑪。

木欣欣以向荣，泉涓涓而始流。
善万物之得时，感吾生之行休^⑫。

已矣乎！
寓形宇内复几时，曷不委心任去留^⑬？
胡为惶惶欲何之^⑭？

富贵非我愿，帝乡不可期^⑮。
怀良辰以孤往，或植杖而耘耔^⑯。

登东皋以舒啸，临清流而赋诗。
聊乘化以归尽，乐夫天命复奚疑^⑰！

注与疏

① "悟已往之不谏，知来者之可追"：昔日已往，不受劝谏，来者将临，尚可抉择，典出《论语》。"楚狂接舆歌而过孔子曰：'凤兮！凤兮！何德之衰？往者不可谏，来者犹可追。已而，已而！今之从政者殆而！'孔子下，欲与之言。趋而辟之，不得与之言。"

"觉今是而昨非"：今是，归田之醒，昨非，仕途之迷。

② 征夫：行人，行者。前路：前方之路。熹微：微弱。

③ "乃瞻衡宇，载欣载奔"：远望衡门，欣喜急奔。

④ 三径：小路。就荒：眼见就将荒芜。

⑤ 眄（miǎn）：斜视。庭柯：庭园内的花草树木。

⑥ "依南窗以寄傲，审容膝之易安"：依南窗望云天，观斗室顿心安。

⑦ 扶老：扶竹。因可做拐杖，故称"扶老"。矫首：举首，抬头。遐观：舒心远眺。

⑧ 岫（xiù）：山穴。

⑨ 息交：息止应酬，息止虚交浮往。

⑩ 畴：田地。

⑪ 巾车：带帷幔的车。窈窕：沟壑幽深。

⑫ "善万物之得时，感吾生之行休"：万物自顺天律，善应节气，适时而生，适时而盛，适时而衰，适时而亡。我之生灭盛衰，也就这样了吧。

⑬ 寓形宇内：典出《庄子·知北游》："（身非汝有）是天地之委形

也。……生非汝有，是天地之委和也。性命非汝有，是天地之委
顺也。"

"寓形宇内复几时，曷不委心任去留"：身既非我有，生
亦无长久，何不任情随意，凭心驰自由？

⑭ "胡为惶惶欲何之"：任心去留随意，何由恓恓惶惶？

⑮ 帝乡：仙境。

⑯ 耘：除草。耔（zǐ）：收成。

⑰ "聊乘化以归尽，乐夫天命复奚疑"：乘化而去，归复其根。
归根曰静，静曰复命，复命曰常。至乐，更有何疑？

会意

归去来兮，归去来！
昔违己着訾，今脱缰放浪。

但恨晨光熹微，隐见田园疏朗。
衡宇依稀在即，三并两步慌忙。

僮仆欢迎，稚子候门，松菊犹存，三径就荒。
田园眼见将芜，回头适时恰当。

依南窗望天，观斗室心放。
举杯自斟独饮，心怡然兮神旷！

日将入兮微暗，原野漠漠苍莽。
独抚孤松盘桓，昨非今是俯仰。

归去来兮，归去来！
云无心以出岫，鸟倦飞而知返。
风飘飘以吹衣，舟遥遥而轻扬。

随日出兮肩犁，望月升兮负耒。
抱拙朴兮含真，绝泛交与浮往。

归去来兮，归去来！
致虚极兮守静笃，物云云兮吾观复。
复归根兮归根静，静复命兮复命常。

归去来兮，归去来！
性爱丘山，误落尘网，自解纤譬，脱缰放浪。
旷世诗杰，渊明陶潜，大美希文，千古共赏！

三　五柳先生传

先生不知何许人也，亦不详其姓字。宅边有五柳树，因以为号焉。

闲靖^①少言，不慕荣利。

好读书，不求甚解，每有会意，便欣然忘食。

性嗜酒，家贫不能常得。亲旧知其如此，或置酒而招之。造饮辄尽，期在必醉。既醉而退，曾不吝情②去留。

环堵③萧然，不蔽风日。短褐穿结，箪瓢屡空，晏④如也。

常著文章自娱，颇示己志。

忘怀得失，以此自终。

（赞略）

注

① 靖：安定。

② 吝情：不在意。

③ 环堵：四壁。

④ 晏：安闲。

今译

不知先生何许人，亦不详其姓名。因宅边有柳树五株，便以五柳为号。

先生性情闲靖，寡言，无意于虚名浮利。

好读书，不求甚解，每有灵通感悟（会意），便欣然忘食。

好酒，因家贫，不常得饮。亲朋好友知其窘境，不时置酒而招之。一旦机会来临，召之必来，来必尽兴，尽兴必醉。每每大醉而辞，从不在意去留。

四壁萧然，不蔽风日。衣衫褴褛，饭箪水瓢空空如也，却安闲淡然。

时常著文自娱，颇示己志。

得失俱忘，以此自终。

会意

《与子俨等疏》一文，渊明自述："少学琴书，偶爱闲静。开卷有得，便欣然忘食。"因而史上素有共识，《五柳先生传》，即陶潜自传。

这位姓名不详，以宅边五柳树为号的五柳先生，忘怀得失，闲靖少言，不慕荣利，嗜酒，每饮必醉，安贫乐道，放浪形骸，正是渊明陶潜自己。

《庄子·刻意》有段话，写庄子心中圣人德行：

"不刻意而高，无仁义而修，无功名而治，无江海而闲，不道引而寿。

"无不忘也，无不有也，淡然无极而众美从之。"

陶渊明不是圣人，更非刻意而高自以为圣，却无疑是一真人。

我的会意，如果说庄子这段话也可作真人写照，于渊明陶潜而言，正好，不多不少。

中篇　相和东坡

诗选

（十九首）

一　游孤山

腊日游孤山访惠勤惠思二僧

天欲雪，云满湖，楼台明灭山有无。
水清出石鱼可数，林深无人鸟相呼。

腊日不归对妻孥①，名寻道人实自娱。
道人之居在何许，宝云山前路盘纡②。

孤山孤绝谁肯庐③，道人有道山不孤。
纸窗竹屋深自暖，拥褐④坐睡依团蒲⑤。

天寒路远愁仆夫，整驾催归及未晡⑥。
出山回望云木合，但见野鹘⑦盘浮图⑧。

兹游淡薄欢有余，到家恍如梦蘧蘧^⑨。

作诗火急追亡逋^⑩，清景一失后难摹。

注

① 孥（nú）：子女。

② 纡（yū）：曲折。

③ 庐：陋舍。

④ 褐（hè）：粗布衣。

⑤ 团蒲：蒲团。

⑥ 晡（bū）：申时，下午三时至五时。

⑦ 鹘（hú）：隼（猛禽）。

⑧ 浮图：舍利塔。

⑨ 蘧（qú）蘧：惊喜状。兹引《庄子·齐物论》以鉴"蘧蘧"："昔者庄周梦为胡蝶，栩栩然胡蝶也。自喻适志与，不知周也。俄然觉，则蘧蘧然周也。不知周之梦为胡蝶与，胡蝶之梦为周与？"

⑩ 逋（bū）：逃逸。

和

云光空蒙山有无，林幽溪清影飘忽。

纸窗竹屋深自暖，幻翳空花东坡苏。

按　幻翳，病眼，视相幻觉，"看花了眼"。空花，空中生花，子虚乌有。

"幻翳空花"，典出《圆觉经》：

"善男子，譬如幻翳妄见空华（花）。幻翳若除，不可说言此翳已灭，何时更起一切诸翳。

"何以故？翳、华二法（'法'，此处意为'现象'）非相待故。亦如空华灭于空时，不可说言虚空何时更起空华。何以故？空本无华，非起、灭故。"

"幻翳空花东坡苏"，取意"似有若无"，相和东坡居士"楼台明灭山有无"之禅意。

疏

有宋一代，文人辈出。诸大家中，苏轼是我的最爱。

我之爱东坡，一如喜爱文人画大家，比如宋之梁楷、夏圭、马远，元之赵孟頫、黄公望、倪瓒，明之文徵明，明清之交的朱耷，等等。

我之爱东坡，一如喜爱古琴音乐，比如《幽兰》《流水》《渔樵问答》等等。

萧散，清虚，旷达，简远。以有形，见无形。以有声，悟无声。以有言，会无言。

其所谓"见无形"之"见"，非眼之实见，乃心所悟、灵所见。亦如禅家"明心见性"之见。

苏轼有些诗词佳作，也令我联想 19、20 世纪之交法国印象派音乐大师德彪西，极度细腻、极度敏感，却不自恋。

对山水、光影、湿度与冷暖，触感细入末梢，恍惚，幽深，其境若化，言文、语所不能言。微妙。

老实人说老实话，我不会诗，更不会词。所谓"和"，意和、意会而已。

一笑。

二　望湖楼醉书

放生①鱼鳖逐人来，无主荷花到处开。

水枕能令山俯仰，风船解与月徘徊。

未成小隐聊中隐②，可得长闲胜暂闲。

我本无家安何往，故乡无此好湖山。

注

① 放生：佛家布施之一种，"救众生于厄难"，称"无畏布施"。

② 小隐、中隐：古人云，"小隐隐于野，中隐隐于市，大隐隐于朝"。

会意

有机事者，必有机心。机心存于胸中，则纯白不备。纯白不备，则神生不定。神生不定者，道之所不载也。(《庄

子·天地》）

纯白，纯然无念之净境。

"机心存于胸中"，便搅扰无念净境之纯。心境不纯，气便紊乱。气紊乱，"则神生不定"。神生不定，则耗，则伤。

无为而尊者，天道也。有为而累者，人道也。（《庄子·在宥》）

东坡居士终生之郁，憾未能一如陶渊明，决然弃绝仕途，亲行躬耕自在于天地，远离俗务之绊。

"孤山孤绝谁肯庐，道人有道山不孤。纸窗竹屋深自暖，拥褐坐睡依团蒲。"

道人，孤山，苏轼心向往之。无奈未能纯如陶潜，身陷仕途而不能决绝，疲于有为人道之累而难以自拔，憾不能隐于山林，聊以中隐自慰。

和

家非家，随遇则安。
小中隐，心即湖山。

三 老方丈

秀州①报本禅院②乡僧③文长老方丈

万里家山一梦中，吴音渐已变儿童。

每逢蜀叟谈终日，便觉峨眉翠扫空。

师④已忘言⑤真有道，我除搜句百无功。

明年采药天台去，更欲题诗满浙东。

注

① 秀州：今浙江秀水。

② 报本禅院：始建于唐，宋更名"本觉寺"。

③ 乡僧：报本禅院方丈文长老，诗中"蜀叟"，苏轼同乡。

④ 师：禅家对得道禅师的尊称。

⑤ 忘言：典出《庄子·外物》。

疏

筌（捕鱼工具）者所以在鱼，得鱼而忘筌。

言者所以在意，得意而忘言。（《庄子·外物》）

和

禅院老方丈，深知道无言。
潇洒苏居士，几时得忘筌。

四　百步洪

长洪斗落生跳波，轻舟南下如投梭。
水师绝叫凫[①]雁起，乱石一线争蹉磨。

有如兔走鹰隼[②]落，骏马下注千丈坡。
断弦离柱箭脱手，飞电过隙珠翻荷。

四山眩转风掠耳，但见流沫生千涡。
岭[③]中得乐虽一快，何异水伯夸秋河[④]。

我生乘化日夜逝，坐觉一念逾新罗[⑤]。
纷纷争夺醉梦里，岂信荆棘埋铜驼[⑥]。

觉来俯仰失千劫[⑦]，回视此水殊委蛇。
君看岸边苍石上，古来篙眼如蜂窠[⑧]。

但应此心无所住[⑨]，造物虽驶如吾何？

回船上马各归去，多言诙诙⑩师所呵⑪。

注与疏

① 凫（fú）：野鸭。

② 隼（sǔn）：猛禽。

③ 崄（xiǎn）：通"险"。

④ "水伯夸秋河"：典出《庄子·秋水》（文摘见后）。

⑤ 逾：越过。新罗：唐宋地名，今属朝鲜。

⑥ "荆棘埋铜驼"：晋代索靖知天下将乱，手指洛阳宫前铜驼道："会见汝在荆棘中。"后人以"荆棘铜驼"喻世事无常。"纷纷争夺醉梦里，岂信荆棘埋铜驼"，暗喻众生醉生梦死，难信生死无常。

⑦ 劫：佛学时间单位，相当久远。

⑧ 窠（kē）：巢。"君看岸边苍石上，古来篙眼如蜂窠"，暗喻光阴如梭。

⑨ "心无所住"：典出《金刚经》（引语见后）。

⑩ 诙（náo）诙：争辩之声。

⑪ "师所呵"：棒喝，禅师用以阻断学人拘于概念思辨的极端方法。

引文一，"水伯夸秋河"，典出《庄子·秋水》：秋水时至，百川灌河。泾流之大，两涘渚崖之间，不辨牛马。于是焉河伯（河神）欣然自喜，以天下之美为尽在己。顺流而东行，至于北海，东面而视，不见水端。于是焉河伯始旋其面目，望洋向若（北海海神）而叹曰："……今我睹子之难穷也，吾非至于子之门则殆矣，吾长见笑于大方之家。"

引文二，"心无所住"，典出大乘佛法经典《金刚经》。不应住色生心，不应住声、香、味、触、法生心，应无所住而生其心。

意指不受缚于任何感官与意念，彻底心无挂碍，入大自由境。

诗和

流沫飞腾圈千涡，月晕日影如投梭。
世事人生云翻雨，心若虚空任蹉磨。

文和

心无所住，幻若虚空。
流沫惊涛，云翻雨覆，生自生，灭自灭。
虚空之心，随缘不动，不动随缘。
古今事，顺逆境。
容而无应，历而不染。

五　望亭

雨晴后，步至四望亭下鱼池上，遂自乾明寺前东冈上
归，二首。

（一）

雨过浮萍合，蛙声满四邻。
海棠真一梦，梅子欲尝新。

拄杖闲挑菜，秋千不见人。
殷勤木芍药，独自殿余春。

（二）

高亭废已久，下有种鱼塘。
暮色千山入，春风百草香。

市桥人寂寂，古寺竹苍苍。
鹳鹤来何处，号鸣满夕阳。

会意

日本 17 世纪有位诗人，名叫松尾芭蕉，专写两三句的俳句。其中有一首，写一参天古树围绕的池塘，沉寂静穆。寂寂无声之中，一只青蛙，轻跳入水，如镜的池面，微波摇曳，暗光粼粼。

少时，波平复，声消散，池塘重归安宁。此时之静，愈显古寂。

早于松尾芭蕉数百年，苏轼此诗古寺修竹，寂寂苍苍，不意间，鹤鸣陡起，凛烈凄厉，惊醒出神入静的行者，另有境象开豁。

和

雨住蛙声噪，海棠梦一场。
古寺寂寂，修竹苍苍，
突兀一声鹳鹤，惊见满坡夕阳。

但喜赤霞漫天，太虚空阔心广，
一灯除却宿暗，灵台晨曦微亮。

按 1. "突兀一声鹳鹤，惊见满坡夕阳"：暗喻"意外"乃

"顿悟"契机。

2. 宿暗，喻累世无明。一灯，喻智慧之光。

3. "灵台晨曦微亮"：暗喻乍见真性。

六 寻春

正月二十日与潘、郭二生出郊寻春，忽记去年是日同至女王城作诗，乃和前韵。

东风未肯入东门，走马还寻去岁村。
人似秋鸿来有信，事如春梦了无痕。

江城白酒三杯酽 [①]，野老苍颜一笑温。
已约年年为此会，故人不用赋招魂。

注

① 酽（yàn）：浓。

和

事如春梦，觉后无痕。
酽酒三杯，张口一吹。
世间有甚牵挂？

七　琴诗

若言琴上有琴声，放在匣中何不鸣？
若言声在指头上，何不于君指上听？

和

莫听之以耳，且听之以心。
莫听之以心，且听之以气。

出之以指，莫若出之以心。
出之以心，莫若出之以气。

往复幽深，气清心宁。
声起声灭，非闻非听。

按　1. "莫听之以耳，且听之以心。莫听之心，且听之以气"：典出《庄子·人间世》。"无听之以耳而听之以心，无听之以心而听之以气。"

2. "往复幽深，气清心宁"：心气合一。

3. "声起声灭，非闻非听"：视而不见，听而不闻，吐纳修真深处，不滞感官。

八 海棠

东风袅袅泛崇光，香雾空蒙月转廊。
只恐夜深花睡去，故烧高烛照红妆。

会意

东风袅袅，香雾空蒙。
月下燃烛，隐照海棠。

千古一痴，耳目虚旷。
言尽意空，物我两忘。

按　此"会意"，既感叹东坡居士忘事忘机、空无古今之"痴"，也借题暗喻一禅修技。专注一物，不思议，不分辨判断，一任念头自生自息。久而久之，渐入无体之境，无内无外，物我皆空，松弛安寂空阔旷广。

九 题西林壁

横看成岭侧成峰，远近高低各不同。
不识庐山真面目，只缘身在此山中。

和

忘观山，燕语莺歌趣无穷。

离不去，往返流连昧西东。

不识本山真面目，只缘身内迷糊翁。

后身而身先，外身而身存。

外其身，旁观清，远近高低自通融。

按　1."不识本山真面目，只缘身内迷糊翁"：暗喻佛陀释迦牟尼大彻大悟当下的感叹。"奇哉！一切众生皆有如来智慧德相，但以妄想执着，而不证得。若离妄想，一切智，自然智，即得现前。"

2."后身而身先，外身而身存"：语出《道德经》。"天长地久。天地所以能长且久者，以其不自生，故能长生。是以圣人后其身而身先，外其身而身存。"

十　石塔寺

世传王播《饭后钟》诗，盖扬州石塔寺事也。相传如此，戏作此诗。

饥眼眩东西，诗肠忘早晏。

虽知灯是火，不悟钟非饭 ①。

山僧异漂母 ②，但可供一莞 ③。
何为二十年，记忆作此讪 ④？

斋厨养若人，无益只遗患。
乃知饭后钟，阇黎 ⑤盖具眼。

注与疏

① 钟非饭：唐朝有个王播，是扬州仓曹参军王恕的儿子。王恕死后，王播无所依靠，寄食扬州惠昭寺。王播终日无所事事，每到进食钟响，尾随钟声到饭堂用饭。日子长了，寺里的僧人开始厌烦这条懒虫。

一日，王播听得钟响，照例来到饭堂，却见人去堂空。原来众僧先吃饭，后撞钟。王播尴尬，题诗上墙："上堂才了各东西，惭愧阇黎饭后钟。"

二十年后，王播做了淮南节度使，来到扬州，重游惠昭寺。但见那诗被寺僧用碧丝罩了起来，以示尊重。王播心中得意，挥毫增补二句："二十年前尘拂面，而今始得碧丝笼。"

苏轼笑王播二十年不忘"钟非饭"旧故，心胸狭小，不厚道，因而讪言："何为二十年，记忆作此讪？"

② 漂母：陶潜诗《乞食》有句，"感子漂母惠，愧我非韩才"。

汉代韩信，发达之前穷困潦倒，曾寄食于一亭长之家。亭长夫人不欢喜韩信，时常有意提前开饭，令韩信肚空。有一专事拆洗的漂母，看韩信挨饿可怜，接连为韩信供食十数日。韩信感激，誓言报恩。漂母斥曰："大丈夫不能自食。吾哀王孙而进食，岂望报乎？"

③ 一莞：一笑。

④ 讪：讥嘲。

⑤ 阇黎（shé lí）：僧人。

会意

"虽知灯是火，不悟钟非饭。"东坡此句，俏皮幽默，颇具禅意，不妨作一话头参。

王播听钟声赶饭，以为"钟即饭"，犹如巴甫洛夫实验室内"条件反射"之犬。不料，寺僧将饭前钟，改为饭后撞。王播赶上了钟声，却错过了饭食。

钟即饭？钟非饭？

虚虚实实自分断。

"上堂才了各东西，惭愧阇黎饭后钟"，日后官至淮南节度使，知否得福于寺僧之棒？

"二十年前尘拂面，而今始得碧丝笼。"可曾想，再作话头参？

尘拂面，碧丝笼，辱耶，宠耶？

孰虚孰实，孰实孰虚？

参!

韩信寄人篱下，忍亭长之妇揶揄鄙薄。经漂母呵斥，大志惊起。日后忍胯下之辱终成大业，岂知非因漂母之呵？

寺僧饭后撞钟，漂母哀斥王孙，一棒一呵，或有意，或无意，千古之疑，不妨留待学者追索。

十一　考牧图

书晁说之^①考牧图后

我昔在田间，但知羊与牛。
川平牛背稳，如驾百斛^②舟。
舟行无人岸自移，我卧读书牛不知。

前有百尾羊，听我鞭声如鼓鼙^③。
我鞭不妄发，视其后者而鞭之。
泽中草木长，草长病牛羊^④。
寻山跨坑谷，腾趠^⑤筋骨强。

烟蓑雨笠长林下，老去而今空见画。
世间马耳射东风，悔不长作多牛翁。

注

① 晁（cháo）说之：苏轼友人，能诗，善画。

② 斛（hú）：十斗。

③ 鼙（pí）：小鼓。

④ "草长病牛羊"：瘠地短草，有嚼头，牛羊食之体壮，草长反倒不利。

⑤ 趠（chào）：跃。

疏

谁谓尔无羊？三百维群。

谁谓尔无牛？九十其犉①。

尔羊来思，其角濈濈②。

尔牛来思，其耳湿湿。

或降于阿，或饮于池，或寝或讹③。

尔牧来思，何蓑何笠，或负其糇④。

三十维物，尔牲则具。

尔牧来思，以薪以蒸，以雌以雄。

尔羊来思，矜矜兢兢，不骞不崩。

麾之以肱⑤，毕来既升。

牧人乃梦，众维鱼矣。

旐⑥维旟⑦矣，大人占之。

众维鱼矣，实维丰年。

旐维旟矣，室家溱溱⑧。

（《诗经·小雅·无羊》）

注

① 犉（rún）：黑唇黄牛。

② 湒（jí）湒：聚集。

③ 讹：此处作"动"解。

④ 糇（hóu）：干粮。

⑤ 肱（gōng）：肩至肘的部位。

⑥ 旐（zhào）：龟蛇图腾旗。

⑦ 旟（yú）：猛禽图腾军旗。

⑧ 溱（zhēn）溱：众盛。

会意

诗经瘾君，田间游魂。

卧读扬鞭，返朴归俭。

恍惚前世今生，放牛牧羊消遣。

十二　被酒独行

被酒独行，遍至子云、威、徽、先觉四黎之舍，三首。

半醒半醉问诸黎，竹刺藤梢步步迷。
但寻牛矢^①觅归路，家在牛栏西复西。

总角^②黎家三小童，口吹葱叶送迎翁。
莫作天涯万里意，溪边自有舞雩^③风。

注

① 牛矢（shǐ）：牛粪。
② 总角：童子小辫。
③ 雩（yú）：古代求雨祭祀之舞。

和

但随牛粪去，童子葱叶戏，溪边风雨舞祭。
万物自在，田园天然。
醉看今身何身，莫辨今夕何夕。

十三　汲江煎茶

活水还须活火烹，自临钓石取深清。
大瓢贮月归春瓮，小杓分江入夜瓶。

雪乳已翻煎处脚，松风忽作泻时声。

枯肠未易禁三碗，坐听荒城长短更。

会意

清夜朗月，汲江煎茶，风起松涛浪涌。
隐约荒城更长短。
悠幽。

十四　过岭

七年来往我何堪，又试曹溪一勺甘。
梦里似曾迁海外，醉中不觉到江南。

波生濯①足鸣空涧，雾绕征衣滴翠岚。
谁遣山鸡忽惊起，半岩花雨落毵毵②。

注

① 濯（zhuó）：洗。"山涧清且浅，可以濯我足"，典出屈原
《渔父》。
② 毵（sān）毵：细毛。

会意

梦幻海外，酒醉江南。

人生长醉，光阴荏苒。

梦听山鸡惊起，醉看细雨霃霃。

恍兮惚兮，疑云四起。

山鸡惊耶？细雨落耶？

醉耶？梦耶？

似真非真，似幻非幻。

迷漫。

十五 和子由^①蚕市

蜀人衣食常苦艰，蜀人游乐不知还。
千人耕种万人食，一年辛苦一春闲。

闲时尚以蚕为市，共忘辛苦逐欣欢。
去年霜降斫秋荻^②，今年箔^③积如连山。

破瓢为轮土为釜，争买不翅金与纨。
忆昔与子皆童丱^④，年年废书走市观。

市人争夸斗巧智，野人喑哑遭欺谩。

诗来使我感旧事，不悲去国悲流年。

注

① 子由：苏轼弟苏辙。

② 荻（dí）：草本植物，状如芦苇，可用以编席。

③ 箔（bó）：养蚕的簸箕。

④ 丱（guàn）：古代儿童头发分束为两角辫的样子。

会意

人生迅速，祸福相依。

性恶性善，刁慈参半。

轮回遥遥，不见翻转。

哀哉。

蜀人衣食常苦艰，蜀人游乐不知还。

千人耕种万人食，一年辛苦一春闲。

市人争夸斗巧智，野人喑哑遭欺谩。

诗来使我感旧事，不悲去国悲流年。

哀民生之艰，叹众生之顽，悲悯之心昭然。

善哉，东坡居士！

十六　吴中田妇叹

和贾收韵

今年粳^①稻熟苦迟，庶^②见霜风来几时。
霜风来时雨如泻，杷头出菌镰生衣^③。

眼枯泪尽雨不尽，忍见黄穗卧青泥。
茅苫^④一月陇上宿，天晴获稻随车归。

汗流肩赪^⑤载入市，价贱乞与如糠粞^⑥。
卖牛纳税拆屋炊，虑浅不及明年饥。

官今要钱不要米，西北万里招羌儿。
龚黄^⑦满朝人更苦，不如却作河伯妇^⑧！

注

① 粳(jīng)：稻谷之一种，其米短而粗。

② 庶(shù)：众多。

③ 镰生衣：镰刀生锈。

④ 茅苫(shān)：草被。

⑤ 赪(chēng)：红色。

⑥ 粞（xī）：碎米。

⑦ 龚黄：龚遂、黄霸，汉代官吏，对百姓有悲悯心。

⑧ 河伯妇：河伯，黄河水神。魏文侯年代，有巫假托"神意"，强选少女投河，谓"祭河神以避水难"，每年一妇，称"河伯娶妇"。后西门豹救民于水火，止此陋习。

会意

"官今要钱不要米，西北万里招羌儿。"

可怜吴中田妇，千辛万苦收获粳稻，汗流浃背拉赴市场，其价仅值糠粞。卖牛拆屋纳税养兵，今岁熬将过去，不知来年如何苦度饥荒？

《道德经》有言："兵者，不祥之器。"自来官家开仗，黎民百姓遭殃。

战乱年间，即令忠臣满朝，百姓依旧苦不堪言，以致情愿做个"河伯妇"，投河自尽，一了百了。

深谙农事，恤庶民疾苦，痛苛政酷厉，东坡居士乃真居士。

善哉，东坡居士！

居士东坡，善哉！

十七　问囚

熙宁中，轼通守此郡。除夜，直都厅，囚系皆满，日暮不得返舍，因题一诗于壁，今二十年矣。衰病之余，复忝郡寄，再经除夜，庭事萧然，三圄皆空。盖同僚之力，非拙朽所致，因和前篇呈公济、子侔二通守前诗。

除日^①当早归，官事乃见留。
执笔对之泣，哀此系中囚。

小人营糇粮^②，堕网^③不知羞。
我亦恋薄禄，因循失归休^④。

不须论贤愚，均是为食谋。
谁能暂纵遣，闵默^⑤愧前修^⑥。

注与疏

① 除日：除夕之日。

② 糇粮：干粮。

③ 堕网：落入法网。

④ 归休：陶渊明诗《游斜川》有句，"开岁倏五十，吾生行归休"。归，典出《庄子·田子方》，"生有所乎萌，死有所乎归"。休，典

之间
——
146

出《庄子·刻意》，"其生若浮，其死若休"。

⑤ 闵默：忧而难言。

⑥ 前修：佛家有个说法，向往究竟解脱、心慈悲、趣在了悟生死实相之士，前世曾经修行。此生续修，称"再来人"。

会意

"不须论贤愚，均是为食谋。"

鸟为食亡，人为财伤，贤也好，愚也罢，半斤八两。

庄子有言："天道无为而尊，人道有为而累。"

穷汉盗粮堕网，审囚的"我"，也因俸禄而营营，大家鱼虾同网。

推己及囚，执笔面囚而悲泣，深心凄怆。

推囚及己，抚案垂首而警觉，惊怵仓皇。

东坡居士对苦囚的真切悲悯与反躬自省，深发后来人思量。

十八　鹤叹

园中有鹤驯可呼，我欲呼之立坐隅①。

鹤有难色侧睨②予③："岂欲臆对如鹛④乎？

我生如寄良畸孤，三尺长胫阁瘦躯，

俯啄少许便有余⑤，何至以身为子娱？"

驱之上堂立斯须，投以饼饵视若无。
戛然长鸣乃下趋，难进易退我不如。

注与疏

① 隅（yú）：侧。

② 睨（nì）：斜视。

③ 予：我。

④ 鹏（fú）：形似猫头鹰的一种鸟，据称不祥。

⑤ "俯啄少许便有余"：陶渊明诗《饮酒》二十首有句："倾身营一饱，少许便有余。"

会意

不卑，不亢，不贪

鹤——

不为食而气短，不因宠而丧节

孤傲清高，仰天长鸣，凛然不容侵犯

鹤友，鹤师

鹤训

鹤叹鹤叹，因鹤兴叹

十九　和子由渑池怀旧

人生到处知何似，应似飞鸿踏雪泥。
泥上偶然留指爪，鸿飞那复计东西。

老僧已死成新塔，坏壁无由见旧题。
往日崎岖还记否，路长人困蹇驴嘶。

会意

长老生死，新塔旧题。
莫若飞鸿，不计东西。

一路踉跄，回首苍茫。
世事人生，大梦一场。
似有所悟。

放下。

词选

（二十首）

一　念奴娇·中秋

　　凭高眺远，见长空万里，云无留迹。桂魄飞来光射处，冷浸一天秋碧。玉宇琼楼，乘鸾来去，人在清凉国。江山如画，望中烟树历历。

　　我醉拍手狂歌，举杯邀月，对影成三客①。起舞徘徊风露下，今夕不知何夕。便欲乘风，翻然归去，何用骑鹏翼②？水晶官里，一声吹断横笛。

注与疏

① "举杯邀月，对影成三客"，语出李白《月下独酌》：

　　花间一壶酒，独酌无相亲。

　　举杯邀明月，对影成三人。

月既不解饮，影徒随我身。

暂伴月将影，行乐须及春。

我歌月徘徊，我舞影零乱。

醒时同交欢，醉后各分散。

永结无情游，相期邈云汉。

② "骑鹏翼"，典出《庄子·逍遥游》：

北冥有鱼，其名为鲲。鲲之大，不知其几千里也。化而为鸟，其名为鹏。鹏之背，不知其几千里也。怒而飞，其翼若垂天之云。

和

某甲数度梦中飞翔，自高山之巅，轻跃而下，顺风随意，天地间优游自在。

如是，权以此意相和：

长空万里，云天无迹。

月夜周天疏朗。

何不自展双翼，逍遥乘风飞滑。

俯睒江山如烟，仰睇天路旷广。

二 水调歌头·千里快哉风

落日绣帘卷，亭下水连空。知君为我新作，窗户湿青红。长记平山堂上，欹①枕江南烟雨，杳杳没孤鸿。认得醉翁语，山色有无中②。

　　一千顷，都镜净，倒碧峰。忽然浪起，掀舞一叶白头翁。堪笑兰台公子，未解庄生天籁③，刚道有雌雄。一点浩然气④，千里快哉风。

注与疏

① 攲（qī）：倾斜。

② “认得醉翁语，山色有无中”，句出王维诗《汉江临泛》：

　　楚塞三湘接，荆门九派通。

　　江流天地外，山色有无中。

　　郡邑浮前浦，波澜动远空。

　　襄阳风日好，留醉与山翁。

③ “庄生天籁”，典出《庄子·齐物论》：

　　南郭子綦隐机而坐，仰天而嘘，嗒焉似丧其耦。

　　颜成子游立侍乎前，曰：“何居乎？形固可使如槁木，而心固可使如死灰乎？今之隐机者，非昔之隐机者也！”

　　子綦曰：“偃，不亦善乎，而问之也。今者吾丧我，汝知之乎？汝闻人籁而未闻地籁，汝闻地籁而不闻天籁夫！”

　　子游曰：“敢问其方。”

　　子綦曰：“夫大块噫气，其名为风。是唯无作，作则万窍怒号。而独不闻之翏翏乎？山林之畏佳，大木百围之窍穴，似鼻，似口，似耳，似枅，似圈，似臼，似洼者，似污者。激者、謞者、叱者、吸者、叫者、譹者、宎者、咬者，前者唱于而随者唱喁，泠风则小和，飘风则大和，厉风济则众窍为虚。而独不见之调调、之刁刁乎？"

子游曰："地籁则众窍是已，人籁则比竹是已，敢问天籁。"

子綦曰："夫吹万不同，而使其自己也。"

④ "浩然气"，典出《孟子·公孙丑章句上》：

孟子："我善养吾浩然之气。"公孙丑："敢问何谓浩然之气。"

孟子："难言也。其为气也，至大至刚。以直，养而无害，则塞于天地之间。"

会意　"黑头"和"须生"

天地吐纳，万窍呼啸。

激流奔涌，利箭划空，叱咤、嚎叫、号泣。

沉郁之音，清厉之声，风吹物应，浩荡起伏，前后相随。

小风小和，大风大和。

烈风止，万籁寂而归虚。

嚯哈哈——

天地浩然气，千里快哉风，把酒凌虚邀苍穹！

三　行香子·今古空名

一叶舟轻，双桨鸿惊。水天清，影湛波平。鱼翻藻鉴，鹭点烟汀。过沙溪急，霜溪冷，月溪明。

重重似画，曲曲如屏。算当年，虚老严陵①。君臣一梦，今古空名[2]。但远山长，云山乱，晓山青。

注与疏

① 严陵：汉代严光，字子陵，曾与汉光武帝刘秀同学，也曾相助刘秀。刘秀称帝之后，严光隐退，垂钓于富春江。

② "君臣一梦，今古空名"：严光垂钓之举，后世有人讥其"钓名"。

会意

一叶舟轻，双桨鸿惊，居士见世事人生无常。

光武严陵，君臣名空。

刘秀功名空，严光垂钓空。

千秋功名，古今大梦。

水天清，影湛波平。

放眼望，唯远山长，云山乱，晓山青，山水清明。

引孙髯翁和东坡居士

看江山如画，悟古今名空。"行香子"数百年之后，昆明大观楼出了一副长联，堪与苏子遥相应和：

五百里滇池，奔来眼底。

披襟岸帻，喜茫茫空阔无边。

看东骧神骏，西翥灵仪，北走蜿蜒，南翔缟素。

高人韵士，何妨选胜登临。

趁蟹屿螺洲，梳裹就风鬟雾鬓。

更苹天苇地，点缀些翠羽丹霞。

莫辜负，四围香稻，万顷晴沙，九夏芙蓉，三春杨柳。

数千年往事，注到心头。

把酒凌虚，叹滚滚英雄谁在。

想汉习楼船，唐标铁柱，宋挥玉斧，元跨革囊。

伟烈丰功，费尽移山心力。

尽珠帘画栋，卷不及暮雨朝云。

便断碣残碑，都付与苍烟落照。

只赢得，几杵疏钟，半江渔火，两行秋雁，一枕清霜。

观空阔茫茫五百里滇池，叹英雄滚滚数千年往事。

勘破功名心机，喝断利禄盘算。

冷眼看，流年似水人间沧桑，天地无情山河常在。

东坡词，孙髯联，所见所悟略同。

四　满江红·兰亭空迹

东武会流杯亭，上巳日作。城南有坡，土色如丹，其下有堤，壅郏淇水入城。

东武南城，新堤就，郏淇初溢。微雨过，长林翠阜，卧红堆碧。枝上残花吹尽也，与君试向江头觅。问向前，犹有几多春，三之一。官里事，何时毕？风雨外，无多日。相将泛曲水，满城争出。君不见兰亭修禊事[1]，当时坐上皆豪逸。到如今，修竹满山阴，空陈迹。

注与疏

[1] "兰亭修禊事"，典出书圣王羲之《兰亭集序》：

永和九年，岁在癸丑。暮春之初，会于会稽山阴之兰亭，修禊事也。

群贤毕至，少长咸集。

此地有崇山峻岭，茂林修竹。又有清流激湍，映带左右，引以为流觞曲水。

列坐其次，虽无丝竹管弦之盛，一觞一咏，亦足以畅叙幽情。

是日也，天朗气清，惠风和畅。仰观宇宙之大，俯察品类之盛，所以游目骋怀，足以极视听之娱，信可乐也！

夫人之相与，俯仰一世。或取诸怀抱，晤言一室之内；或因寄所托，放浪形骸之外。虽取舍万殊，静躁不同，当其欣于所遇，暂得于己，快然自足，曾不知老之将至。

及其所之既倦，情随事迁，感慨系之矣。向之所欣，俯仰之间，已为陈迹，犹不能不以之兴怀。况修短随化，终期于尽。

古人云："死生亦大矣。"岂不痛哉！

每览昔人兴感之由，若合一契，未尝不临文嗟悼，不能喻之于怀。

固知一死生为虚诞，齐彭殇为妄作。后之视今，亦犹今之视昔，悲夫！

故列叙时人，录其所述。虽世殊事异，所以兴怀，其致一也。后之览者，亦将有感于斯文。

中篇 相和东坡词选

和

天下事，官里事，兰亭事，事事烟消。
君王念，臣子念，雅士念，念念云散。
有为业，凡夫心。
如露亦如电，如梦亦如幻。

按 "如露亦如电，如梦亦如幻"，典出《金刚经》末尾偈言。

一切有为法。
如梦幻泡影。
如露亦如电。
应作如是观。

五　满庭芳·归去来兮

元丰七年四月一日，余将去黄移汝，留别雪堂邻里二三君子。会李仲览自江东来别，遂书以遗之。

归去来兮，吾归何处？万里家在岷峨。百年强半，来日苦无多。坐见黄州再闰，儿童尽楚语吴歌。山中友，鸡豚社酒，相劝老东坡。

云何？当此去，人生底事，来往如梭。待闲看秋风，洛水清波。好在堂前细柳，应念我，莫剪柔柯。仍传语，江南父老，时与晒渔蓑。

和

家非家，身非身。

欲知何处往，当下断乾坤。

六　哨遍·遇坎①还止

陶渊明赋《归去来》，有其词而无其声。余治东坡，筑雪堂于上。人俱笑其陋，独鄱阳董毅夫过而悦之，有卜邻之意。乃取《归去来》词，稍加隐括，使就声律，以遗毅夫。使家童歌之，时相从于东坡，释耒而和之，扣牛角而为之

之
间

节，不亦乐乎？

为米折腰，因酒弃家，口体交相累。归去来，谁不遣君归？觉从前皆非今是 ②。露未晞，征夫指予归路，门前笑语喧童稚 ③。嗟旧菊都荒，新松暗老，吾年今已如此。但小窗容膝闭柴扉 ④，策杖看孤云暮鸿飞。云出无心，鸟倦知返 ⑤，本非有意。

噫！归去来兮，我今忘我兼忘世。亲戚无浪语，琴书中有真味 ⑥。步翠麓崎岖，泛溪窈窕，涓涓暗谷流春水 ⑦。观草木欣荣，幽人自感，吾生行且休矣 ⑧。念寓形宇内复几时，不自觉皇皇欲何之，委吾心，去留谁计？神仙知在何处，富贵非吾志 ⑨。但知临水登山啸咏，自引壶觞自醉 ⑩。此生天命更何疑 ⑪，且乘流，遇坎还止。

注与疏

① 坎：乾、坤、震、巽、坎、离、艮、兑，《周易》八卦。"坎"卦方位在北，自然属性为水、雨。

注 ② 至注 ⑪，句出陶渊明《归去来兮辞》：

苏轼"哨遍"，觉从前皆非今是；陶潜《归去来兮辞》，实迷途其未远，觉今是而昨非。

苏轼"哨遍"，露未晞，征夫指予归路，门前笑语喧童稚；陶潜《归去来兮辞》，问征夫以前路，恨晨光之熹微。乃瞻衡宇，载欣载奔。僮仆欢迎，稚子候门。

苏轼"啸遍"，但小窗容膝闭柴扉；陶潜《归去来兮辞》，园日涉以成趣，门虽设而常关。

苏轼"啸遍"，云出无心，鸟倦知返；陶潜《归去来兮辞》，云无心以出岫，鸟倦飞而知还。

苏轼"啸遍"，亲戚无浪语，琴书中有真味；陶潜《归去来兮辞》，悦亲戚之情话，乐琴书以消忧。

苏轼"啸遍"，步翠麓崎岖，泛溪窈窕，涓涓暗谷流春水。观草木欣荣，幽人自感，吾生行且休矣。陶潜《归去来兮辞》，既窈窕以寻壑，亦崎岖而经丘，木欣欣以向荣，泉涓涓而始流。善万物之得时，感吾生之行休。已矣乎！

苏轼"啸遍"，神仙知在何处，富贵非吾志；陶潜《归去来兮辞》，富贵非吾愿，帝乡不可期。

苏轼"啸遍"，但知临水登山啸咏，自引壶觞自醉；陶潜《归去来兮辞》，登东皋以舒啸，临清流而赋诗。

苏轼"啸遍"，此生天命更何疑；陶潜《归去来兮辞》，聊乘化以归尽，乐夫天命复奚疑！

会意（一）

《归去来兮辞》，大美希文千古共赏。

也难怪苏子情不自禁连篇整句搬用。他太倾慕陶潜："吾于诗人，无所甚好。独好渊明之诗。渊明作诗不多，然其诗，质而实绮，癯而实腴。自曹、刘、鲍、谢、李、杜诸人，皆莫及也。"（《与苏辙书》）

引庄子《大宗师》《天地》附会"哨遍"

颜回见孔子："我有所悟。"

孔丘："什么？"

颜回："忘了仁义。"

孔丘："不错。还不是根本。"

过了一些日子，颜回又来："我有所悟。"

孔丘："什么？"

颜回："忘了礼乐。"

孔丘："很好。仍不是根本。"

又过了一些日子，颜回再来："我有所悟。"

孔丘："什么？"

颜回答："我坐忘了。"

孔子一惊："什么是坐忘？"

颜回："体身虚妄，万境皆空。听而不闻，视而不见，脱形，褪智，心同太虚，内不觉有身，外不分天地，内外通化，是为坐忘。"

会意（二）

忘乎物，忘乎天，其名为忘己。忘己之人，是之谓入于天。（《庄子·天地》）

苏子诗言："归去来兮，我今忘我兼忘世。"

忘我忘世，内外俱忘，是大忘，得大解脱。

善哉。

七　行香子·归去闲人

清夜无尘，月色如银。酒斟时，须满十分。浮名浮利，虚苦劳神。叹隙中驹 ①，石中火，梦中身 ②。

虽抱文章，开口谁亲。且陶陶，乐尽天真。几时归去，作个闲人。对一张琴，一壶酒，一溪云。

注与疏

① "隙中驹"，典出《庄子·知北游》："人生天地之间，若白驹之过隙，忽然而已。"

"隙中驹"，如同《百步洪》之"飞电过隙"，喻光阴似箭。

② "石中火，梦中身"：如同"水上月，镜中花"，喻"凡所有相，皆是虚妄"（《金刚经》语）。

会意

虚名浮利，水中月，石中火，梦中身，苦志劳神终成障。

但自归去，一长琴，一壶酒，一溪云，息心养性为无为。

之间

162

八　浣溪沙·咏兰溪

游蕲水清泉寺，寺临兰溪，溪水西流。

山下兰芽短浸溪，松间沙路净无泥，萧萧暮雨子规啼。
谁道人生无再少？门前流水尚能西！休将白发唱黄鸡。

和

人生少而老，老复少，轮转悠悠。
眼下闲暇。
但随兰溪散漫，柔步松间落叶。
心寂寂，耳目清。
静听流水暮雨，细看沙路无泥。
动中观，行中参。
步步都是禅。

按　"人生少而老，老复少，轮转悠悠"，暗喻周而复始，无有穷尽。

九　浣溪沙·村趣

徐门石潭谢雨道上作五首。潭在城东二十里，常与泗水增减，清浊相应。

（一）

照日深红暖见鱼，连村绿暗晚藏乌，黄童白叟聚睢盱①。
麋鹿逢人虽未惯，猿猱②闻鼓不须呼，归来说与采
桑姑。

注

① 睢盱（huī xū）：张目仰视貌。
② 猱（náo）：猴之一种。

（二）

旋抹红妆看使君，三三五五棘篱门，相排踏破蒨罗裙。
老幼扶携收麦社，乌鸢①翔舞赛神村，道逢醉叟卧
黄昏。

注

① 鸢（yuān）：鹰。

麻叶层层苘^①叶光，谁家煮茧一村香？隔篱娇语络丝娘。

垂白杖藜抬醉眼，捋^②青捣䴱^③软饥肠，问言豆叶几时黄。

注

① 苘（qǐng）：苘麻。

② 捋（lǔ）：抹。

③ 䴱（chǎo）：炒米。

（四）

簌簌^①衣巾落枣花，村南村北响缫^②车，牛衣古柳卖黄瓜。

酒困路长惟欲睡，日高人渴漫思茶，敲门试问野人家。

注

① 簌（sù）簌：树叶摇曳声。

② 缫（sāo）：把蚕茧浸在热水里，抽出蚕丝。

（五）

软草平莎过雨新，轻沙走马路无尘，何时收拾耦耕身？
日暖桑麻光似泼，风来蒿艾气如薰，使君元是此中人。

微醺

物物相依，村野睦睦。
一两醉叟，三五村姑。

软草清沙，古柳桑麻。
丝娘娇语，日暖风酥。

散，淡，
闲。

微醉。

十　虞美人·夜阑风息

本事集云：陈述古守杭，已及瓜代。未交前数日，宴僚佐于有美堂，因请贰车苏子瞻赋词，子瞻即席而就，寄摊破虞美人。

湖山信是东南美，一望弥千里。使君能得几回来？便使樽前醉倒且徘徊。

沙河塘里灯初上，《水调》谁家唱。夜阑风静欲归时，惟有一江明月碧琉璃。

会意

夜阑风息，万籁休歇。

醉看一江明月。

…… ……

平滑寂寥。

清宁无染。

照人生如梦似幻。

…… ……

十一　临江仙·夜归临皋

夜饮东坡醒复醉，归来仿佛三更。家童鼻息已雷鸣，敲门都不应，倚杖听江声。

长恨此身非我有[①]，何时忘却营营[②]？夜阑风静縠[③]纹平，小舟从此逝，江海寄余生。

注与疏

① "此身非我有"，典出《庄子·知北游》：

舜问乎丞："道可得而有乎？"

曰："汝身非汝有也，汝何得有夫道？"

舜曰："吾身非吾有也，孰有之哉？"

曰："是天地之委形也。生非汝有，是天地之委和也。

"性命非汝有，是天地之委顺也。子孙非汝有，是天地之委蜕也。

…… ……

"天地之强，阳气也，又胡可得而有邪？"

② 营营：机事，机心。机事，需算计谋划之事。机心，算计谋划之心。

③ 縠（hú）：绉纱，喻微波。

和

此身自来非我有，何必长恨。

醉也无，醒也无，家童与鼻息，似有也若无。

遥遥江声，倚杖痴立。

…… ……

忘事。

忘听。

忘心。

十二　西江月·万事空

三过平山堂下，半生弹指声中。十年不见老仙翁，壁上龙蛇飞动。

欲吊文章太守，仍歌杨柳春风。休言万事转头空，未转头时皆梦。

引《六祖坛经》公案和居士东坡

祖（禅宗五祖弘忍）为说《金刚经》，至"应无所住而生其心"，慧能言下大悟……（五祖）云："汝为第六代祖，善自护念，广度有情……衣为争端，止汝勿传……汝须速去，恐人害汝。"……慧能发足南行……遂后数百人来，欲夺衣钵。一僧俗姓陈名惠明……为众人先，趁及慧能。慧能掷下衣钵于石上曰："此衣表信，岂可力争耶？"能隐草莽中。

惠明至，提掇不动，乃唤云："行者，行者，我为法来，不为衣来。"慧能遂出，盘坐石上。惠明作礼云："望行者为我说法。"慧能云："汝既为法来，可屏息诸缘，勿生一念，吾为汝说。"明良久。慧能云："不思善，不思恶，正恁么时，哪个是明上座本来面目？"惠明言下大悟。复问云："上来密语密意外，还更有密意否？"慧能云："与汝说者，即非密也。汝若返照，密在汝边。"

诸缘屏息，一念勿生。

良久。

······ ······

转头？不转头？正恁么时，哪个是居士本来面目？

十三　洞仙歌·流年暗中偷换

仆七岁时，见眉山老尼，姓朱，忘其名，年九十岁。自言尝随其师入蜀主孟昶宫中。一日大热，蜀主与花蕊夫人夜起避暑摩诃池上，作一词，朱俱能记之。

今四十年，朱已死久矣，人无知此词者。独记其首两句，暇日寻味，岂《洞仙歌令》乎？乃为足之。

冰肌玉骨，自清凉无汗。水殿风来暗香满。绣帘开，一点明月窥人。人未寝，欹枕钗横鬓乱^①。

起来携素手，庭户无声。时见疏星渡河汉。试问夜如何？夜已三更。金波淡，玉绳低转。但屈指西风几时来？又不道流年，暗中偷换。

注与疏

① "人未寝，欹枕钗横鬓乱"句，白居易有《如梦令》诗言：
　　前度小花静院，不比寻常时见。

见了又还休，愁却等闲分散。

肠断，肠断，记取钗横鬓乱。

…… ……

和

冰肌玉骨，钗横鬓乱。

怎料流年暗中偷换。

看疏星渡河，明月朗照。

叹寰宇从来清凉。

如幻，如幻，轮涅元本如幻。

按 轮，轮回。涅，涅槃。《法华经》里，佛陀释迦牟尼以"火宅"喻"轮回"，以"化城"喻"涅槃"，开示轮涅皆如幻的"佛知见"。

十四 定风波·林中遇雨

三月七日，沙湖道中遇雨。雨具先去，同行皆狼狈，余独不觉。已而遂晴，故作此词。

莫听穿林打叶声，何妨吟啸且徐行。竹杖芒鞋轻胜马，谁怕？一蓑烟雨任平生。

料峭春风吹酒醒，微冷，山头斜照却相迎。回首向来萧瑟处，归去，也无风雨也无晴。

会意

细雨落叶，春风料峭，山头夕阳斜照。

似曾有，有也无。

酒醉酒醒，何处是关窍？

和

阴晴圆缺来去来，弹指旋回刹那间。

醒复醉兮醉复醒，波还江海云归天。

回首千古萧瑟处，了无风雨了无晴。

乍见山头光夕照，赤赤灵台本空明。

按 1."回首千古萧瑟处，了无风雨了无晴"，有鉴于赵州禅师所言："世界未有，其性早有。世界毁灭，其性不灭。"

2.赤赤，子生赤色，裸无衣饰。灵台，本初心，心之根本。亦即"世界未有，其性早有"之性、"明心见性"之性。

3."乍见山头光夕照，赤赤灵台本空明"：暗喻因"回首千古萧瑟处，了无风雨了无晴"而顿见心之根性，本初清净，纯然无染。

十五　永遇乐·古今如梦

　　彭城夜宿燕子楼，梦盼盼，因作此词。一云：徐州梦觉，北登燕子楼作。

　　明月如霜，好风如水，清景无限。曲港跳鱼，圆荷泻露，寂寞无人见。纨如三鼓，铿然一叶，黯黯梦云惊断。夜茫茫，重寻无处，觉来小园行遍。

　　天涯倦客，山中归路，望断故园心眼。燕子楼空，佳人何在，空锁楼中燕。古今如梦，何曾梦觉，但有旧欢新怨。异时对，黄楼夜景，为余浩叹。

和

　　古今如梦，世事若烟。
　　何时梦觉，无觅无见。

　　按　《圆觉经》有言："善男子，如昨梦故，当知生死及与涅槃，无起无灭，无来无去。其所证者，无得无失，无取无舍。其能证者，无作无止，无任无灭。于此证中，无能无所，毕竟无证，亦无证者。一切法性，平等不坏。"

　　"古今如梦，世事若烟"，暗喻生死轮回之无常："何时梦觉，无觅无见"，暗喻一旦彻悟，了知"生死及与涅槃，无起无灭，无来无去"，了知"无证，亦无证者。一切法性，平等不坏"。

十六　如梦令·本来无垢

　　元丰七年十二月十八日浴泗州雍熙塔下，戏作《如梦令》两阕。此曲本唐庄宗制，名《忆仙姿》，嫌其名不雅，故改为《如梦令》。庄宗作此词，卒章云："如梦，如梦，和泪出门相送。"因取以为名云。

　　水垢何曾相受，细看两俱无有。寄语揩背人，尽日劳君挥肘。轻手，轻手，居士本来无垢。

会意

　　《维摩诘所说经》有偈言：八解①之浴池，定②水湛然满。布以七净③华④，浴此无垢人。

① 八解：八解脱，佛学用语。《俱舍论》卷二九：解脱有八。一、内有色想，观外色解脱；二、内无色想，观外色解脱；三、净解脱身作证具足住；四种无色定，为四解脱（四、五、六、七）；灭受想定，为第八解脱。
② 定：禅定。
③ 七净，佛教用语。即一戒净，二心净，三见净，四度疑净，五分别道净，六行断知见净，七涅槃净。

④ 华：花。

疏

神秀偈：身是菩提树，心如明镜台，时时勤拂拭，勿使染尘埃。

慧能诘：菩提本无树，明镜亦非台，本来无一物，何处惹尘埃？

居士同参

居士本然虚空，无生无净无垢。
若非有染具身，何劳重手轻手。

按 1."居士本然虚空，无生无净无垢"，典出《心经》："诸法空相，不生不灭，不垢不净，不增不减。"

2."有染具身"，因无明而以肉身轮回。

十七 鹧鸪天·夜雨

东坡谪黄州时作此词，真本藏林子敬家。

林断山明竹隐墙，乱蝉衰草小池塘。翻空白鸟时时见，照水红蕖细细香。

村舍外，古城旁，杖藜徐步转斜阳。殷勤昨夜三更雨，又得浮生一日凉。

会意

"林断山明竹隐墙，乱蝉衰草小池塘。殷勤昨夜三更雨，又得浮生一日凉。"

与众生共酷暑、同清凉，东坡居士心暖。

十八　临江仙·问囚见鹤

自古相从休务日，何妨低唱微吟。天垂云重作春阴，坐中人半醉，帘外雪将深。

闻道分司狂御史，紫云无路追寻。凄风寒雨更骎骎①，问囚长损气，见鹤忽惊心。

注

① 骎(qīn)骎：急速。

会意

往古来今，冤假错案此伏彼起，有冤无处申而羸弱无助者，无非百姓贫民！

苏轼为官问囚，痛天下不平事，哀众生之多难。

更推己及囚，推囚及己，陡见鹤，忆《鹤叹》，怵然心惊。

心怀慈悲，才智超群，东坡居士来日必果菩萨，"从大悲云起大法雨，利益众生"。

十九　江城子·记梦

乙卯正月二十日夜记梦。

公之夫人王氏先卒，味此诗，盖悼亡也。

十年生死两茫茫。不思量，自难忘。千里孤坟，无处话凄凉。纵使相逢应不识，尘满面，鬓如霜。

夜来幽梦忽还乡。小轩窗，正梳妆。相顾无言，惟有泪千行。料得年年断肠处，明月夜，短松冈。

会意

情伤深处，寂寞无言。

…… ……

只待再来，转伤为悯，转恋为慈，居士以情为机。

只待再来，化巧为拙，化智为慧，文豪以才为契。

有道是：无慧不超拔，无情非菩萨。

二十　念奴娇·赤壁怀古

大江东去，浪淘尽，千古风流人物。故垒西边，人道是，三国周郎赤壁。乱石崩云，惊涛裂岸，卷起千堆雪。江山如画，一时多少豪杰！

遥想公瑾当年，小乔初嫁了，雄姿英发。羽扇纶①巾，谈笑间，樯橹灰飞烟灭②。故国神游，多情应笑我，早生华发。人间如梦，一樽还酹③江月。

注

① 纶（guān）：丝帛便帽。
② "灰飞烟灭"，典出《圆觉经》："譬如钻火，两木相因，火出木尽，灰飞烟灭。"
③ 酹（lèi）：祭。

和

古今豪杰，万千风流，逝者灰飞烟灭。
人生如酒，举手挥洒，还散大河大江。

随江奔涌，东去归海，升腾雨露甘霖。
往复寰宇，普润大千，幻和日月华光。

文选

（三十一篇）

记游

一　记过合浦

　　余自海康适合浦，连日大雨，桥梁大坏，水无津涯。自兴廉村净行院下，乘小舟至官寨。闻自此西皆涨水，无复桥船。或劝乘蜑[①]并海即白石。

　　是日六月晦，无月，碇宿[②]大海中。天水相接，星河满天……稚子过在旁鼾睡，呼不应。所撰《书》《易》《论语》皆以自随，而世未有别本……

注

①　蜑（dàn）：水上居民，又指蜑人的船只。

② 碇（dìng）：系船的石墩。碇宿：抛锚而宿。

疏

　　读东坡诗词，感佩苏子广读诗书，引典不着痕迹，用语平直洒脱，细致，见大境界，意旨深远。

　　自海康出游合浦，于海夜宿，水天相连，星空之下万籁俱寂，"所撰《书》《易》《论语》皆以自随"，其精读、深读、广读，略见一斑。

　　不世文豪，非宏大叙事所能。

二　逸人游浙东

　　到杭州一游……湖上寿星院竹极伟，其傍智果院有参寥泉及新泉，皆甘冷异常，当时往一酌。仍寻参寥子、妙总师之遗迹，见颖沙弥亦当致意……

疏

　　《宝积经》记佛陀释迦牟尼为弟子大迦叶开示菩萨正行，其中有言：于诸众生，谦卑下下。

　　苏轼一当世大文豪，将见一沙弥，不忘谦谦致意，为后世文士僧俗，立一真修行人谦卑恭下之存照。

三　记承天寺夜游

元丰六年十月十二日夜，解衣欲睡。月色入户，欣然起行。念无与乐者，遂至承天寺寻张怀民。怀民亦未寝，相与步于中庭。

庭下如积水空明，水中藻荇①交横，盖竹柏影也。何夜无月，何处无竹柏，但少闲人如吾两人耳。

注

① 荇（xìng）：草本植物，根生水底，叶略圆，浮于水面。

会意

晴空朗月，"庭下如积水空明"。

竹柏明月自在，心闲则见，心不闲，熟视无睹。

性情闲人，会竹柏明月之性情。

天地大美，无所不在，唯真性情者得天真。

四　游白水书付过

绍圣元年十月十二日，与幼子过游白水佛迹院……

循山而东，少北，有悬水百仞，山八九折，折处辄为潭，深者碓石五丈，不得其所止。雪溅雷怒，可喜可畏。水崖有巨人迹数十，所谓佛迹也。

暮归倒行，观山烧火，甚俯仰。度数谷，至江。山月出，击汰中流，掬弄珠璧。

到家二鼓，复与过饮酒，食余甘煮菜。

顾影颓然，不复甚寐，书以付过。

东坡翁

注

① 碓（duī）：下坠。

会意

面胜景，临佛迹，东坡翁"不复甚寐"，顿生"何时忘却营营"之颓然。此颓然屡见居士诗书，一如陶渊明"既自以心为形役，奚惆怅而独悲"之叹。

然，醒，"尝从人事，皆口腹自役。于是怅然慷慨，深愧平生之志。犹望一稔，当敛裳宵逝"。三十六岁，陶潜毅然辞官，彻底断绝仕途。后半生归田躬耕，虽饥贫交加，却怡然自得，身后留下千古佳话。

东坡一世，饱受机事机心之累，官里事、人间事，终究难了，无奈以"未成小隐聊中隐"自慰。蹉跎一生，有潇洒风光，也深有郁憾：

"吾于渊明，岂独好其诗也哉。如其为人，实有感焉！渊明临终，疏告俨等：'吾少而穷苦。每以家弊，东西游走。性刚才拙，与物多忤。自量为己，必贻俗患。……'渊明此语，盖实录也。吾真有此病，而不早自知。平生出仕，以犯世患。此所以深愧渊明，欲以晚节师范其万一也。"（《与苏辙书》）

苏轼之憾，痛哉！

五　记游庐山

仆初入庐山，山谷奇秀，平生所未见。殆应接不暇，遂发意不欲作诗。已而见山中僧俗，皆云："苏子瞻来矣！"

不觉作一绝云："芒鞋青竹杖，自挂百钱游。可怪深山里，人人识故侯。"

既自哂前言之谬，又复作两绝云："青山若无素，偃蹇不相亲。要识庐山面，他年是故人。"

又云："自昔忆清赏，初游杳霭间。如今不是梦，真个是庐山。"

是日有以陈令举《庐山记》见寄者，且行且读，见其中云徐凝、李白之诗，不觉失笑。

旋入开先寺，主僧求诗，因作一绝云："帝遣银河一派垂，古来惟有谪仙辞。飞流溅沫知多少，不与徐凝洗恶诗。"

往来山南北十余日，以为胜绝不可胜谈，择其尤者，莫如漱玉亭、三峡桥，故作此二诗。最后与总老同游西林，又作一绝云：

"横看成岭侧成峰，到处看山了不同。不识庐山真面目，只缘身在此山中。"

仆庐山诗尽于此矣。

会意

"可怪深山里，人人识故侯。"颇以名文人自矜，身虽入山，意，却难忘己。一旦遇人恭维，心便窃喜。

"自哂前言之谬"，内省，自嘲，警醒，有真幽默。

"最后与总老同游西林，又作一绝云：……不识庐山真面目，只缘身在此山中。"

作诗至此，外其身而入悟境，当得传世。

六　记游松风亭

余尝寓居惠州嘉祐寺，纵步松风亭下。足力疲乏，思欲就林止息。望亭宇尚在木末，意谓是如何得到？

良久忽曰："此间有什么歇不得处！"

由是如挂钩之鱼，忽得解脱……

会意

苏州有一园子，叫作"真趣园"。这"真趣园"的园名，来由颇有点幽默的意味。

相传乾隆皇帝下江南，游了这个园子，很是喜爱，提笔写下三字："真有趣。"

一随行大臣盛赞乾隆书法，着意恭维"有"字。启奏曰：微臣斗胆，请皇上赐臣这个"有"字，臣将奉为传家之宝，永记皇恩。

乾隆会意一笑，将"有"赐予该臣，另书二字："真趣。"

真趣，本真意趣。

以本真意趣回观苏子以上三篇文字，《游白水书付过》面胜景，临佛迹，生"何时忘却营营"之颓然。《记游庐山》次第渐进，有"不识庐山真面目，只缘身在此山中"之省。《记游松风亭》，因"此间有什么歇不得处？！"顿得脱钩之悟。

凡事无大小，放下即解脱。"知止不殆。"居士之悟，真趣自在当下立断，自外其身清醒观照。

善哉！

七　儋耳夜书

己卯上元，余在儋耳。有老书生数人来过，曰："良月佳夜，先生能一出乎？"予欣然从之。

步城西，入僧舍，历小巷，民夷杂揉，屠酤纷然。归舍已三鼓矣。舍中掩关熟寝，已再鼾矣。放杖而笑，孰为得失？

问先生何笑？盖自笑也……

会意

"步城西，入僧舍，历小巷，民夷杂揉，屠酤纷然。归舍已三鼓矣。舍中掩关熟寝，已再鼾矣。放杖而笑，孰为得失？"

和光同尘。先生一笑，似有所得。

八　忆王子立，忆黎㯂子

仆在徐州，王子立、子敏皆馆于官舍，而蜀人张师厚来过。二王方年少，吹洞箫饮酒杏花下。

明年，余谪黄州，对月独饮，尝有诗云："去年花落在徐州，对月酣歌美清夜。今日黄州见花发，小院闭门风露下。"盖忆与二王饮时也。

张师厚久已死，今年子立复为古人，哀哉！

吾故人黎錞①，字希声，治《春秋》有家法，欧阳文忠公喜之。然为人质木迟缓，刘贡父戏之为"黎㯂子"，以谓指其德，不知果木中真有是也。一日联骑出，闻市人有唱是果鬻之者，大笑，几落马。

今吾谪海南，所居有此，霜实累累，然二君皆入鬼录。坐念故友之风味，岂复可见！

刘固不泯于世者，黎亦能文守道不苟随者也。

注

① 錞（chún）：古代铜制乐器。

会意

　　苏子性好山水，重情妻孥友人，叹西蜀迷徒，怜吴中田妇，悯阶下苦囚，惜牲畜蝼蚁，可谓一真情种。

　　大凡菩萨，无一不有大情怀。东坡居士后世续修，必成正果。

修养

一 养生说

已饥方食，未饱先止。散步逍遥，务令腹空。

当腹空时，即便入室。不拘昼夜，坐卧自便，惟在摄身，使如木偶。

常自念言："今我此身，若少动摇，如毛发许，便堕地狱。如商君法，如孙武令，事在必行，有犯无恕。"

又用佛语及老聃语，视鼻端白，数出入息[①]，绵绵若存，用之不勤[②]。

数至数百，此心寂然，此身兀然，与虚空等，不烦禁制，自然不动。

数至数千，或不能数，则有一法，其名曰"随"：与息俱出，复与俱入，或觉此息，从毛窍中，八万四千，云蒸雾散。无始以来，诸病自除，诸障渐灭，自然明悟。譬如盲人，忽然有眼，此时何用求人指路。是故老人言尽于此。

注与疏

① "视鼻端白，数出入息"：佛陀以《大念住经》教授"四念住"。其中"身念住"开篇讲"观呼吸"："入息长，清晰了知'我入息长'。

入息短，清晰了知'我入息短'。出息长，清晰了知'我出息长'。出息短，清晰了知'我出息短'。进而感受全身而出入息。就身体内部观察身体，就身体外部观察身体，修成惟有了知、惟有觉照的境界。"

将意念专注于吐纳，念无他想，由观呼吸，进入了知、觉照的清明境界。"观呼吸"，以吐纳炼气修道悟道，是一基本的禅修方法。

② "绵绵若存，用之不勤"，语出《道德经》："谷神不死，是谓玄牝。玄牝之门，是谓天地根。绵绵若存，用之不勤。"

会意

武术界论拳，说人分三类：其一，看拳。其二，说拳。其三，练拳。

禅家观禅，似乎也可将人分三类：其一，读禅。其二，论禅。其三，修禅。

以《养生说》看东坡，居士属第三类，是一实修之士，且深有体悟，非嘴皮子谈玄论道之辈。

《道德经》有言："上士闻道，勤而行之。……"

将所闻之道诉诸深思，而后付诸实修，是真行者。

二　论修养帖寄子由

任性逍遥，随缘放旷，但尽凡心，别无胜解。

以我观之，凡心尽处，胜解卓然。

但此胜解不属有无，不通言语，故祖师教人到此便住。……

会意

任性逍遥，随缘放旷，心念清净，不昧有无，抵达无语境界，是真体悟。以大乘而论，得一新起点。

真到凡心尽处，便无胜无不胜，无卓无不卓，无解无不解。

色不异空，空不异色。色即是空，空即是色……诸法空相，不生不灭，不垢不净，不增不减。（《心经》）

凡心，乃分断之心，二元相对之心，逻辑思辨之心。

凡心尽处，了无分别。

三　导引语

导引家云："……真人之心，如珠在渊。众人之心，如泡在水。"……

会意

真人之心，如珠沉渊底，深敛无华沉潜清明。

世人之心，如泡泛其表，五色斑斓漂浮虚幻。

四 乐天烧丹

乐天作庐山草堂，盖亦烧丹也，欲成而炉鼎败。来日，忠州刺史除书到。乃知世间、出世间事，不两立也。

仆有此志久矣，而终无成者，亦以世间事未败故也，今日真败矣。……

会意

忠州刺史除书将至，世间俗事临近，庐山草堂炉鼎炼丹，出世之事提前一日败而未成。东坡居士因之感言："乃知世间（俗世）、出世间（世外）事，不两立也。"

进而审思："仆（自称仆，有深意）有此志久矣，而终无成者，亦以世间事未败故也。"

俗世心放不下，世外事难成。

"今日真败矣"，似有所悟？

倘再前一步，深悟《六祖坛经》偈语，"佛法在世间，不离世间觉。离世觅菩提，恰如求兔角"，似更圆融无碍。

毕竟，心即湖山。

无处不见隐机，无事不是修缘。

不妨一笑。

五　赠张鹗

……吾闻《战国》中有一方，吾服之有效，故以奉传。

其药四味而已：一曰无事以当贵，二曰早寝以当富，三曰安步以当车，四曰晚食以当肉。

……

安步自佚，晚食为美，安以当车与肉为哉？车与肉犹存于胸中，是以有此言也。

会意

"无事以当贵。"无事，便没是非。不见是非，不断是非，不诤，也就无忧无患。

"早寝以当富。"早睡，早起，不懈怠。应乾坤顺阴阳，神志清明。

"安步以当车。"足贴地土，一步一踏实。吐纳天地，相和万物，身健心广。

"晚食为美。"适时进食，适度进食，不贪婪。敬重，珍惜，品味当下。

之间

"车与肉犹存于胸中。"养身以修心为要。

六 记三养

……一曰安分以养福，二曰宽胃以养气，三曰省费以养财。

会意

安分以养福。

老子有言："知足之足，常足矣。"

常足，则常喜乐。知足常乐者健朗。

知足常乐，健朗，已然是福。

宽胃以养气。

腹空则气畅。气畅，则心清明。

身健心空者宽放。

省费以养财。

节俭则知度。知度，则质素朴。

节俭知度者素朴、内敛，以不奢不耗为养。

健朗、宽放、内敛，则心静、魂宁、魄安。

心静魂宁魄安，来去自主，无羁无绊。

祭祀

八蜡三代之戏礼

八蜡，三代之戏礼也。

岁终聚戏，此人情之所不免也，因附以礼义。亦曰："不徒戏而已矣。祭必有尸，无尸曰'奠'……今蜡谓之'祭'，盖有尸也。"猫虎之尸，谁当为之？

会意

"今蜡谓之'祭'，盖有尸也。"猫虎之尸，谁当为之？众生平等，慈悲无别，真佛子之问。

"钩帘归乳燕，穴牖出痴蝇。爱鼠常留饭，怜蛾不点灯。"

蚊、蝇、鼠、蛾，人见人烦，居士却爱若子女，足见真佛子悯及众生的真慈悲，细致入微。

官职

记讲筵

（一）

……是日，上读《三朝宝训》：

至天禧中，有二人犯罪，法当死。

真宗皇帝恻然怜之，曰："此等安知法？杀之则不忍，舍之无以励众。"乃使人持去，笞而遣之，以斩讫奏。

又祀汾阴日，见一羊自掷道左，怪问之。曰："今日尚食杀其羔。"真宗惨然不乐，自是不杀羊羔。

资政殿学士韩维读毕，因奏言："此特真宗皇帝小善耳，然推其心以及天下，则仁不可胜用也。真宗自澶渊①之役却狄之后，十九年不言兵而天下富，其源盖出于此。"

注

① 澶（chán）渊：今河南濮阳西。

今译

一日，资政殿学士韩维上殿为宋哲宗诵读《三朝宝训》。天禧年间，有二人犯罪，依法应当判斩刑。真宗皇帝动了恻隐之心，说："这样的人，如何懂得律法？杀了，朕不忍。释放，又无以警示大众。"于是令人将二犯押出，打一顿棍子，然后放人，再以斩首上奏结案。

又，祀汾阴日，见一母羊一直在道旁徘徊不前。真宗皇帝诧异，询问缘由。下臣答："今天祭祀要杀此羊的羊羔。"真宗惨然不乐。皇上不高兴，下人自然不再宰杀羔羊。

韩维读毕，奏言："这两件事，仅仅是真宗皇帝之小善。然而将这小善推其心以及天下，仁就大了。真宗自澶渊之役退敌之后，十九年不事征战。天下富足，原因正在于此。"

会意

"'执无兵，仍无敌⋯⋯'（《道德经》）

"赵文王欢喜看斗剑，养了一批剑客，天天击杀，死伤无数。三年下来，民穷国衰。太子悝着了急，求庄周做说客。

"庄周见文王，说：我有三剑，说与你，你先听后试。

"剑一，天子剑。以山岳原野为锋为刃为脊，以平原苍海为环为柄，以五行为制，以道德开刃，随阴阳顺四时，上达天下立地。此剑一出，前后无阻上下无滞左右无旁，天下臣服。

"剑二，诸侯剑。以勇士为锋廉士为刃贤士为脊，以忠士为环豪士为柄，圆顺天、方随地，中和民意。此剑出，一般的前后无阻上下无滞左右无旁，定民安邦。

"剑三，庶人剑。蓬头垢面，怒目相向，破口秽骂，生死相拼。上斩头颈下刜肝肺，无异斗鸡。

"庄子说剑，一、二、三，上、中、下。天子剑为上，天地之剑、无为之剑、无剑之剑。

"执无剑，天下归。"

（瞿小松：《无门之门·〈道德经〉附会》）

豁免不知律法之二犯死罪，示意免杀待宰祭祀之羊羔，真宗皇帝具恻隐之心。更一十九年不事征战，令民休养生息，以天地之剑、无为之剑、无剑之剑任天下自足。

执无剑，天下归。"天子"真义，无出其右。

（二）

"昔孟子论齐王不忍杀觳觫之牛[①]，以为是心足以王。今恩足以及禽兽而功不及于百姓，岂不能哉？盖不为耳！

"外人皆云皇帝陛下[②]仁孝发于天性，每行见昆虫蝼蚁，违而过之，且敕左右勿践履，此亦仁术也。

"臣愿陛下推此心以及百姓，则天下幸甚！"

注与疏

① "昔孟子论齐王不忍杀觳觫之牛"，典出《孟子》：

孟子曰："臣闻胡龁（hé）曰：王坐于堂上，有牵牛而过堂下者。王问之：'牛何之？'对曰：'将以衅（祭）钟。'王曰：'舍之。吾不忍其觳觫（hú sù，因恐惧而颤抖），若无罪而就死地。'对曰：'然则废衅钟与？'曰：'何可废也。以羊易之。'不识有诸？"

齐宣王曰："有之。"

孟子曰："是心足以王矣。"

《孟子》另有言论王者之仁：

孟子问："独乐乐，与人乐乐，孰乐？"王曰："不若与人。"

孟子问："与少乐乐，与众乐乐，孰乐？"王曰："不若与众。"

孟子曰："乐民之乐者，民亦乐其乐。忧民之忧者，民亦忧其忧。乐以天下，忧以天下，然而不王者，未之有也。"

② 此处"皇帝陛下"，乃听奏之宋哲宗。

今译

"昔日孟子论齐宣王不忍杀因恐惧而颤抖之牛，也曾说道：仁善之心，足以为王。

"如今皇上恩及禽兽而功不及于百姓，难道是做不到？还没做而已！

之
间

198

"外人都在传言，说皇帝陛下仁孝发于天性，每每路见昆虫蝼蚁，都绕道过之，且令左右不许践踏，这也是仁术。

臣愿陛下推此心以及百姓，则天下幸甚！"

会意

"'治人，事天，莫若啬。'（《道德经》）

"啬，珍爱，怜惜，尊重。

"以谦恭心敬天地万物，以仁慈心爱万民万邦，是谓真王者之道。

"真王者，常善救人而无弃人，常善救物而无弃物。

"以他人乐为乐以他人忧为忧，以他家乐为乐以他家忧为忧，以他乡乐为乐以他乡忧为忧，以他国乐为乐以他国忧为忧，以百姓之乐为乐以百姓之忧为忧，以众生之乐为乐以众生之忧为忧，以天下之乐为乐以天下之忧为忧。

"自退自外其身，施无为德政，不自以为善自以为慈自以为功自以为恩，无我，顺应天道，辅万事万物，任其自然而不扰，是谓王道之真。"

（瞿小松：《无门之门·〈道德经〉附会》）

悲悯昆虫蝼蚁，悲悯因恐惧而颤抖之牛，悲悯无知众生，真王者仁。

真王者无"王"心，无己心，慈心深广。

以百姓心为心，以众生心为心，以天下心为心。"乐民之

乐者，民亦乐其乐。忧民之忧者，民亦忧其忧。乐以天下，忧
以天下，然而不王者，未之有也。"

（三）

轼时为右史，奏曰：

"臣今月十五日侍迩英阁，切见资政殿学士韩维因读
《三朝宝训》至真宗皇帝好生恶杀，因论皇帝陛下在宫中不
忍践履虫蚁，其言深切，可以推明圣德，益增福寿。

"臣忝备位右史，谨书其事于册。

"又录一本上进，意望陛下采览，无忘此心，以广好生
之德，臣不胜大愿！"

今译

时下苏轼官居右史，上奏曰："臣今月十五日侍迩英阁，
见资政殿学士韩维诵读《三朝宝训》，说真宗皇帝爱惜生命，
厌恶杀戮。后又论及皇帝陛下在宫中不忍践履虫蚁，其言深
切，可以推明圣德，益增福寿。

"臣有幸位居右史，谨将此事记录于册。

"另附录一本呈上，请陛下过目，无忘此心，以广弘好生
之德，臣不胜大愿！"

会意

齐王慈悲，孟子慈悲。真宗慈悲，哲宗慈悲。韩维慈悲，苏轼慈悲。

敬重生命，厌恶杀戮，慈悲悯及虫蚁牲畜，大仁大善。以"众生平等"之平等深意而论，将悯及虫蚁牲畜的慈悲，推及黎民百姓，则是广仁广善。

齐王、孟子，真宗、哲宗，韩维、苏轼，宅心仁厚，悲天悯人，君臣慈悲，心心相印。

而今"王者"，倘以昔为范，行慈悲仁政，则不单受者获益，施者也必安享回报。

天下为政者，不妨三思。

释道

一　改观音咒

《观音经》云："咒诅诸毒药，所欲害身者，念彼观音力，还著于本人。"

东坡居士曰："观音，慈悲者也。今人遭咒诅，念观音之力而使还著于本人，则岂观音之心哉？"

今改之曰："咒诅诸毒药，所欲害身者，念彼观音力，两家总没事。"

会意

《观音经》讲："若有人以咒诅诸毒药，欲加害他人，受者若念颂观音神力，咒诅诸毒必将返还施咒者。"其原意在于，因果业报，或善或不善，或当世或隔世，人人必自承担其心意言行的后果。

东坡居士借题发挥，论曰："观音乃慈悲化身。若有人遭受咒诅，念颂观音神力，便能将咒诅还施咒者。这般逻辑，如何是观音菩萨慈悲之心？"于是将其改为："咒诅诸毒药，所欲害身者，念彼观音力，两家总没事。"

慈悲，柔软，菩萨心肠！

之间

202

善哉，东坡居士！

二　袁宏论佛说

袁宏《汉纪》曰：

"浮屠①，佛也。西域天竺国有佛道焉。佛者，汉言觉也，将以觉悟群生②也。其教也，以修善慈心③为主，不杀生，专务清净，其精者为沙门。

"沙门④，汉言息⑤也。盖息意去欲，归于无为。又以为人死精神不灭，随复受形，生时善恶皆有报应。故贵行修善道以炼精神，以至无生，而得为佛也。"

东坡居士曰：此殆中国始有佛时语也，虽浅近，大略具足矣。……

注

① 浮屠：今译"佛陀"。

② 群生：今译"众生"。

③ 善慈心：今译"慈悲心"。

④ 沙门：出家修行者。

⑤ 息：止、歇。

会意（一）

"佛者，汉言觉也，将以觉悟群生也。"（"群生"者，众生也。）

以何觉悟众生？（此处"觉悟"，用作动词。）

曰：以菩提心觉悟众生。

依大乘佛法而论，欲觉悟众生，首当对众生心怀慈悲，以闻、思、修成就"无上菩提心"。

觉即醒，醒即悟，"菩提"即觉悟。"无上菩提心"，彻底觉悟之心，大彻大悟之心。

佛，觉者，觉醒者。觉者自轮回觉醒而超脱轮回，了悟宇宙生命真相，亲证所悟，广弘亲证所悟而助世。

众生，昏睡者，迷茫者。众生昏睡于轮回，迷茫于轮回之苦而不自知其因。

"佛者，汉言觉也，将以觉悟群生也。"觉者以所觉所悟所证而启众生、助众生自觉自悟，正所谓"自觉、觉他""自利、利他"。

大乘佛法的奉（信奉）持（持之以行）者，自利、自觉的终极所向为利他、觉他（启"他"、助"他"自觉自悟）。

众生与佛，本性无二，迷即众生，悟即佛。

最终成就"无上菩提心"，众生即佛。

会意（二）

"无上菩提心"，简言"菩提心"，大乘佛法奉持者的始、终本心。其心，为众生最终觉悟而觉悟，为众生最终大彻大悟而大彻大悟。

其一，深发誓愿为众生的终极利益而修行，称"愿菩提心"。将为众生的终极利益而修行之誓愿落实于行，称"行菩提心"。

愿菩提心，行菩提心，慈悲是核心。

"慈"，予众生乐。"息意去欲，归于无为。"

远离因"意"与"欲"而生之轮回苦，"慈"予之乐，乃启众生自证无苦之乐。

"悲"，拔众生苦。众生昏睡于轮回，受生、老、病、死之生理苦，更因"意"与"欲"而生无尽心理苦。

"悲"之所拔，乃助众生自脱轮回之苦。

其二，"予乐""拔苦"，慈悲，相对菩提心，也称"世俗菩提心"。

慈悲与空性合一、相融，即"无缘大慈"，亦即无"慈悲"意念的无分别平等慈悲。

其三，证悟空性，究竟菩提心，也称"胜义菩提心"。

"空性"，道家称之为"道性"，当今科学人类称之为"宇宙规律、宇宙真相"、万事万物的本元或言"终极真理"。"空性""道性""终极真理"，超越善恶、超越苦乐、超越因果、超越相对、超越一切概念。

由究竟菩提心而生的慈悲，"空性"与"慈悲"一体无异，一如宇宙太虚中创造性之能，无悲无喜，非苦非乐，宁静，深广。

证悟空性，天宇般广布对一切众生与万物平等而无"慈悲"意念的慈悲，实现与佛陀完全相同的境界，乃佛教——佛之教育的真髓。

三　记道人戏语

绍圣二年五月九日，都下有道人坐相国寺卖诸禁方，缄题其一曰：卖"赌钱不输方"。

少年有博者，以千金得之。归，发视其方，曰："但止乞头。"……

会意

不惦记赢，就无所谓输。

"乞头"之乞，以老子的说法，叫作"欲得"，欲得即贪。

大贪大患，中贪中患，小贪小患。

"但止乞头"，止贪。贪念息止，无忧无患。

四　寿禅师放生

钱塘寿禅师，本北郭税务专知官。每见鱼虾，辄买放生，以是破家。

后遂盗官钱为放生之用，事发坐死，领赴市矣。

吴越钱王使人视之，若悲惧如常人，即杀之；否，则舍之。

禅师淡然无异色，乃舍之。

遂出家，得法眼净。⋯⋯

今译

有个钱塘寿禅师，原本是北郭税务专知官。见到鱼虾，定要买来放生，以致败了家。

后来盗用官钱作为放生之用，事发，判了死刑，被押赴市曹问斩。

吴越钱王令人随行观察，倘若此人悲哭恐惧一如常人，就一刀杀却；否则，将其释放。

上得杀场，这税官淡定如初，于是幸得开释。

后来出家，证得"法眼净"。⋯⋯

会意

"官钱"即"公款",牵扯大众利益。

盗用公款做放生之用,损众人利而成全一己功德,于世间法抑或出世间法,皆难自圆其说,且非真大乘行径。

个人体会,即令文中这税官视死如归,此风,不可长。

五　付僧惠诚游吴中代书十二（选二）

（一）

妙总师参寥子,予友二十余年矣。

世所知独其诗文,所不知者,盖过于诗文也。独好面折人过失,然人知其无心,如虚舟之触物,盖未尝有怒者。

会意

以常人眼看,当面责人之过,让人下不来台,未免有点儿不厚道。

好在禅师没怒气。

不动嗔怨,也就如同父母育教子女,以斥责相导相教,在在出于慈心。

（二）

祥符寺可久、垂云、清顺三阇黎，皆予监郡日所与往还诗友也。

清介贫甚，食仅足而衣几于不足也。然未有忧色。老矣，不知尚健否？

会意

不以常人之忧为忧，安贫乐道，原来是出家人本色。

祥符寺可久、垂云、清顺三僧，可谓本色修行真人。

六　朱炎学禅

芝上人言：近有节度判官朱炎学禅，久之，忽于《楞严经》若有所得者。

问讲僧义江曰："此身死后，此心何住？"

江云："此身未死，此心何住？"

炎良久以偈答曰："四大①不须先后觉，六根②还向用时空。难将语默呈师也，只在寻常语默中。"师可之。

炎后竟坐化，真庙时人也。

注

① 四大，佛家对物质世界以及人体基本元素的概括："地"——固体物质；"水"——液体物质；"火"——热度；"风"——气。

藏传佛教更有"五大"（地、水、火、风、空）及"六大"（地、水、火、风、空、识）之说。

② 六根：眼、耳、鼻、舌、身、意，众生感觉器官与意识。

会意

地、水、火、风，四大聚，物成，四大散，物毁。眼、耳、鼻、舌、身、意，六根聚，身生，六根散，身死。

心性无生，心性无成，心性无毁，心性无灭，无意，无语，不是个东西，无可呈。

"四大不须先后觉，六根还向用时空。难将语默呈师也，只在寻常语默中。"好偈！

七　故南华长老重辨师逸事

契嵩禅师常嗔，人未尝见其笑。

海月慧辨师常喜，人未尝见其怒。

予在钱塘亲见二人皆趺坐 ① 而化。嵩既荼毗 ②，火不能坏，益薪炽火，有终不坏者五。海月比葬，面如生，且微笑。乃知二人以嗔喜作佛事也。

世人视身如金玉……至人③反是。

予以是知一切法以爱故坏，以舍故常在……

注

① 趺坐：跏趺坐，盘腿而坐的禅修坐式。

② 荼毗：梵文 jhāpita 的音译，意为火葬。

③ 至人：语出《庄子》，意为得道之人。

会意（一）

《维摩诘所说经》记，有一已然彻悟的天女，开导佛陀释迦牟尼的十大弟子之中人称"智慧第一"的舍利弗。曰："一切诸法，是解脱相。"舍利弗疑惑："不复以离淫、怒、痴为解脱乎？"天女答："佛为增上慢人（自负、傲慢，不自知境界有限而自高之士）说离淫怒痴为解脱耳。若无增上慢者，佛说淫怒痴性即是解脱。"

"若无增上慢者，佛说淫怒痴性即是解脱。"

欲望，纯粹能量。如何作用，如何转化，取决于心。

心的本性即空性，空性即纯粹能量。淫、怒、痴，生于空性；本初智，生于空性。

"前念迷即众生，后念悟即佛"，"烦恼即菩提"。知其根本无二，淫怒痴当下悟心，能量转化，所证即解脱。

会意（二）

又，文殊师利问："菩萨云何通达佛道？"维摩诘答文殊菩萨，有二句曰："示行嗔恚，于诸众生无有恚阂。……"

契嵩禅师常怒，面怒心不怒。

海月慧辨师常喜，面喜心喜。

以《维摩诘所说经》看，契嵩、海月，一嗔一喜，以嗔喜作佛事，嗔喜一如，悲智无二。

苏子在钱塘，"亲见二人皆趺坐而化"。契嵩火葬，五度火烧不坏。"海月比葬，面如生，且微笑。"借庄子的说法，契嵩禅师、海月慧辨师，都是至人。

会意（三）

"世人视身如金玉……至人反是。予以是知一切法以爱故坏，以舍故常在……"

苏子所谓"以爱故坏"的爱，指性爱、情爱以及对器物占有的欲望。

拥有的欲望，基于取，基于占，是谓"贪"。

欲取、欲占、追逐刺激，便有得有失，有满足有失望。

得则喜，不得则忧，则怨，则恼，则失控，则疯狂，则憎恨。

怨、恼、失控、疯狂、憎恨，是谓"嗔"。

因欲望之爱沦为得失之奴而不自知，是谓"无明"，是谓"痴"。

佛家讲，欲爱乃轮回根源。

众生因迷恋肉身，迷恋欲爱、物爱，因贪、嗔、痴"三毒"，流转于轮回而不得解脱，是谓"以爱故坏"。

会意（四）

"以舍故常在"的舍，指慈、悲、喜、舍"四梵行"（也称"四无量心"）之舍。

慈：切身关怀，深切关怀，输送无苦之乐而无念于回应、回报。

悲：悲悯众生不识真性，以智慧辅其自觉，助众生自脱轮回之苦。

喜：见众生踏上觉悟之路而赞叹，而欣喜。

舍：

其一，舍欲爱。舍对肉身的迷恋，舍占有的欲望，舍一切能有与所有。

欲爱之根本"舍"，在于转化。将占欲与取欲之能，转化为放下与给予之能。经给予而放下，经放下而自在。

其二，舍嗔恨。舍因反感、厌恶、幽怨、愤怒而起之嗔恨。

其三，舍伤害。舍因反感、厌恶、幽怨、愤怒、憎恨而实施的攻击。

反感、厌恶、幽怨、愤怒是伤害性能量。嗔恨之能，首先伤己。发而实施攻击，伤他、伤她、伤它。嗔恨、攻击，伤害性能量，己、他俱伤。

根本之"舍"，在于转化。将反感、厌恶、幽怨、愤怒、憎恨、攻击，转化为亲近、赞许、豁达、宽厚、慈爱、护卫。亲近、赞许、豁达、宽厚、慈爱、护卫，滋养性能量。能量转化，益己、益他。

其四，舍得、失，荣、辱，毁、誉，喜、恶，恩、怨，亲、仇等等分断与迷执，舍一切二元相对而证平等。

唯舍能真豁达，唯舍能真慈悲，唯舍能真旷广。

名、利、权、财，毁、誉，是、非，爱、恨，恩、怨，喜、恶、亲、仇，一概舍弃，便一无所有。

一无所有，便一无牵挂。

一无所有、一无牵挂，广如太虚，不滞所有却含纳所有，滋养所有。

天地间，赤条条，坦荡荡。

舍，无"得"之舍，益己利众。

会意（五）

大乘佛家修菩萨行"六波罗蜜"，第一要修布施。布施，即以行动实施无念于"得"之舍。

老子讲："为学日益，为道日损，损之又损，以至于无为，无为而无不为。"

修布施，经由给予而放下。一步一个脚印给予，一步一个脚印舍弃，一步一个脚印放下，到了一个境界，布施者"自己"、所布施的"物"和接受布施的"对象"，甚而"布施"这个行为，通通忘却，通通无念，通通空掉。此谓"三轮体空"。

三轮体空，太虚空阔。

真真切切忘己、忘世，真真切切空空如也，便海阔天空，与天、地、日、月同在、常在，与道同在、常在、广在。

苏子是真实求道之士，因"亲见二人皆趺坐而化"，感怀"一切法以爱故坏，以舍故常在"。

以大乘论，是可喜、可叹的悟境。

八 修身历

子由言：有一人死而复生，问冥官如何修身，可以免罪？

答曰："子且置一卷历，昼日之所为，莫夜必记之。但不记者，是不可言不可作也。无事静坐，便觉一日似两日。若能处置此生常似今日，得至七十，便是百四十岁。人世间何药可能有此效！既无反恶，又省药钱。此方人人收得，但苦无好汤水，多咽不下。"

晁无咎言：司马温公有言，"吾无过人者，但平生所为，未尝有不可对人言者耳"。

予亦记前辈有诗曰："怕人知事莫萌心。"

皆至言，可终身守之。

会意（一）

《西藏生死书》里头，作者索甲仁波切记述一位得道高僧的修行方法：以黑白石记录日间善恶事。晚间回忆日间所作，善事记以白石子，不善事记以黑石子。一事一石，一黑石一耳光，自作自受。起始白石子少而黑石子多，渐次，黑石子少而白石子多。修到后来，尽都是白石子。

"子宜置一卷历，昼日之所为，莫夜必记之"，冥官免罪修身之法，何其相似。不过冥官之法，却有一处不同："但不记者，是不可言不可作也。"

司马温公有言："吾无过人者，但平生所为，未尝有不可对人言者耳。"

天之道，利而不害。圣人之道，为而不争。（《道德经》）

借老子的说法，不害，不争，为人处世胸襟坦荡，有甚不可对人言及之事？

"记前辈有诗曰：'怕人知事莫萌心。'皆至言，可终身守之。"

善事、不善事，莫不萌生于心。

言，起于心。行，起于心。修心即修行，修行即修心。

苏子将"怕人知事莫萌心"视为至言（今人谓之"至理名言"），愿终身守之，是真修行人的明智与警醒。

冥官讲："此方人人收得，但苦无好汤水，多咽不下。"

释、道，正是大好之汤，东坡居士当深有所悟。

九　记天心正法咒

王君善书符，行天心正法，为里人疗疾驱邪。

仆尝传此咒法，当以传王君。

其辞曰："汝是已死我，我是未死汝。汝若不吾祟，吾亦不汝苦。"

会意

意大利中古教堂，敞开的石棺里头，大多存有骷髅。初不知原委，后来在佛罗伦萨的万圣教堂，见到这么两句话，才明白其用意："今日的你，是昨日的我。今日的我，将是明天的你。"

"汝是已死我，我是未死汝。"生死面前，大家平等，你我一如，人鬼一如，古今一如。

意大利教堂石棺骷髅，苏子咒符，其意相近，想来意在提醒世人，光阴迅速，生死无常，善或不善，大家好自为之。

"汝若不吾祟，吾亦不汝苦。"你不跟我捣蛋，我也不难为你。互不侵害，和平相安。

善哉，东坡咒符。

贼盗

盗不劫幸秀才酒

幸思顺，金陵老儒也。皇祐中，沽酒江州，人无贤愚，皆喜之。

时劫江贼方炽。有一官人舣^①舟酒垆^②下，偶与思顺往来相善，思顺以酒十壶饷^③之。

已而被劫于蕲、黄间。群盗饮此酒，惊曰："此幸秀才酒邪？"

官人识其意，即绐^④曰："仆与幸秀才亲旧。"

贼相顾叹曰："吾侪^⑤何为劫幸老所亲哉！"敛所劫还之，且戒曰："见幸慎勿言。"

思顺年七十二，日行二百里。盛夏曝日中不渴，盖尝啖^⑥物而不饮水云。

注

① 舣（yǐ）：船靠岸。

② 垆（lú）：店。

③ 饷（xiǎng）：款待。

④ 绐（dài）：欺哄。

⑤ 俦（chóu）：同辈；伴侣。

⑥ 啖（dàn）：吃。

今译

金陵有一老儒，名叫幸思顺，皇祐年间，在江州做酒营生。幸老儒为人随和，乐善好施，酒也做得好，上至贤达之士，下至愚夫愚妇，人人欢喜他。

当时江上劫贼猖狂。有一官人，泊舟于酒垆之下，偶尔与思顺往来，言谈投机，思顺以酒十壶相赠。

不料官人被劫于蕲水与黄州之间。群盗共饮劫来之酒，惊道："这杯中，莫不是幸秀才之酒？！"

官人见有转机，诡道："我与幸秀才是故交。"

众贼相顾，议："我等怎能合伙打劫幸老的亲朋好友？！"言下将所劫之物奉还，并警告官人："见到幸老，切莫提及此事。"

据称，思顺老人高龄七十有二，日行二百里。盛夏曝日，口不干渴，仅食物不饮水。

会意

幸老儒乐善好施，顺随人意，不单深受众人欢喜、盗贼钦服，更以七十二岁高龄，日行二百里。盛夏曝日口不干渴，食物而不饮水，算得一民间大善奇人。

一如诸众生之心，盗贼之心，善与不善同居。以酒之故，盗贼之善因幸老之善而醒，堪称佳话。

而众盗将所劫之物奉还，也应了一句俗语：盗亦有道。

卜居

（择意趣之地而居）

一　太行卜居

柳仲举自共城来，抟大官米作饭食我，且言百泉之奇胜，劝我卜邻。

此心飘然，已在太行之麓矣！

会意

文人隐士，志在山水。

东坡居士身拘仕途，情系山林。体未动，心已飘然而至太行之麓。

"以道修身，以释修心，以儒治世。"苏轼一类文士，大抵如是。

二　范蜀公呼我卜邻

范蜀公呼我卜邻许下。

许下多公卿，而我蓑衣箬①笠，放荡于东坡之上，岂复能事公卿哉？

若人久放浪，不觉有病。或然持养，百病皆作。

如州县久不治，因循苟简，亦曰无事。忽遇能吏，百弊纷然，非数月不能清净也。

要且坚忍不退，所谓一劳永逸也。

注

① 箬（ruò）：竹之一种。

会意

"北宋大画家李成，性旷荡，好吟诗。有豪门知其妙手高超，修书来召。李成回了一函：'吾儒者，粗知去就，性爱山水，弄笔自适耳，岂能奔走豪士之门，与工技同处哉。'"

（瞿小松：《一路踉跄》）

李成、苏轼，孤傲清高，中国古代文人风骨，略见一二。

三 合江楼下戏

合江楼下，秋碧浮空，光摇几席之上。而有茅店庐屋七八间，横斜砌下。

今岁大水再至，居人散避不暇。

岂无寸土可迁，而乃眷眷不去，常为人眼中沙乎？

会意

粪土权贵，文士清高。

悲悯庶民，居士心软。

见居水之民苦受大水之困，无寸土可迁，如沙在眼，泪不自禁。

大心悲悯，善哉，东坡居士！

亭堂

一　雪堂问潘邠老 ^①

（一）

苏子得废园于东坡之胁，筑而垣^②之。作堂焉，号其正曰"雪堂"。

堂以大雪中为，因绘雪于四壁之间，无容隙也。起居偃^③仰，环顾睥睨，无非雪者。

苏子居之，真得其所居者也。……

客有至而问者，曰："子世之散人耶？拘人耶？散人也而未能，拘人也而嗜欲深。今似系马止也，有得乎？而有失乎？"

注

① 潘邠（bīn）老：即潘大临，黄冈人，字邠老。

② 垣（yuán）：墙。

③ 偃（yǎn）：仰面倒下。

今译

苏子得了一座废园，伴东坡筑墙而围，作为亭堂，取名"雪堂"。

堂以大雪为题，满绘雪于四壁。起居俯仰，正瞧斜视，无非白雪。

住此雪堂，苏子深感得其所居。……

有一客来访，问："先生是散淡之士，抑或拘物之人？散淡之士不强为，拘物之人嗜欲深深。先生现今所为，如同将奔马拴止，可知有所得，有所失？"

会意

苏子是一居家修行之士，就诗句"但应此心无所住，造物虽驶如吾何"看，当熟读《金刚经》。却因文人自高、自洁、自矜的习性，忘了《金刚经》所言："不应住色生心，不应住声、香、味、触、法生心，应无所住而生其心。"

将新得亭堂取名"雪堂"，满绘白雪于四壁，不外取其高、洁、静、雅的意思。不承想，自高、自洁、自静、自雅，反倒画地为牢，落了个"住色生心""住法生心"。

"先生现今所为，如同将奔马拴止，可知有所得，有所失？"

"奔马"即自由。将奔马拴止，即将自由拘困。此"客"，方外高人，深知苏子，因而随机点拨。

（二）

苏子心若省而口未尝言，徐思其应，揖而进之堂上。

客曰："嘻，是矣！子之欲为散人而未得者也。予今告子以散人之道。夫禹之行水，庖丁之投刀①，避众碍而散其智者也。……予能散也，物固不能缚。不能散也，物固不能释。……风不可抟，影不可捕，童子知之。名之于人，犹风之与影也，子独留之。……吾今邀子为藩②外之游，可乎？"

注与疏

① "庖丁之投刀"，典出《庄子·养生主》：

庖丁为文惠君解牛，手之所触，肩之所倚，足之所履，膝之所踦，砉然响然，奏刀騞然，莫不中音，合于桑林之舞，乃中经首之会。

文惠君曰："嘻，善哉。技盖至此乎！"

庖丁释刀对曰："臣之所好者，道也，进乎技矣。始臣之解牛之时，所见无非全牛者。三年之后，未尝见全牛也。方今之时，臣以神遇而不以目视，官知止而神欲行。

"…………

"视为止，行为迟，动刀甚微，謋然已解，如土委地。提刀而立，为之四顾，为之踌躇满志，善刀而藏之。"

② 藩（fān）：篱笆，藩篱。

今译

苏子若有所省，只是还难以言表。仔细思索如何回应，之后礼敬上前。

客道："哈！是了。先生欲为散淡之士，却未得其真意。今日我告知先生以散人之道。大禹行水，庖丁投刀，都懂得如何避其所障而使其整体舒散。知避碍而舒散，智者所为。……

"能散，则不被物所拘。不能散，则无以松释。……

"不可斗风，不可捕影，这个道理，小童也明白。于人而言，名，似风若影，先生却留意。

"今日我邀先生作一方外之游，先生意下如何？"

会意

"苏子若有所省，只是还难以言表。仔细思索如何回应，之后礼敬至堂上。""客"借大禹行水、庖丁投刀之典，晓以避碍舒散之智者道行；再以"捕风捉影"之喻，点拨苏子"雪堂"名相之迷。

居士自省自呈其短，自省自呈其拘，谦恭卑下，是真器，堪以接法。

只是尚未得其真意。

（三）

苏子曰："予之于此，自以为藩外久矣，子又将安之乎？"

客曰："甚矣，子之难晓也！夫势利不足以为藩也，名誉不足以为藩也，阴阳不足以为藩也，人道①不足以为藩也。所以藩子者，特智也尔。智存诸内，发而为言，则言有谓也。形而为行，则行有谓也。……人之为患以有身②，身之为患以有心。……子见雪之寒乎？则竦然而毛起。五官之为害，惟目为甚，故圣人不为。③……"

注与疏

① "人道"，语出《庄子·在宥》："无为而尊者，天道也。有为而累者，人道也。"

② "人之为患以有身"，典出《道德经》："宠辱若惊，贵大患若身。"

③ "五官之为害，惟目为甚，故圣人不为"，典出《道德经》："五色令人目盲，五音令人耳聋，五味令人口爽，驰骋田猎令人心发狂，难得之货令人行妨。是以圣人为腹不为目，故去彼取此。"

今译

苏子答："我在这里，自认久居方外，先生另有什么说法？"

客叹："唉，看来先生真难领悟。人若无欲无求，势利、名誉、阴阳、人道，都不足以成藩篱。藩篱正是有所欲求的巧智之心。巧智存于心内，发而为言。言有意，意化行。行则有所趋。……

"人之迷惑，在有身。身之迷惑，在乎心。……

"先生可见雪之寒？见，则竦然毛立。

"五官引发的迷惑，眼，首当其冲。是以圣人不为。……"

会意

"不为目"，不受形色之眩、之惑、之乱。

"为腹"，气沉丹田，意念在腹，虚极，守静笃，宁寂清虚。

人之迷惑，在有身。身之迷惑，在乎心。

所谓藩篱内外，不在东西南北上下。迷，画地为牢。悟，神游内外。迷或悟，原本只在心。

心游方外，身居何妨？

这位客，实在是一得道高士。

（四）

苏子曰："予之所为，适然而已，岂有心哉？殆也，奈何？"

之间

客曰："子之适然也？适有雨，则将绘以雨乎？适有风，则将绘以风乎？雨不可绘也，观云气之汹涌，则使子有怒心。风不可绘也，见草木之披靡，则使子有惧意。睹是雪也，子之内亦不能无动矣。……"

苏子曰："……子以为登春台与入雪堂，有以异乎？以雪观春，则雪为静。以台观堂，则堂为静。静则得，动则失。黄帝，古之神也。游乎赤水之北，登乎昆仑之丘，南望而还，遗其玄珠①焉。

"游以适意也，望以寓情也。意适于游，情寓于望，则意畅情出而忘其本矣。虽有良贵，岂得而宝哉？是以不免有遗珠之失也。虽然，意不久留，情不再至，必复其初而已矣，是又惊其遗而索之也。

"余之此堂，追其远者近之，收其近者内之。求之眉睫之间，是有八荒②之趣。人而有知也，升是堂者，将见其不溯而僾③，不寒而栗，凄凛其肌肤，洗涤其烦郁，……彼其赴趋④利害之徒，猖狂忧患之域者，何异探汤执热之侯⑤濯⑥乎？"

注与疏

① **"遗其玄珠"**，典出《庄子·天地》：

黄帝游乎赤水之北，登乎昆仑之丘而南望。还归，遗其玄珠。使知索之而不得，使离朱索之而不得，使吃诟索之而不得也。

乃使象罔，象罔得之。

② 八荒：四面八方蛮荒之地。

③ 僾（ài）：窒息。

④ 趑趄（zī jū）：行走困难。

⑤ 俟（sì）：等待。

⑥ 濯（zhuó）：洗。

今译

苏子问："我做的事，但求适然，怎说是特意造作？"

客反诘："先生之适然，适然有雨，便画雨？适然有风，便画风？雨不可绘，观云气之汹涌，引先生心怒。风不可描，见草木之披靡，令先生心惧。再看你这雪，先生心内，难免无动于衷。……"

苏子答："……先生以为登春台与入雪堂，有否不同？以雪观春，雪为静。以台观堂，堂为静。静则得，动则失。

"黄帝，古之神人。游赤水之北，登昆仑之丘，南望而还，遗失了玄珠。游以适意，望以寓情。意适于游，情寓于望，纵情而忘本。虽珍贵，又怎能得如至宝？所以不免有遗珠之失。

"虽然，意不久留，情不再来，回顾初始，惊其遗真而欲索还。

"我这雪堂，追远而近，收近而内。求之眉睫之间，是有荒野之趣。有知音者，到得堂上，将见此堂，不逆流而窒息，不寒冻而战栗，肌肤清凉，烦郁尽去。……但有来自猖狂忧患之域而行走困难者，岂非如同探汤执热而待清涤？"

会意

"玄珠"喻真。真即道，无形无声无为。

"知"喻巧智。巧智立于机心，机心无以得真。

"离朱"喻目。目滞于形、色，不足以得真。

"吃诟"喻言辩。言辩离真尤远。

"象罔"喻无心。无心者无为，合真，契道。

居士将新得亭堂取名"雪堂"，满绘白雪于四壁，是"为目"，可名"离朱"，不足以得真。以巧智为己言辩，可名"知"，可名"吃诟"，不足以得真。

自省自知不若"象罔"，方有如下坦言。

（五）

"子之所言者，上也。余之所言者，下也。……我以子为师，子以我为资①，犹人之于衣食，缺一不可。将其与子游。

"今日之事，姑置之以待后论。予且为子作歌以道之。"

注

① "我以子为师，子以我为资"，语出《道德经》："善人者，不善人之师。不善人者，善人之资。不贵其师，不爱其资，虽智大迷，是谓要妙。"

今译

先生之言，散淡无为，上。在下所言，拘而有为，下。我以先生为师，先生以我为子弟（资），如同人之于衣食，缺一不可。我愿随先生游方。

今日之事，以后再论。我这里为先生作歌，以表心意。

会意

知其愚者，非大愚也。知其惑者，非大惑也。（《庄子·天地》）

"先生之言，散淡无为，上。在下所言，拘而有为，下。我以先生为师，先生以我为子弟，如同人之于衣食，缺一不可。"

苏子自知其愚，非大愚；自知其惑，非大惑。

老子有言："知不知，上。不知不知，病。"

居士自知其不知，以下为上。

（六）

歌曰：

雪堂之前后兮春草齐，雪堂之左右兮斜径微。

雪堂之上兮有硕人之颀颀，考槃于此兮芒鞋而葛衣。①

挹清泉兮，抱瓮而忘其机。②

负顷筐兮，行歌而采薇③。

吾不知五十九年之非而今日之是，又不知五十九年之是而今日之非。④

吾不知天地之大也寒暑之变，悟昔日之癯而今日之肥。

感子之言兮，始也抑吾之纵而鞭吾之口，终也释吾之缚而脱吾之靰⑤。

是堂之作也，吾非取雪之势，而取雪之意。

吾非逃世之事，而逃世之机。

吾不知雪之为可观赏，吾不知世之为可依违。

性之便，意之适，不在于他，在于群息已动。

大明既升，吾方辗转一观晓隙之尘飞。

子不弃兮，我其子归！

客欣然而笑，唯然而出，苏子随之。

客顾而颔⑥之曰："有若人哉！"

注与疏

① 颀（qí）：身材修长。"芒鞋而葛衣"，修道之人清贫自然。

② 挹（yì）：舀。"抱瓮而忘其机"，典出《庄子·天地》：

子贡南游于楚，反于晋，过汉阴，见一丈人方将为圃畦，凿隧而入井，抱瓮而出灌，搰搰然用力甚多而见功寡。

子贡曰："有械于此，一日浸百畦，用力甚寡而见功多，夫子不欲乎？"

为圃者仰而视之曰："奈何？"

曰："凿木为机，后重前轻，挈水若抽，数如泆汤，其名为槔。"

为圃者忿然作色而笑曰："吾闻之吾师：有机械者必有机事，有机事者必有机心；机心存于胸中，则纯白不备；纯白不备，则神生不定。神生不定者，道之所不载也。吾非不知，羞而不为也。"

③ 薇（wēi）：野菜。通称大巢菜或野豌豆，嫩茎及叶可作蔬菜，种子可以充饥。

"采薇"，典出《史记·伯夷列传》：伯夷与叔齐，古义士。二人反对周武王伐殷。后武王灭殷，二人远避首阳山，采薇而食，饿死也"不食周粟"。此处喻归隐深山。

④ 五十九年是是非非，只因"群息已动"。

⑤ 靮（jī）：马缰绳。

而今"大明既升"，此悟，非仅得自阅读与言诠，堪以抱瓮忘机，行歌采薇，无是无非、无净无垢、非为非不为，就此随"客"飘然而往。故而谢曰："感子之言兮，始也抑吾之纵而鞭吾之口，终也释吾之缚而脱吾之轨。"

⑥ 颔（hán）：点头。

会意

"客"欣然赞许："有若人哉！"

东坡居士苏轼，有宋一代不世文豪，诗文传世，为人称道。且书法一流，列为"宋四大家"之一。

一如古今才高八斗之士，恃才傲物，苏子自视甚高。然，以一真修行人而言，却清清醒醒了知深浅。一旦遭遇真实高人，立马心悦诚服，束襟敛衽，实实在在。

拙作《小事》录有另一段子，不妨以之相佐《雪堂问潘邠老》：荆南玉泉承皓禅师机锋迅猛。

苏轼得知，决意抑煞，微服往见。

禅师问：尊官高姓？

东坡答：姓秤。

师复问：哪个秤字？

东坡白：秤天下长老那个秤！

禅师猛然暴喝。

东坡一愣。

师：且道这一喝斤两。

东坡无对，一躬及地。

苏轼—当世大文豪，狷狂我慢难免。

待得禅师猛喝，根底震醒，顿敛己慢。

《雪堂问潘邠老》，这位"客"，或真有其人，或苏子所拟另一"内东坡"。或实或虚，或虚或实，虚、实皆无碍。

此文，智慧澄澈，明达！

东坡居士，非等闲文人。

跋 卓契顺禅话

苏台定惠院净人卓契顺，不远数千里，陟岭渡海，候无恙于东坡。

东坡问："将什么土物来？"

顺展两手。

坡云："可惜许数千里空手来。"

顺作荷担势，信步而去。

会意

"小隐隐于野，中隐隐于市，大隐隐于朝。"

小隐，中隐，大隐，或大或中或小，隐者隐其心。

清其魂魄，静其心智，调其吐纳，身居何处，不是关节。

苏轼身在仕途，其心，却性好山水，魂依道释。

东坡之郁，疲于仕途之机事与机心。

尤有其郁，方得其悟。小疑小悟，中疑中悟，大疑大悟。一如文殊菩萨所言："一切烦恼，皆为如来种。"

今日之郁，今日之悟，今日之隐，今日之放下，正为来日之负荷、来日之承当。

"顺作荷担势，信步而去。"潇洒。

下篇 悦读庄周

《庄子·内篇》文选

（二十七段）

第一章　天、地、人

（《齐物论》《逍遥游》文选）

一　道

道昭而不道。言辩而不及。(《庄子·齐物论》)

悦读一

"道昭"之"道"，乃辨识之术、谋事之技，显明昭彰，能以概念判别，能以他物类比，能以言语论及，能以逻辑推证，可供思维，可被意志抉择并作为，可达具体目的。

看得见，听得到，摸得着，谋事之技辨识之术，古今世人沿以为用，赖以立身，行以为业。

然，"道昭而不道"。

这个"不"，可以作"非"解：道昭而非道。庄子意下，道昭之道，非恒常天道。

恒常天道不显明、不昭彰，非体，看不见、听不到、摸不着，无物可以类比，非意志，超意志，无形无声无念；无可思维，无可抉择，无可作为，超越语言概念所能企及的所有境界，不在感官与思维逻辑维度。

于恒常天道而言，道昭之道无用武之地，思辨言论了无实义。所以庄子讲："言辩而不及。"

悦读二

"有物混成，先天地生。寂兮寥兮，独立而不改，周行而不殆，可以为天下母。吾不知其名，字之曰'道'。(《道德经》)

"天地还没有，它就在了。它一直在着。无声无息无象无形，不生不灭非有非不有，无始无终。不因什么而怎样，成天地育万物，混沌于万物而显。无所不在，非在非不在。

"道即本原。

"道可道，非常道。(《道德经》)

"本原无可类比，无可表述。说即不是。

"说即言语。

"言语从零起步，生于对万有的描述，生于意愿、意志。面对既不在零也不在正负的万有本原，面对非意志、先天地而浑然恒在之常道，言语进退不及，无能为力。

"万有是有。这个那个，分得清楚，从这到那，可以推论，言语派得上用场。

"言语的极限，在于它是有。以有说有，天花乱坠。道既不是有，也不是非有，非二元有别彼此之分，无可类比，无可推论，无可言说，不被言说，言语够不着。

"说得出的'道'，或万有，或万有的道理，比如这个之所以成这个，这个那个的关系、这个那个的规律，可以比较，能分差别。

"说得出的'道'，或行事的则，比如医道人道王道，即所谓'德'；或谋事的法，比如兵法书法历法算法，即所谓'术'。行事的'道德'、谋事的'道术'，可以类比，能判高下。

"说得出的'道'，或路，或轨，比如此地到彼地，比如星球运行的轨迹，有方向可循，有刻度可标。

"这个那个关系规律，此法彼道方法准则，甲路乙轨去向坐标，立足于有。有，有限有度，可以言说。言说好歹另当别论。

"常道，恒常之道，自然之道，天道，非有，非非有，无度无限。

"可以言说之道与言说，因缘生，因缘灭，无常。
"常道无缘，浑然恒在，无生，无亡。

"本元超言说。"

（瞿小松：《无门之门·〈道德经〉附会》）

看不见，听不到，触摸而不得，言辩而不及，老庄言下之"道"，世人眼里难以琢磨，不能"眼见为实"，无从"证实"也无从"证伪"，虚幻，无用。

而此虚幻之"无用"，正是宇宙万有得以生灭盛衰的本元成因。

悦读三

不妨借镜 20 世纪西方天体物理学"宇宙大爆炸"说。

致使原初"奇点"发生大爆炸而成宇宙的，是那个纯粹的、根本的、遍满太虚的，非生非灭而恒在的本元能。宇宙万物，无不因之而生，而有，而在。

星系，星球，万事万物，显像千差万别。而使一切成为可能的，非生非灭而恒在的本元能，却听不到、看不见、触摸抓握不着。

"它"非意志，也不被意志所左右。

"它"非概念，也不被概念所界定，即令不同文明自古来试图以不同概念定义"它"、命名"它"。

而"它"，虽"虚幻"，超越感官与思维，却并非虚无。

以地球为例，这个超越我们感官与思辨能力的本元能，使大陆板块漂移，使喜马拉雅山隆起，使无数火山喷发，使无尽的地震海啸此伏彼起，让我们感觉风、看见云、身受雨，让我们呼吸，让我们生存，让我们能够感知、思维、创造，让我们得见生存于斯的大地山河、蓝天碧海，让我们感叹无奇不有的地球生命，让我们惊叹难以思议的自然现象！

老师教小孩，有句话说得好："我们看不见风，却能看见风做的事。"

悦读四

"有物混成，先天地生。寂兮寥兮，独立而不改，周行而不殆，可以为天下母。吾不知其名，字之曰'道'。"（《道德经》）

老子这段话，以白话讲，意思大致如此：有个"东西"，先天地、外天地、内天地而浑然自在。它没声音（寂兮），没形象（寥兮），非意志也不被意志所左右（独立而不改），却贯穿万物、渗透万物、运行于万物（周行而不殆）。它是万物生灭盛衰根本的因（可以为天下母），我不知道它叫什么，勉强以"道"命名（吾不知其名，字之曰"道"）。

"视之不见名曰'夷'，听之不闻名曰'希'，抟（触摸）之不得名曰'微'。此三者不可致诘（推论、割裂、分立），故混而为一。"

"道生一，一生二，二生三，三生万物。"（《道德经》）

实实在在的，我们每人身内，万物每一个体身内，无不饱含这个看不见、听不到、触摸抓握不着、非概念而纯粹的、根本的、遍满太虚的、非生非灭而恒在的本元能。

它是我们真正的母亲，它是万事万物共同的生母。

二　道人

至人无己。神人无功。圣人无名。（《庄子·逍遥游》）

悦读一

"至"，极致。

至理，根本的道理，终极的道理。

至人，彻底通晓并亲证至理的人。

道无己，本元能无己。

彻底通晓并亲证至理之士，无己合道。

合道之至人了知：道无己，本元无己。而世人的系统，以己立基。

以己立基，立基于"我"，便随之而有"他、她、它"的判别，随之而有与"他、她、它"的分割与相对。

立基于"我"，概念滋生。概念寻求相应的概念，二元对立由此无尽生衍。

以"我"立基，世人远离非我、非概念之道，缚于概念的深重迷网而不自知、不自在。

立基于"我"，深受"我"之纠缠，世人不得自由。

"婴儿第一声泣哭，便是'俱生我执'。'我'不适、'我'难受、'我'恐惧。只是还不能言语，不知说'我''我的'。

"一旦讲话了，进入文明，我相那叫丰富多彩：我的夫妻我的父母子女我的友人我的财产、我的感受我的情感我的思想我的意志我的风格、我的姿态我的品位我的做派、我的学识我的位置我的名誉我的尊荣我的面子、我的疆域我的领地我的成就我的权威、我的好意我的善行我的功德我的福报我的信仰我的境界我的天堂，我之所有，名目无尽。"

（瞿小松：《无门之门·〈金刚经〉附会》）

世人以"我"为心，得则乐、失则怨，誉则喜、毁则恼，荣则欢、辱则怒，随波逐流于得失、荣辱、毁誉的浊浪，拘缚于对"自我"的迷恋与夸张而不自知，沉浮于期待的焦虑与失望的沮丧，沉浮于烦恼、苦痛、惑乱的浊海，上下翻滚不得安宁。

以"我"为心，便有"我家""我友""我派""我族""我国""我见""我教""我文明"，随之便有家之争、亲友之争、派别之争、族群之争、国家之争、见解之争、宗教之争、文明之争。

小争小斗，中争中斗，大争大斗。争斗大至国家、宗教、文明，便是战，便是杀，便是持久暴力。

悦读二

至人曾为世人。世人本俱为至人。

倘能远离对"自我"的迷恋与夸张，跳脱得与失、荣与辱、毁与誉、期待之焦虑与失望之沮丧的迷幻怪圈，跳脱烦恼、苦痛与惑乱的浊海，不复以"我"立基，没有"我"，我们自身就是无己之至人。

有己无己，自缚或自由，世人至人，差别在心。

"假设心是容器，'我'的大小与有无，将决定这器皿的容量。

"'我'越大，心的空间就越狭窄，容量就越小。'我'占满了所有空间，心，再难有所容。这小器里头充充满满都是'我'，紧贴小器的薄皮，稍受碰撞稍受刺激，'我'就强烈反应，处处小气、处处怄气、处处计较、处处烦恼……

"我们试试将这个'我'调小。'我'小了，心这个容器有了空间，就有了容量。'我'小，空间大，心就有了足够缓冲地带。碰撞刺激攻击伤害杀来，如同杀向大气、击向虚空。心渐渐学会不反应，碰撞渐渐不碰撞，刺激渐渐不刺激，攻击渐渐不成攻击，伤害渐渐不成伤害。……

"'我'渐小到没有……不再处处在意'我'与'我的'，'我'日渐融化。

"心空，我们呼吸通畅，心胸开阔，容量深广。"

（瞿小松：《无门之门·〈金刚经〉附会》）

不复以"我"立基，没"我"，无己之心就是"至人"。

个体是宇宙的根本粒子，个人乃人类的基本细胞。

倘若"细胞们"因立基于无己而融归无己之大道，则天下无敌、无争、无斗、无战、无杀。

悦读三

彻底跳脱以"我"立基的系统，彻底跳脱立基于分辨判断的概念性思维，顺达融归进而自如运转本元能，合道而自在，庄子称之为"神人"。

"神人无功。"

其一，出去了，不在世人系统，不在世人的维度，无以论功名是非。

其二，自然能使然，无己，无不己，无功，无不功。

悦读四

圣人，抵达终极彻悟，顺达融归进而自如运转本元能，亲证道、与道合一，出去了又再回来，并诉诸言行，成弘道以助人助世的合道之士。

"天之道，利而不害。圣人之道，为而不争。"（《道德经》）

天道无己，无志，无心，生养万物，利而不害。

圣人清虚，无己，无志，无心。

应天地，顺万物，知本归根，体证天地之道、相合天地之道，通晓相对、超越相对。

言无自语，为无己作，处世事而不随，顺世事而不争，自在本然。

无志，无心，无分辨判别之意，无功名之念，无功，无不功，无名，无不名。

"圣人无常心，以百姓心为心。"（《道德经》）

无己，无志，无心，出世而后入，以百姓心为心，以百姓愿为愿，以百姓利益为利益，不昧出入，老子谓之"圣人"。

庄子言下圣人，正是如许得道助世之士。

抵达终极彻悟，融归进而自如运转本元能，亲证道、与道合一并诉诸言行，弘道以助人助世之士，佛家称为"觉者"。比如老子，比如释迦牟尼，比如耶稣。

孔子在世，未达终极彻悟，不在此列。

"名者，实之宾也。"（《庄子·逍遥游》）

名可名，非常名，名无恒常不易之名。
"至人""神人""圣人""道人"，不同系统自有不同名相。
名相，实之宾而已。

三　天地人籁

南郭子綦①隐机而坐，仰天而嘘，嗒焉似丧其耦②。

颜成子游立侍乎前，曰："何居乎？形固可使如槁木，而心固可使如死灰乎？今之隐机者，非昔之隐机者也。"

子綦曰："偃，不亦善乎，而问之也！今者吾丧我，汝知之乎？汝闻人籁而未闻地籁，汝闻地籁而未闻天籁夫！"

子游曰："敢问其方。"

子綦曰：“夫大块噫气，其名为风。是唯无作，作则万窍怒号。而独不闻之翏翏乎？山林之畏佳（cuī），大木百围之窍穴，似鼻，似口，似耳，似枅（jī），似圈，似臼，似洼者，似污者。激者、謞（xiào）者、叱者、吸者、叫者、譹（háo）者、宎（yǎo）者，咬者，前者唱于而随者唱喁。泠（líng）风则小和，飘风则大和，厉风济则众窍为虚。而独不见之调调之刁刁乎？”

子游曰：“地籁则众窍是已，人籁则比竹是已，敢问天籁。”

子綦曰：“夫吹万不同，而使其自己也。”（《庄子·齐物论》）

注

① 南郭子綦（qí）：又称南郭綦。《庄子》寓言中的人物，清高、淡泊。

② 耦（ǒu）：偶。

今译

南郭子綦忘断算计机心，隐身寂坐。悠悠然仰天而嘘，浑然化一。

弟子颜成子游立于近前侍候，问：“这是何等的隐居？身形可以不动如同枯木，心岂能无感如同死灰？如今的隐者，大不同于往昔。”

子綦道："住。大好一问！我今已浑然无我，懂吗？你解人籁，却不解地籁。解地籁，却不解天籁。"

子游说："请问其道。"

子綦说："天之大气，浩浩升腾行运，其名为风。不作则已，作则万窍呼啸。

"大风之至，山林激荡。巨树之孔，如鼻、如口、如耳，如柱孔、如圈栏、如门臼，如塘池、如凹地，激流奔涌、利箭划空，叱咤、狂吸、号叫、嚎泣，深沉之音、清澈之声，风吹树应，前后相随。小风小应，大风大应。厉风止万籁寂而归虚。你可听闻天地动作而万物应和？"

子游说："地籁是众窍，知道了。人籁是竹做的箫，这个也知道了。敢问天籁。"

子綦说："天地吐纳，无意无为。万物相和，各自以己应天地而千变万化。"

悦读一

"丧我"，意即无我。

"籁"，古之箫、笛一类吹管乐器。

天籁，天箫。地籁，地箫。人籁，人箫。

天籁，无为而起。
地籁，无为而应。

人籁，或师法天地之籁无为而运，或沉迷人情有为而拘。

人若无我，便与天地相应无为而舒。
人若有我，便因喜怒哀乐有为而累。

子綦坐忘寂修，到了无我的境地，其息如天籁无为而起，其体若地籁无为而应。

无我，人籁与天籁、地籁浑然化一。

晋代竹林七贤的嵇康，著有《声无哀乐论》，说，声音本性无哀无乐。你由音声或哀或乐，盖因你心有哀乐。

盛唐，禅宗六祖慧能有言，风也不动，幡也不动，仁者心动。

公元前4世纪，庄子讲："夫吹万不同，而使其自己也。"

以"人籁"，即箫笛看，乐（音乐之乐）者状态，取决于心。
以平常看，人生状态与境界，心为根本。

心无我，便以个体无我，会万象无我，天籁，地籁，人籁，了无差别。

悦读二

厉风止，万籁寂而归虚。

此虚，非虚无，乃非二元、非概念之大寂静。

非概念大寂静，乃无垠太虚，宇宙万物之本。万事万物，生、灭、盛、衰，无不沉浮其中。

"云起云散，音生音逝，唯寂静永在。"（瞿小松：室内乐系列作品《寂》题记）

天籁，地籁，人籁，起于寂，归于寂，生于太虚，复归太虚。

"道可道，非常道。名可名，非常名。"事实上，名无恒常不易之名。

惯常的思路，囿于二元，虚与实对，真与假对，是与非对，不一而足。

以此，不妨以佛家中观见地与显空无异见地，透视虚实、真假、是非之惯常分断。

悦读三（上）

《宝积经》里头，佛陀释迦牟尼为弟子大迦叶略说中道（中观）：

"真实正观者，不观我、人、众生、寿命，是名中道真实正观。

"复次，迦叶，真实正观者，观色非常亦非无常，观受、想、行、识非常亦非无常，是名中道真实正观。

"复次，迦叶，真实正观者，观地种非常亦非无常，观水、火、风种非常亦非无常，是名中道真实正观。所以者何？以常是一边，无常是一边，常与无常是中无色无形、无明无知，是名中道诸法实观。我是一边，无我是一边，我与无我是中无色无形、无明无知，是名中道诸法实观。

"复次，迦叶，若心有实是为一边，心非实是为一边。若无心识亦无心数法，是名中道诸法实观。

"如是善法不善法，世法出世法，有罪法无罪法，有漏法无漏法，有为法无为法，乃至有垢法无垢法，亦复如是。离于二边，而不可受，亦不可说，是名中道诸法实观。

"复次，迦叶，有是一边，无是一边，有无中间无色无形、无明无知，是名中道诸法实相。"

"我、人、众生、寿命"，概念系列，系列概念；"色、受、想、行、识"，概念系列，系列概念；"地、水、火、风"，概念系列，系列概念；"常、无常"，相对概念；"我、无我"，相对概念；"心有实、心非实"，相对概念；"善法不善法""世法出世法""有罪法无罪法""有漏法无漏法""有为法无为法"，相对概念；"有、无"，相对概念。

世人依概念以思维判断。

而"中"这个"地带"，所有二元相对之间，一切概念蒸发为空。

超越二元，非二元，是名"中道诸法实观"——中观。

超越概念，非概念，中观无"观"，中观非"观"。

以此推衍：

以虚是一边，实是一边，虚实之间，无色无形、无明无知，是名中道诸法实观。

以真是一边，假是一边，真假之间，无色无形、无明无知，是名中道诸法实观。

以是为一边，非为一边，是非之间，无色无形、无明无知，是名中道诸法实观。

离于二边，是名中道诸法实观。

"虚""实"，相对概念；"真""假"，相对概念；"是""非"，相对概念。世人依概念以思维判断。

所谓"中道诸法实观"或言"究竟实相"，佛家谓之"空"，道家谓之"道"。

所谓"中观"，了无二元相对，了无二元之间此"中"，了无概念立足地，了无"空"，了无"道"，了无"了无"。

悦读三（下）

一去，一回，就显空无异与物念无异，看《心经》如是说：

"色不异空，空不异色。色即是空，空即是色。受、想、行、识，亦复如是。"

此处之"色"，意指包含我们自身在内的万事万物，意指一切"物质"显像，亦即世人所谓"眼见为实"之"实"。"受"，收受"色"与"意"的信息；"想"，感触与浅思维；"行"，基于遗传基因的本能反应；"识"，分辨判断。"色""受""想""行""识"，以现今言语表达，无非"物质""感官""思维""意念"。

世人依概念以思维判断，将"物质"与"感官"判为"实"，比如看得见、听得到、摸得着的一切，比如能看、能听、能感触的能力；将"思维"与"意念"断为虚，因为"思"与"意"，看不见、听不到、摸不着。

"思""意"既虚，何况"道""空"。

不妨离世人见地，悟"显空无异，物念无异"，就"虚实""真假""是非"之类二元相对概念，以《心经》"色不异空，空不异色。色即是空，空即是色"之说推衍：

实不异虚，虚不异实，实即是虚，虚即是实。

真不异假，假不异真，真即是假，假即是真。

是不异非，非不异是，是即非，非即是。

人籁不异天籁地籁，天籁地籁不异人籁，人籁即是天籁地籁，天籁地籁即是人籁。

后世道家有名句："一切有形皆含道性。"

道家之"道"，佛家之"空"，乃遍满宇宙太虚的纯粹之能、本元之能。

纯粹能、本元能，非概念、超概念，不拒概念、不离概念。

一切有形皆含道性。

以"宇宙大爆炸"之说推衍，万物因本元能而生、而有，故而每一个体，无不起始就饱含本元能、无不起始就本俱本元能。

万物不异本元能，本元能不异万物。万物即是本元能，本元能即是万物。

万事万物与本元能，无异浑然。

虽，"说即不是"。然，是亦不是。

说与不说，是与不是，浑然无异。

虽，"人类一思考，上帝就发笑"。然，思考即人类，人类即思考。

哈！

人与"上帝"，"上帝"与人，"物质""感官""思维""意念"，一如宇宙万物与本元能，本元能与宇宙万物，无异浑然，超体浑然，即体浑然！

四　无不可　无不然

　　物固有所然，物固有所可。无物不然，无物不可。(《庄子·齐物论》)

悦读

　　原野有大象，山林有虎豹，江海有鱼鳖，长空有飞鸟，四季有雨露甘霖，天地有万物万相。

　　阴阳乾坤，日月星辰，山河大地，花草林莽，天空翱翔的，地上奔走的，水里悠游的，长者顺道而自长，短者顺道而自短，圆者顺道而自圆，方者顺道而自方，柔者自柔，刚者自刚，伟巨者顺道而伟巨，精微者顺道而精微。万物各有成因，各顺其性，成、坏、住、空、生、灭、盛、衰，得其所，循其轨，各顺其自然而然于天地。

　　自然奇妙，自在本然。

　　"有无相生，难易相成，长短相形，高下相盈，音声相和，前后相随，恒也。"(《道德经》)

　　万事万物，相生，相成，相形，相盈，相和，相随，事事相联，物物相依，各自为用，各为他用，各有各的成因，各有各的道理，各成各的规律。

奇妙！

天地自有大美，四时自有明法，万物自有成理，无可无不可，无然无不然，古今之人为之兴叹，天下为之兴叹。

证道者，至人。合道者，神人。弘道者，圣人。

五　秋毫之末

天下莫大于秋毫之末。(《庄子·齐物论》)

悦读

以生命看天下，秋毫之末在蝼蚁，在花草，在苔藓。

以社稷看天下，秋毫之末在男人女人、老人幼童，秋毫之末在个人。

以宇宙看天下，秋毫之末在尘埃。

事见诸细，大必始于小。

物成于微，巨必基于末。

"以身观身，以家观家，以乡观乡，以国观国，以天下观天下。"(《道德经》)

一蚁一世界，一花一世界，一藓一世界。

天下莫大于秋毫之末。

以己身观蚁，以己身观花，以己身观藓。

爱惜大生命（生物链整体），必始于蝼蚁，始于花草，始于苔藓。

一女一世界，一男一世界，一老一世界，一幼一世界。

天下莫大于秋毫之末。

以己身观女，以己身观男，以己身观老，以己身观幼。

珍爱家，珍重社会，珍重人类，必基于敬重个人之为个人。

一石一世界，一沙一世界，一尘一世界。

天下莫大于秋毫之末。

以己身观石，以己身观沙，以己身观微尘。

了悟宇宙，不离一石一沙一微尘。

秋毫之末，关乎天下。

六　庄周梦蝶

昔者庄周梦为胡蝶，栩栩①然胡蝶也。自喻适志与，不知周也。

俄然觉，则蘧蘧②然周也。

不知周之梦为胡蝶与，胡蝶之梦为周与？

周与胡蝶则必有分矣。此之谓物化。(《庄子·齐物论》)

注

① 栩(xǔ)栩：生动。

② 蘧(qú)蘧然：惊动状。

今译

昔日，庄周梦为蝴蝶，怡然自得，以蝶为适而忘庄周。忽然觉醒，惊觉复为庄周。庄周梦为蝴蝶？抑或蝴蝶梦为庄周？

然，庄周与蝴蝶，终归有别。此谓物化。

悦读一

以己身化蝶，一蝶一世界。天下莫大于秋毫之末。

虽，庄周与蝴蝶，其表有别。然，道化万物，物化化物。我中有你，你中有我，"你"与"我"，"我"与"你"，"你、我"与"它、她、他"，一切有形皆含道性。

之间

悦读二

再度，不妨借镜 20 世纪自然科学新知。

其一，宇宙大爆炸说：

致使原初"奇点"发生大爆炸而成宇宙的，是那个纯粹的、根本的、遍满太虚的、非生非灭而恒在的本元能。宇宙万物，无不因之而生，而有，而在。

冥冥太虚之中，因之而生、而有、而在的宇宙万物，自诞生起始，无一不自然而然饱含本元能、携带本元能。

自始本俱本元能，正是宇宙万物得生于"奇点"的根本"遗传基因"。

以此，宇宙万物不单与本元能浑然无别，每一个体，自身与他物，亦浑然无别。

庄周不异蝴蝶，蝴蝶不异庄周，庄周即是蝴蝶，蝴蝶即是庄周。

蝴蝶与庄周，庄周与蝴蝶，此即彼，彼即此，无异浑然，超体浑然，即体浑然！

其二，局部与整体、信息与能量：

刚过去的 20 世纪，科学家用全息摄影的方法拍下一张照片，然后将其撕成碎片。仔细检测所有碎片，发现一惊人事实：

每一具体碎片，所有具体碎片，无一不"独自"携带整张照片的完整信息！

这个科学实验颠覆了以往的"常识"，带给人类一个全新的认知：局部绝非与整体无关的"独立"个体。宇宙中任何单一的个体，微到基本粒子，小到诸如人类等生灵活物，大到星球，无一不"独自"携带整个宇宙的完整信息！

刚过去的 20 世纪，"信息论"如是诠释以太密码：信息就是能量。

以此推衍：宇宙中任何单一的个体，微到基本粒子，小到生灵活物，大到星球，无一不"独自"携带整个宇宙的本元能！

万物不异本元能，本元能不异万物，万物即是本元能，本元能即是万物。

庄周与蝴蝶，蝴蝶与庄周，入秋毫之末，会万物天下。

七　用无用

惠子谓庄子曰："吾有大树，人谓之樗。其大本臃肿而不中绳墨，其小枝卷曲而不中规矩。立之途，匠者不顾。……大而无用，众所同去也。"

庄子曰："……今子有大树，患其无用。何不树之于无何有之乡、广漠之野，彷徨乎无为其侧，逍遥乎寝卧其下。不夭斤斧，物无害者。无所可用，安所困苦哉？"（《庄子·逍遥游》）

今译

惠子对庄子讲:"我有一株大树,人称臭椿,主干臃肿、木质疏松,枝干卷曲、不成模样,不能用作木材。立于道边,木匠过路,一眼不瞧。……大而无用,天下的事物,大略如此。"

庄子答:"……先生有大树,却愁它没用。何不将其移至寸草不生的旷野,为众人做个阴凉?不事砍伐,这物也免受刀斧之害。既然无所可用,何苦困扰?"

望椿兴叹

中国汉人讲,老虎周身是宝。

怎么个"周身是宝"?虎肉去寒,虎骨祛风湿,虎皮显威风!

于是野生华南虎绝迹,东北虎越境逃奔西伯利亚。

不妨到中国的动物园走走,看看简介牌上的文字。科属习性之外,但见此禽彼兽,皮毛骨肉,无一不具"实用价值"。

汉人,这人那人,东西"文明"世界,男人虚荣,女人矫饰,男女贪嘴。

大鲵、海豚、鲸、雄狮、犀牛、巨象、灵狐、藏羚羊,诸如此类稀有珍奇动物、植物,无不因"有用"而遭殃。

如此"文明"横行遍地,万物悲惨!

势利的人类，人类的势利，恋己、虚荣、贪婪、重利，以木材看树，以食肉与皮革看飞禽走兽，以木匠、屠夫、皮匠之眼看万物。

有用无用，或"益"或"害"，单以己类小利度得失，自负"万物之灵"，矜己纵欲，唯利是图，祸害万物搅扰天下。

终了，将万物祸害无余糟践殆尽，自毁之外，可有他途?!

悦读一

反观当今欧美，人与自然，和睦相安。

比如瑞典，以首都斯德哥尔摩为例。

大城周遭，湖海相连，森林绵延，海鸥蓝天翱翔，候鸟依时节迁徙，林中野鹿、野狐、野兔出没自如，水涯草岸雁群自在。若有雁妈、雁娃摇摇摆摆横穿，路人耐心回避敬候！

敬重天地，珍爱万物，身处其中，人也舒坦怡然。

反观蒙古草原，传统"长生天"信仰视万物为完整大生命，一如当今科学人类"生物链"之识，谨慎敬重珍爱每一个体、每一环节。

传统生计，放牛牧羊依水草而居，春、夏、秋、冬，每季牧场，各有三季生息休养。

反观西藏高地，佛法众生平等的理念与慈悲，沁润"世界屋脊"。

天上飞的，水里游的，地上跑的，山上长的，无一不与己平等，无一不曾为慈祥生母！

地球仍有西藏，幸甚！

反观被后人解读为"玄学"之老子，且听老聃李耳如是说：

"圣人常善救人，故无弃人；常善救物，故无弃物。"（《道德经》）

再，反观被后人解读为"玄学"之庄子，且悟庄周答惠子一席话：

"先生有大树，却愁它没用。何不将其移至寸草不生的旷野，为众人做个阴凉？不事砍伐，这物也免受刀斧之害。既然无所可用，何苦困扰？"

以"无用"为有用，不着痕迹之处，平心悯万物，巧智化众生。

悦读二

身处当今科学时代，"有用""无用"，不妨以自然科学为鉴。

纵观自然科学史，正是发现世人实用眼里"无用"之自然规律的科学大家，启发了以此为基，运"无用"为"有用"的发明者。

记忆中读过的一篇短文，记述当年美国普林斯顿大学力邀爱因斯坦加盟的校长，与另一任教于普林斯顿大学的著名科学家对话。

校长探问，人类文明史上，哪些科学家最重要？这位科学家崇尚技术发明，所列名单上都是具实用价值的发明者。

校长表示尊重对方观点，也平静阐述了自己的见解：事实上，正是那些看似无用的宇宙万物规律，奠定了具有实用价值的发明的基础。所以，发现看似不具直接"实用价值"规律的科学家，更为根本、更为重要。因为他们启迪人类开发对宇宙万物的真知，从而认识处于其中的自身，并寻求与宇宙万物和谐相处的智慧。

于古今灵修者而言，"化道用为功用，以功用为道用"，正是以切实可践的修行，实证对含自身在内的宇宙万物的深度认知的真智。

第二章　心和形顺，游刃有余

（《养生主》《人间世》文选）

一　要诀

吾生也有涯，而知也无涯。以有涯随无涯，殆已。（《庄子·养生主》）

悦读一

某人问禅师佛法精髓，禅师答："诸恶莫作，众善奉行，自净其意，是诸佛教。"这人失望非常，因禅师所答太过简单，于是再问："又怎会有三藏八万四千法门？"

禅师答："只为这四句作注脚。"

赵州禅师开悟之前随南泉禅师学法。

赵州问："如何是道？"

南泉答："平常心是道。"

开悟之后，赵州自立山门。

有弟子问："什么是学人根本？"

赵州答："庭前柏树子。"

一即无量，无量即一。

道单纯，不玄虚，在庭前柏树子，在平常心，在圣、在凡，在大、在小，在高、在低，无所不在。

悦读二

"天地虽大，其化均也；万物虽多，其治一也。"(《庄子·天地》)

晋代王羲之习书法，据称单练一个"永"字，称"永字八法"。

以八法单练一"永"字，书圣所悟，几近庄周。

悦读三

北宋宝元元年（1038），受阿里王子绛曲斡之请，印度高僧阿底峡入藏弘法。藏地大译师仁钦桑波前往相迎。

阿底峡就佛学三藏（经、律、论）探问仁钦桑波，译师问一答十，无所不知。

阿底峡叹道："稀有！藏地有如此学者，我来做啥？！"之后相询："在一座中，如何修行这许多法门？"

仁钦桑波答："自当遵循各宗派教法，分别而修。"

阿底峡道："译师错了。"

译师问："大师认为该怎样修持？"

阿底峡道："聚所有法门精髓，归纳为一要诀。不同法门，其貌相异，本质唯有一。"

藏地"后弘期"佛法兴盛，幸有彻悟者若阿底峡。

悦读四

有科学家以图书馆喻宇宙。说：你走进图书馆，看见书，种类众多的书，数量巨大的书。你翻开书，你看见字、看见词。种类众多、数量巨大的书，都由这些同样的字、同样的词构成，差别仅仅在组合的不同。

图书馆，正是以种类众多、数量巨大的书构成。

而这些种类众多、数量巨大的书，基于不同组合的同样的字、同样的词。

宇宙也是如此。

奇妙复杂的万物，基于完全相同的基本粒子的不同组合。

天地虽大，其化均也。万物虽多，其治一也。

一法通，万法通。

佛家有偈曰："物本性空无所有，故能幻现种种形。诸形难穷性无二，上下东西南北中。"

二　庖丁解牛

庖丁为文惠君解牛，手之所触，肩之所倚，足之所履，膝之所踦，砉①然响然，奏刀騞②然，莫不中音。合于《桑林》之舞，乃中《经首》之会。

文惠君曰："嘻，善哉。技盖至此乎！"

庖丁释刀对曰："臣之所好者，道也，进乎技矣。始臣之解牛之时，所见无非全牛者。三年之后，未尝见全牛也。方今之时，臣以神遇而不以目视，官知止而神欲行。

"依乎天理，批大郤，导大窾③，因其固然。技经肯綮④之未尝，而况大軱⑤乎。

"良庖岁更刀，割也。族庖月更刀，折也。今臣之刀十九年矣，所解数千牛矣，而刀刃若新发于硎⑥。

"彼节者有间，而刀刃者无厚，以无厚入有间，恢恢乎其于游刃必有余地矣。是以十九年而刀刃若新发于硎。

虽然，每至于族，吾见其难为，怵然为戒。

"视为止，行为迟，动刀甚微，謋⑦然已解，如土委地。提刀而立，为之四顾，为之踌躇满志，善刀而藏之。"

文惠君曰："善哉！吾闻庖丁之言，得养生焉。"（《庄子·养生主》）

注

① 砉（xū）：皮骨相离声。

② 騞（huō）：破裂之声。

③ 窾（kuǎn）：空。

④ 綮（qìng）：筋骨结合处。

⑤ 軱（gū）：大骨。

⑥ 硎（xíng）：磨刀石。

⑦ 謋（huò）：骨肉分离之声。

今译

庖丁为文惠王解牛，以手触，以肩倚，以足踏，以膝顶，其身，如应成汤《桑林》之乐而舞。皮骨相离，奏刀行运，其声雅和宫商，韵会尧乐《经首》。

文惠王惊叹："哎呀，了不得，技巧居然能到这样的境界！"

庖丁放下刀，答："臣之所好，乃道，非技。只是看来进乎技而已。

"臣解牛之初，所见无非整个的牛。三年之后，不见全牛。如今，臣以神运而不以眼观。官能知止，神灵潜行。依天理，随隙，导空，顺其本然。刀经筋、骨、块、结之间，神行滑而无碍。

"好一点的庖匠，割肉，年换一刀。众匠，不善技，易折，月换一刀。如今臣之刀，一用十九年，所解之牛数千，而刀刃却若新磨于石。

"节者有间，而刀刃无厚。以无厚入有间，冥冥之中，游刃必有余地。所以，十九年以往，刀刃仍如新磨于石。

"虽然如此，每见众人所为，臣深知其难，怵然警诫。

"止观，宁神，行迟缓，动轻微，骨肉分离之声响处，牛已解，如土堕地。提刀而立，环顾四周，踌躇满志，却善藏其刀，深敛不露。"

文惠王叹言："善哉！我听庖丁之言，得养生之道。"

悦读一

技，或言术，或言技术，乃所有行当赖以谋事，以至成事的手段。古往今来，无数行家沉迷于技而忘乎道，鲜有人超乎技而明悟道。

而无能越技，便迷，便被技转，与道无缘。

《六祖坛经》有段公案，大意如下。

某人读《法华经》，数年不悟，经人指点，拜求禅宗六祖慧能。慧能不识字，令其诵读。诵至一半，慧能叫停，授以旨意，说一偈："迷时法华转，悟了转法华。"

以慧能偈语看技，不妨如是附会："迷时技转你，悟了你转技。"

能转技，进一步，便忘技。

庖丁解牛，"以神遇而不以目视，官知止而神欲行"，忘技之巧，避力之蛮。

"依乎天理"，"视为止，行为迟，动刀甚微"，神行于之间，顺其自然，游刃有余。因而对文惠君讲："臣之所好者，道也，进乎技矣。"

以艺论，庖丁足以称艺术大家。

以武功论，庖丁足以称得道宗匠。

以帝王术论，庖丁足以为明君之师。

以文惠王之心，唯见养生之术。

"君子远庖厨"，不知庖亦有道。

悦读二

听人说风水，得十四字："鸟不飞，乘风而驭。鱼不游，顺水而往。"妙！

善飞者，如天宇之鸟，不奋飞，展翅乘风而自在。

善游者，如江海之鱼，不搏浪，穿梭顺水而逍遥。

东风南风西风北风，横竖上下都是风。

江水河水湖水海水，升天入地都是水。

风、水、万物，各有其自然。

知其自然，顺其自然，得其自然。

妙哉，解牛之庖丁！

妙哉，风水之窍要！

三　单纯者近道

夫道不欲杂。

杂则多，多则扰，扰则忧，忧而不救。（《庄子·人间世》）

悦读一

20世纪西班牙视觉艺术大师毕加索，有所悟而发深切感言："我并不认为自己比其他艺术家有更多天赋。可能的不同在于，我把全部精力用于一件事。"

以此引申，假设全部精力是十分。

十分精力用于两件事，每件事得精力五分；用于四件事，每件得二分半；用于五件事，每件得二分；用于十件，每件得一分。

十分精力用于一件事，此事所得精力，满满十分。

一分精力一分质。

如何有效调配人生精力，须自己打算盘。

悦读二

有句话讲："条条大路通罗马。"

我们要去罗马，从若干大路当中选择一条合适的道，简直地走下去，确信，不犹豫，行一步，就近一步。

倘若身在甲道，边走却心里头犯嘀咕，或许乙或许丙或许丁，更便捷，更省劲？

三心二意，这山望着那山高，发愁没做最佳选择，或乙或丙或丁，从头再试他个一趟二趟三趟，要去罗马这件事，或许就在忧虑当中，在举棋不定当中，忘掉了，耽搁了，错失了。

况且，以人生看，我们一辈子也就数十年，幸运的，活个上百年。光阴有限，经不起蹉跎。

所以佛家修行，讲究"一门深入"，专心致志，心无旁骛。

不犹豫，不散失，踏实有效，行一步进一步，行一步近一步。

步步深入，步步趋近，目标终必抵达。

悦读三

复杂令能量相互消磨、耗损、抵消。单纯聚能量，自在，本然。

道单纯。

单纯者近道。

四　以气驭心

无听之以耳而听之以心，无听之以心而听之以气。(《庄子·人间世》)

悦读一

"小和尚听经，有耳无心。"以耳听，得音声皮相。

沉浮于爱、恨、恩、怨，喜、恶、亲、仇，贵、贱、高、低，俗、雅、愚、智，心纠结。

以心听，因情、智而累，而伤。

非情，没亲疏，不自伤，不他伤。

非智，没判断，不自扰，不他扰。

听之以气，清虚，宁静致远。

气这个东西，没道德判断，没审美抉择，没荣辱得失、毁誉分辨。

修气之士专注于气，由气而入平等豁达的宽阔境界，进而，内而外，外而内，以肉身感应天地。

天地无情、无心、无德、无智，没亲疏、没选择、没判断，平等待万物，利而不害，养而不伤。

天地间万物平等。物物平等随机，物物平等得益。

悦读二

"上善若水。水善利万物而不争，处众人之所恶，故几于道矣。"（《道德经》）

俗话讲，人往高处走，水往低处流。

低、下、垂、沉，自古世人厌之、惧之，避之而唯恐不及。

水无惧、无厌，顺其自然，下流，再下流。走至地之极凹，百川汇而成大海。

大海处地之极低，纳众流而无流。

气之"德"，近水。

气息沉降，出入足心，相应大地。大地"厚德载物"，承万物而无以为怨。

水蒸发，升为云雾。气息升腾，以顶门通天。天降雨露甘霖，养万物而无以为恩。

天地是大乾坤，身躯是小乾坤。

心清静，气化身心彻通天地。

以耳听，听声。

以心听，听情、听智、听技。

以气听，悟道。

五　养中

夫乘物以游心，托不得已①以养中②，至矣。（《庄子·人间世》）

注

① 已：止，滞。不得已：不止，不拘，不滞。

② 中：之间，不滞任何一处，不落、不昧任何一边。

悦读一

以耳，听声。

以心，听情、智、技。

以气，"听"道。

将"听"放散于前后，当下平等体察感觉前后，以身内音声与前、后声响同在共振，互融互化。

再，将"听"放散扩展至左右，当下平等体察感觉前后左右，以身内音声与前、后、左、右声响同在共振，互融互化。

再再，将"听"放散扩展至虚空所有方向，当下平等体察感觉虚空所有方向，以身内音声出全身毛孔，与虚空所有方向声响同在共振，互融互化。

不落具体，不拘具体，不滞具体，不落任何一方，不着任何一处，无所取，无所拒，专意于吐纳。

听而不闻，听而不随，听而不应，听而无滞。"乘物以游心"，随缘不动，不动随缘。

悦读二

气息往返于腹、踵之间，不上胸膛。

彼声寄情，我寡淡。彼声喻智，我愚蒙。彼声炫技，我浑朴。

意念在息，无判无断，无扰无伤。

心气合一，则气不异心、心不异气，气即是心、心即是气。

耳能听，眼能见，鼻能嗅，舌能品，身能触，修心悟道这个"虚"，正要借感官与对象而落"实"。

实不异虚，虚不异实，实即是虚，虚即是实。优游于之间，不昧虚实，出入来去自如无碍，是为"养中"。

六　心和形顺

形，莫若就。心，莫若和。(《庄子·人间世》)

悦读

水无定，气无形。

因形而形，随形而形，顺形而形，无形无不形。"就"，即随、顺。

心无常，性无境。

因境而境，随境而境，顺境而境，无境无不境。随、顺，即"和"。

形就，心和，无可无不可。

七　不辩者善

名^①也者，相轧^②也。知^③也者，争之器也。二者凶器，非所以尽^④行^⑤也。(《庄子·人间世》)

注

① 名：名分，名相，名利。

② 轧：倾轧，伤害。

③ 知：音"智"，学问，世俗智识。

④ 尽：实施，完善，完成。

⑤ 行：修行，灵修。

悦读一

庄子讲："名者，实之宾也。"

老子讲："名可名，非常名。"

释迦牟尼讲："凡所有相，皆是虚妄。"

名分之争、名相或言概念之争、名利之争、古今智识之争、正邪之争、凡圣尊卑之争、是非善恶之争、"君子""小人"之争，前不见小憩，后不见止息。

哀哉！

纵横观史，古往今来世人所争，无非实之宾、虚妄之相，且前仆后继，因争而相害相伤。庄周因之痛发千古之叹："名也者，相轧也。知也者，争之器也。二者凶器，非所以尽行也。"

悦读二

清代李渔，著有《闲情偶寄》，其中感言：

"文章者，天下之公器，非我所能私。是非者，千古之定评，岂人之所能倒？……知我罪我，怜我杀我，悉听世人，不复能顾其后矣。

"但恐我所言者，自以为是而未必果是。人所趋者，我以为非而未必尽非。

"但矢一字之公，可谢千秋之罚。"

以名相学问自负，以名相学问自傲，以智识相争，因名因利倾轧，雄辩是非、口诛笔伐，古今文人相轻。

"但矢一字之公，可谢千秋之罚"！

智识之士，人言可畏，尖酸刻薄傲慢的刀笔吏，不在少数。李渔写字，心下怵怵。"知我杀我，怜我罪我，悉听世人。"

"但恐我所言者，自以为是而未必果是。人所趋者，我以为非而未必尽非。"明智者如李渔，不单知世知己，更以仁厚之心，警诫讽刺：

"武人之刀，文士之笔，皆杀人之具也。

"刀能杀人，人尽知之。笔能杀人，人则未尽知也。……

"杀之与剐，同是一死，而轻重别焉者。

"以杀只一刀，为时不久，头落而事毕矣。剐必数十百刀，为时必经数刻，死而不死，痛而复痛。……然则笔之杀人，其为痛也，岂止数刻而已哉！

"窃怪传奇一书，昔人以待木铎，因愚夫愚妇识字知书者少，劝使为善，诫使勿恶。其道无由，故设此种文词，借优人说法，与大众齐听。谓善者如此收场，不善者如此结果。使人知所趋避，是药人寿世之方、救苦弭灾之具也。

"后世刻薄之流，以此意倒行逆施，借此文报仇泄怨。……"

或为名，或为利，或为"学问"，文士以名相与智识而辩、而争、而刻薄、而倒行逆施，以文报仇、以文泄怨、以文行残毒之事，古今不乏其人。李渔所言，想来不出今日国人经验。

"凡作传奇者，先要涤去此种肠肺，务存忠厚之心，勿为残毒之事。
"以之报恩则可，以之报怨则不可。……
"凡作传世之文者，必先有可以传世之心。……
"传世非文字之传，一念之正气使传也。"

善哉！
一念之别，文，可作凶器，亦可成善举；可杀人，亦可助人、救人。
善或不善，在乎其心。
"凡作传世之文者，必先有可以传世之心。"

"传世非文字之传，一念之正气使传也。"

善哉，李渔！

悦读三

名也者，相轧也。知也者，争之器也。二者凶器，非所以尽行也。

就世事学问而论，以名利相轧，以智识相争，相互撕、咬、伤、杀，非但伤己伤人，于事无补，于治学无益，更于心智有害，性命耗损却稀有真实建树。

于灵修而言，以名利相轧，以智识相争，非但不能完善修行，更成极其严重的障碍。

"为学日益，为道日损。损之又损，以至于无为。无为而无不为矣。"（《道德经》）

灵修、为道，求真智、证究竟，须日渐清损的，正是名分、名相，正是世俗智识之"知"，正是因名因利因"意义"而致之争。

深一步探究，因名分、名相、名利、学问、"意义"而起的倾轧与争斗，无非为了维护"我的"或"我们的"名分、名利、学问、权威、正义、知见。"我的"或"我们的"，无非是对自己与"自家人"的自恋与迷执。

究其根本，为道日损所要清损的，是"己"，是"我"，是"我们"，是因"我的"或"我们的"得失荣辱而如影随形的恐惧与伤害。

悦读四

"名也者，相轧也。知也者，争之器也。"

以名相、学问、"正义"自负，以名相、学问、"正义"自傲，因名倾轧，以智识相争，雄辩是非、口诛笔伐，古今东西，自大自负的极端智识偏执名相，嗜辩好争。

或为名，或为利，或为"意义"，辩导致争，争导致斗，斗导致战，战导致杀，纵横观史，触目惊心。因而庄子称名分、名相与学问为"凶器"。因而老子宣讲："善者不辩。""善建者不拔。"

至人无己。

无己，也就无执。

无执，也就无断、无辩。

无断、无辩，也就无争、无斗、无战、不杀。

至人，善者，呈而不断，述而不辩。

至人，善建者，无欲于"革命"，无欲于"颠覆"，不伤、不毁，致力于建树而不耗命于评断辩驳。

庄子讲"至人无己"，意旨深远。

悦读五

名也者，相轧也。知也者，争之器也。二者凶器，非所以尽行也。

神人庄周讲："名者，实之宾也。"
觉者老子讲："名可名，非常名。"
佛陀释迦牟尼讲："凡所有相，皆是虚妄。"

灵修、为道，求真智、证究竟，须日渐清损的，正是世俗智识之"知"，正是"实之宾""非常名""一切虚妄之相"，正是因"我"而生"自"与"他、她、它"之二元分断。

《五灯会元》记有一则故事，讲灵山法会上，有五百大和尚得四禅定、五神通，唯欠终极之悟。以宿命智通静观前世，诸大和尚，各各自见宿世各类伤害罪业，心内惶惑，再难深入。

于是文殊菩萨承佛示意，手持利剑，直逼佛陀释迦牟尼。

佛陀道："住手！不应作逆，不能害我。文殊师利，你之根性，无我也无他，心识却以为有我有他。倘若心内升起我与他人的分断与迷执，便有一'我'施害，另有一'他'被害。"

言下五百大和尚顿悟本心，于甚深禅定之中不见"我"与"他人"。

之间

290

灵山法会五百大和尚顿悟的"本心"，也就是后世禅家讲"明心见性"之"心性"。

性，本质、根底，"本来面目"。心性，自心空性，无异于万象真性。

佛家讲"空性""心性"，道家讲"道性"，基督教讲"神性"，以老子的说法，"同出而异名"。

名者，实之宾也。"宾"身后的"实"，如一无二。

天下指月的手指无数，所向却是空中同一轮明月。

悦读六

于实施灵修的行者而言，心外无佛，心外无道。本心不异道，道不异本心。本心即是道，道即是本心。

悟本心，悟心的本真，就是悟道。耶稣宣讲："神的国，就在你们心中。"

神性，道性，空性，心性，没有我也没有无我，不可言说也不被言说，超越生死，超越感官与感官所能及，超越一切概念。

灵山法会上，五百大和尚以宿命智通静观前世，各见宿世各类罪业，心生歉疚与自责，其意本善。但毕竟，道、空性、心性，"终极"之在，超越一切概念，超越善恶相对。

大和尚们前世造罪作恶，源于我执。当下心生歉疚与自责，咎在执我。善念、不善念，都是念头，都无常，都将行者截留在"我"的判断。

至善无"善"。

道，空性，没"我"，也没"无我"，没念头，没判断，众生因而平等得益。

于终极了悟了证而言，再细微的念头，"善"或"不善"，都成障碍。所以佛陀释迦牟尼与文殊菩萨演了一场小戏，借以点醒诸大和尚。

悦读七

名也者，相轧也。知也者，争之器也。二者凶器，非所以尽行也。

天下大智慧，殊途同归。

《圣经·新约·哥林多前书》里头，保罗有言："先知讲道之能终必衰败。话语之能终必止息。知识终必消散。我们知晓局部，预言局部。待那完全的到来，这有限的终必归于无有。"

道家修真，佛家悟空，基督徒领悟"神的国"，庄子称为凶器的"名"与"知"，即令极细极微，都是灵修之行、为道之行的大障碍。

不辩者善！真正决意修行之士，首当放下凶器，心和形顺，为道日损，"尽行"以合天道。

"天之道，利而不害。圣人之道，为而不争。"(《道德经》)

不辩，便无争。不争，便无斗。不斗，便无伤、无害、不杀。
利而不害，为而不争，不辩者善！
为自身利益，放下凶器。为众生万物利益，放下凶器。
心和形顺，不辩、不净、不争，众生万物得益，自身得益。

第三章 无用大用

(《人间世》文选)

一 大材不材

匠石之齐，至乎曲辕，见栎[1]社树。其大蔽数千牛，絜[2]之百围，其高临山，十仞而后有枝，其可以为舟者旁十数。观者如市，匠伯不顾，遂行不辍[3]。

弟子厌观之，走及匠石，曰："自吾执斧斤以随夫子，未尝见材如此其美也。先生不肯视，行不辍，何邪？"

曰："已矣，勿言之矣。散木也，以为舟则沉，以为棺椁则速腐，以为器则速毁，以为门户则液樠[4]，以为柱则蠹。是不材之木也，无所可用，故能若是之寿。"(《庄子·人间世》)

注

① 栎(lì)：落叶乔木。

② 絜(xié)：用绳子度量粗细。

③ 辍(chuò)：停留。

④ 液樠(mán)：脂液流出。

今译

鲁国有位名叫"石"的木匠，住在齐国，来到曲辕这个地方，见到一株被朝祭的巨型栎树。这巨树的枝叶，百围之广，其影可以为数千头牛遮阴。其高山立，数十丈以上才分枝。分枝当中，看起来可以做小船的，竟有十数枝。瞧热闹的人，朝观的人，不计其数。名叫石的木匠却不屑一顾，疾行不停。

匠人的弟子名"厌"，百看不厌，一步一回头，追上木匠石，问："自随师傅习刀斧之技，弟子从没见过如此美妙的大材。先生却一步不停，看也不看，为何？"

木匠石不耐烦弟子的职业无知，答："止！不必多言！这树不值一提。松软疏散之木，造船易沉没，凿棺容易腐，做器皿容易烂，做门窗流油招虫蛀。不材之木，毫无用处，所以能活这么老。"

望栎兴叹

呜呼！

举凡能造船、能凿棺、能做器皿、能做门窗之树，木匠眼里有用之材，无不惨遭砍伐，难能伟巨。

往古来今，一旦被实用人类认作"具实用价值"，无物不遭灾。

这株栎树，只因"无用"，不入匠人法眼，糊涂长寿，始得枝叶高广，为千牛遮阴，供万人朝观。

嘿！哈！

唯无用，能启大用。

大凡"神树"，不能建房造船，不成桌椅板凳，却伟巨通灵，供众人祭奉。正所谓，不材之材，无用大用。

二　不才神人

嗟乎，神人以此不材。(《庄子·人间世》)

悦读

神人，或隐于世外，或浪迹江湖，不做朝臣、不为学士、不打铁、不做木工、不裁缝衣裳、不拨弄算盘，不做学问、不玩文艺、不谈论哲学、不钻研发明，不随从伦纲。

以世人之眼看神人，一如木匠石观曲辕巨型栎树，不才，无所可用。

以有缘之眼看去，古今神人之在，却自有"密意通玄"。

做朝臣、为学士、打铁、做木工、缝衣裳、拨算盘、做学问、玩文艺、谈哲学、科研发明，随从伦纲，世人实用视野之外，自古另有无为天地。人类素能以一己肉身，借千古承传有效可行之道而修，最终通晓、亲证宇宙本元并与之合一，无可无不可，非为非不为，浑然自在于天地。

之所谓"密意通玄"，盖因我们每人身内都有神人。

神人与世人，或醒或睡，或觉或迷，内里神人自在，半分不多，半分不少。

三　无用大用

人皆知有用之用，而莫知无用之用也。（《庄子·人间世》）

悦读一

丰子恺先生写有一篇有趣的文字，节选如下：

"我以为人的生活可以分成三层：一是物质生活，二是精神生活，三是灵魂生活。物质生活就是衣食。精神生活就是学术文艺。灵魂生活就是宗教。'人生'就是这样一个三层楼。

"懒得或无力走楼梯的，就住在第一层，把物质生活弄得很好，锦衣玉食、尊荣富贵、孝子贤孙，这样就满足了。抱这样人生观的人，在世间占大多数。

"其次，高兴或有力走楼梯的，就爬上二层楼去玩玩，或者久居在这里头。这就是专心学术文艺的人。这样的人，在世间也很多，即所谓'知识分子''学者''艺术家'。

"还有一种人，'人生欲'很强，脚力大，对二层楼还不满足，就再走楼梯，爬上三层楼去。这就是宗教徒了。他们做人很认真，满足了'物质欲'还不够，必须探求人生的究竟。他们以为财产子孙都是身外之物，学术文艺都是暂时的美景，连自己的身体都是虚幻的存在。他们不肯做本能的奴隶，必须追究灵魂的来源，宇宙的根本。……"

借丰先生的譬喻，二、三层楼上人们关心的物事，对于一任身内神人沉睡的第一层居民而言，不能当饭吃，不能当衣穿，不能当卧具，不能当车代步，不是"生活必需品"，没用。

三层楼上人们关心的事物，于身内神人局部觉醒的第二层居民而言，不能当戏看，不能当音乐听，不能当小说读，不能当美术欣赏，不能被证实或证伪以作辩论用，"虚幻""迷信"，不成"学术"，没娱乐与思辨功能，无所可用。

所以，通常，自负的二层楼居民，不单鄙薄底楼庶人，且对三层楼上的人士存疑，敬而远之或避而远之，以至于厌而远之。

于第三层居民而言，智者、先知、觉者，是追究"灵魂来源"与"宇宙根本"的先行人，是身内神人全然觉醒者，是知行合一的导师。

知行合一的导师、先行人，彻悟宇宙人生的透彻智慧，得于实践，用于实践，能以实践而实证。所传所授切实可践之法，盖以一己身心而非人身之外的仪器，透彻体悟宇宙奥秘与生死实相，切实体证人之为人的深藏真义与世人未知的能。

如此智慧与"技能"，庄子谓之"无用之用"。

悦读二

以无用为用，第三层居民须自甘寂寞。

"举世誉之而不加劝，举世非之而不加沮。"（《庄子·逍遥游》）

满世界赞誉，不因之"加油"。满世界非难，不因之颓丧。誉之，不矜不喜。非之，不怒不忧。不念誉，不念毁，优游于之间，宠辱不惊，无念无染，笃定清明，独立，超然。

因形而形，随形而形，因境而境，随境而境，乘物以游心，无形无不形，无境无不境。

以无用为用，第三层居民须随遇而深安。

悦读三

"安时而处顺，哀乐不能入也。"（《庄子·养生主》）

不思前，不想后，无念于当下，安于说话间正逝去的这一刹那，无拒无取，不迎不随。

安其自然随顺出入息，顺其自然静观沉浮念，宁寂清虚无为，哀乐无侵。

"道之出口，淡乎其无味，视之不可见，听之不可闻，用之不可既。"（《道德经》）

顺天地利而不害，师造化为而不争。无用之用，自在本然。

长此以往，以功用悟道用，化道用为功用，身内神人终将全然觉醒，第三层居民终将通晓并亲证宇宙本元，并与之合一。

之后是否弘道，取决于个人。

四　立己立人

古之至人，先存诸己，而后存诸人。（《庄子·人间世》）

今译

先古的至人，先建立自己，后助他人建立。先成就自己，后助他人成就。

悦读一

先成就自己，后助他人成就。以大乘佛家的说法：欲度众生，必先度自己。

听闻、深思佛法智慧，将听闻深思的智慧具体实践，进而"自利、利他，自度、度他"，乃大乘佛家基点。

自佛陀释迦牟尼揭示佛法，经由"闻、思、修"而达"先存诸己，而后存诸人"的"至人"境界者，两千余年以降，不计其数。

比如《天地人籁》一节提及的大迦叶。

"在佛陀释迦牟尼十大弟子当中，摩诃迦叶人称'头陀第一'。摩诃，意为大。头陀，意思是苦行。大迦叶终生坚持苦行，令人感佩。

"摩诃迦叶出身显贵，来头不凡。其父乃婆罗门望族，富可敌国，远近闻名。婆罗门是古印度四种姓中第一等，'最高贵者'。出身第一种姓的迦叶，生性聪慧过人，轻而易举完成了古印度完备的教育，轻而易举超越所有教授他的先生。然而，婆罗门望族的荣华富贵，世间智识的聪明机敏，在在无法满足迦叶渴求大智慧的心。父母相继辞世之后，尽孝的迦叶辞别有名无实、同样渴望修行的'妻'，离家寻师问道。

"此时，迦叶年三十有余。迦叶离家当日，佛陀释迦牟尼在菩提树下修成正果。

"寻师问道两年之中，迦叶见过无数高人。但这些'明师'却无一能为他真正解惑。稍晚，迦叶听闻释迦牟尼佛的名声。不愿再度盲目追随，决意前往佛陀传道的竹林精舍探访。亲历数次法会，佛陀释迦牟尼的每一句开示，都令他如饮甘露、心生光明。

"迦叶暗自欣喜，佛陀释迦牟尼，正是他苦苦探寻并欲终生依奉的真正明师。

"这一日，听罢佛陀开示，法喜充满的迦叶踏上归途，预备迎接在家敬候佳音的'妻'妙贤，一同拜师修行。一路疾行数十里，突见佛陀释迦牟尼端坐前方一株大树的阴影之中。迦叶大为惊诧，上路之时，佛陀正为众人解疑，现下如何能够端坐眼前？！

"见他疑惑，佛陀轻言道：'我等了你两年，你找了我两年，还有什么犹豫？'

"迦叶顿时泪流如雨，跪拜请求接纳。

"…… ……

"随释迦牟尼佛回返竹林精舍，迦叶经佛陀点化，第八日证得阿罗汉果。之后，不愿身处人多事琐的僧团，迦叶决意离群索居，独自专修苦行。独修苦行的大迦叶，数十年如一日，忍常人所不能忍，行常人所不能行，远离得失、荣辱、毁誉之患，以苦为乐，内心清净，得大智慧、大神通，深受佛陀器重。

"…… ……

"德行、修为超群的摩诃迦叶，佛教史上是位极重要的人物。

"佛陀释迦牟尼涅槃离世之后，摩诃迦叶为使佛法传世，召集五百罗汉，仔细回忆释迦牟尼佛在世期间不落文字的言教，集结成文。此事史称'集结'。

"大迦叶这一集结，令后世有缘众生，源源不断得益于佛陀揭示于世的大慈悲、大智慧。"

（瞿小松：《音声之道·尺八与禅》）

此外，有一美妙典故，中国汉传佛教八大宗之一的禅宗引之为源头，史称"拈花微笑"。

"某次法会（教授、传播、问答佛法的聚会），佛陀释迦牟尼随手指拈一名俗家弟子献上的野花，默然无语环示四周。

"众皆愕然，不解其意，唯大迦叶破颜微笑。

"于是释迦牟尼佛发话：'吾有正法眼藏，涅槃妙心，实相无相，微妙法门，不立文字，教外别传，付嘱摩诃迦叶。'"

召集五百罗汉"集结"，开创禅宗一脉，经由闻、思、苦修而具大智、大力，"至人"摩诃迦叶，"先存诸己，而后存诸人"，惠及后人，真真实实，如大江大河奔流不息！

悦读二

"印度4世纪大乘佛学唯识论与瑜伽行派创始人之一的无著，闭关以求见弥勒。十数年几经反复、几经试测，不得见，失望而出。

"出得关，路遇一老狗，身躯溃烂气息奄奄，仍嗔心不已撕咬路人。无著见老狗只剩半截的身躯满爬蛆虫，心内不忍，欲将蛆虫扒落又唯恐不慎将蛆虫伤害。于是闭眼跪地，将舌舔向臭烂的犬躯与蠕动的蛆虫。

"残犬消失，无著舌触路面，眼前弥勒示现。无著悲欣交集，问为何十数年不肯赐。弥勒答我一直在你身旁，你业障未尽，视而不见。而今你心生无边大慈悲，业障净，自见弥勒。

"无著的大悲心悯及人所厌恶的腐犬与蛆虫。设身处地换位设想，当不难体会大乘佛家彻底平等的慈悲心肠。"

（瞿小松:《小事·佛法大意》）

"先存诸己，而后存诸人"，无著以其真实无虚的修行，为后世行者示现了大乘佛法的精髓：大智慧得大慈悲，大慈悲得大智慧。

之间

304

悦读三

先成就自己，后助他人成就。比如《圣经·新约》里头的彼得。

"他们唱了诗，就出来往橄榄山去。

"耶稣对门徒说：'今夜你们为我的缘故，都要跌倒。因为经上记着：我要击打牧人，羊就分散了。但我复活之后，要在你们以先往加利利去。'

"彼得说：'众人虽为你的缘故跌倒，我却永不跌倒。'

"耶稣答：'我实在告诉你，今夜鸡叫以先，你将三次不认我。'

"彼得说：'我就是必须与你同死，也总不能不认你。'"

（《圣经·新约》）

时刻来临，犹大领人来捕耶稣。

"彼得在外面院子里坐着。有使女前来说：'你素来也是同那加利利人耶稣一伙的。'彼得在众人面前却不承认，说：'我不知道你说的是什么。'

"既出去，到了门口，又有一使女看见他，对那里的人说：'这个人也是同拿撒勒人耶稣一伙的。'彼得又不承认，且起誓说：'我不认得那个人。'

"过了不多时，旁边站着的人前来，对彼得说：'你真是他们一党的。你的口音暴露了你。'彼得发咒起誓说：'我不认得那个人。'立时鸡就叫了。

　　"回想耶稣的话：'鸡叫以先，你将三次不认我。'彼得就出去痛哭。"

（《圣经·新约》）

　　"设身处地想想，我们大多数人那晚可能的选择，定如彼得一般，为逃离同钉十字架的厄运，忘前誓，起后誓，三度不认其主，三度不认其师，三度不认因大爱结缘的亲人。因为对手太强大，传统太冷酷，情形太危险，我们有性命之忧。

　　"以中国人的说法，此时的耶稣，'众叛亲离'。

　　"善哉！'众叛亲离'、孤身赴难的耶稣基督，为大爱而来的耶稣基督，深知我们软弱，深知我们尚无力与他同担十字架，已预先以大爱普爱宽恕我们，宽恕我们随时可能的叛离。

　　"我们的境界，以及我们可能的进境，耶稣基督明察秋毫，因而丝毫不以为意。

　　"'你们宽恕世人对你们的过犯，你们的天父也必宽恕你们。'

　　"怀大爱的宽恕，无所不容。谢耶稣基督舍命的身教言传，教我们懂得宽恕之深广。

　　"痛哭的彼得，知错了，悔了。

"耶稣舍命的身教言传，耶稣基督宽恕所怀的大爱，令彼得深忏自己严重的软弱，令彼得及我们真正看清了自己。

"一如因耶稣基督以大爱宽恕而受感召的使徒保罗语：'我已经与基督同钉十字架。现在活着的，不再是我，乃是基督活在我里面。'严重软弱的彼得，已经与基督同钉十字架而赴死。而基督活在其中笃定的彼得，从此新生。

"耶稣基督舍命的身教言传，耶稣基督怀大爱的宽恕，为爱的福音，为众人众生的利益，锻造出一个坚定得力的使徒。"

（瞿小松：《无门之门·〈圣经·新约〉附会》）

先成就自己，后助他人成就。

借力于耶稣怀大爱的宽恕，经死亡恐惧锻造，从而超越恐惧的彼得们以及无数后继者，前仆后继将耶稣大爱传遍彼时整个罗马帝国，最终"将一个部族的崇拜，演化为普遍人类的信仰"（贡布里希：《艺术的故事》）。

悦读四

"若怀揣一颗谒见圣雄的心去读《甘地自传》，你会失望。

"其中了无壮豪激情、崇高使命、深沉哲理，有的则是不足挂常人齿的鸡毛蒜皮，太平常、太唠叨。

"…… ……

"中国人爱说'谋大事者不拘小节'。这个甘地他拘，他拘得紧，拘得琐碎。然而他拘到最小细节的非暴力主义，却唤醒印度千百万民众而成大事，令印度共和国从英国人手下独立了出来。古往今来，这大事令人叹为观止。

"人称印度、巴基斯坦二共和国之父为'圣雄'，这令他深深不安。面对本原、面对宇宙真相他谦卑，谦卑到甘愿被人人践踏的微尘所践踏。

"耐得性子，甘地非暴力的真意会柔软地渗入你开放的心。那是要在意念最深处、最细微处，时时警觉可能泛起的攻击伤害本能，最终从意念最细微处将暴力倾向化融为包含仇敌在内的宽容与善意。

"…… ……

"人类与万物伤痕累累的心，渴盼彻底的非暴力。"

（瞿小松：《小事·普世同饥》）

"先存诸己，而后存诸人"，甘地早年受托尔斯泰"非暴力主义"理念感召，以毕生事无巨细的实践，不单唤醒印度千百万民众而成大事，令印度共和国从英国人手下独立了出来，更于世界范围继续感召后来人。

20 世纪美国黑人民权运动领袖马丁·路德·金，正是直接受甘地知行合一的"非暴力主义"启迪，成就闻名西方以至世界的佳话。

悦读五

"先存诸己，而后存诸人。"先成就自己，后助他人成就。

其实世间事，也是同样的道理。

比方说教书育人。为师的传授知识与技能，倘若自己没弄清楚、没透彻体会，以何引导学子？

再比如，见人落水，我们见义勇为往河里头跳。倘若自己不会水，非但救不了他人，自己的小命也一并丢失。

道理简单，想要助人救人，须有助人救人的本领。

俗话讲：没有金刚钻儿，别揽瓷器活儿。

悦读六

一般而论，道家注重个人修炼，讲究与天地应和，通过对自然的顺应，寻求内在的谐和，从而与天地万物的谐和相应。

"天下莫大于秋毫之末。"（《庄子·齐物论》）秋毫之末，关乎天下。

纵横观史，个人之间的摩擦、家族之间的摩擦、社团之间的摩擦、民族之间的摩擦、国家文明之间的摩擦，无不起于个人内在的不安、内在的不和。

道家注重个人修为，正是从根本着手。

"古之至人，先存诸己，而后存诸人。"

于庄周自己，洋洋万言一部《庄子》，即以其透彻超越的

智慧与不动声色而真实的悲悯心，历经两千余年岁月，导引
无数后人智慧开显。

　　无用大用。
　　善哉，庄周不才神人！
　　善哉，古之至人庄周！

第四章　古今真人

(《德充符》《大宗师》文选)

一　明鉴

人莫鉴于流水而鉴于止水。(《庄子·德充符》)

悦读一

止则静，静则清，清则明。

明鉴明鉴，唯明能鉴。

"浊以静之，徐清。"(《道德经》)

流动停歇，水止，寂静安然。

浊物污染沉淀，水清净如初，渊面平滑若明镜，照鉴万物。

"心若止水"，其中一个层面，说的是这个意思。

大水深沉。

即令水面浪起波涌，内里却安然沉寂。"心若止水"另一层面，说"波澜不惊"。

深止，深定，不惊，不乱。

悦读二

无能止，不能定，一旦风起，波澜摇晃，映照的影像便模糊，便扭曲，便破碎。这颗心，也因波澜而惊，而乱，而累，而伤。

佛家坐禅，必修"止观"。

止而后能静，静而后能清，清而后能明，明而后能鉴。

鉴，以佛家的话讲，叫观照。止观之"观"，说的是明镜之观，是映照。

明镜映物，了无价值判断与情绪干扰，清明如实，映现事、物本来的样子，所以也叫"如是观""如实观"。

不受价值判断与情绪干扰，波澜不惊，处变不乱，得以如实见到事物本相，免遭情智之乱、之累、之伤。所以老子讲："知止不殆，可以长久。"

悦读三

"唯止能止众止。"（《庄子·德充符》）

海纳百川，非百川纳海。

海，处地之极低，为水之大止、终极之止。千江万河奔流向海，止于海，归于海，汇于海，融于海。

"天下有始，以为天下母。既得其母，以知其子。既知其子，复守其母，没身不殆。"（《道德经》）

万物生于道，归于道，融于道，相合于道。如同千江万河汇于海，归于海，融于海。没身于海，千江万河不复千江万河，同成大水，终极不殆。

二 寂寥

古之真人，其寝不梦，其觉无忧，其食不甘，其息深深。（《庄子·大宗师》）

悦读

日无忧烦，夜无梦扰，食不迷甘苦，意不昧得失。

避世修真之士，一呼一吸，吐纳深幽。

寂寂兮漠然无语，寥寥兮廓然无念，古今真人，感通天地而契真知。

三　息深

真人之息以踵，众人之息以喉。(《庄子·大宗师》)

悦读

世人一呼一吸，起于喉、止于喉，起于胸、止于胸。
息浅，易浮，易躁，心随境转。

古今真人，吐纳在腹，在足心。
气垂降，意沉潜。
息深，心寂，神安。

"致虚极，守静笃。万物并作，吾以观其复。夫物芸芸，各复归其根。归根曰静，静曰复命。复命曰常，……"(《道德经》)

致虚极，守静笃，其息深深，其心寂寂，古今真人，如如不动，无己无为，吐纳天地之气，以观万物众生本元。

四　平淡

古之真人，不知说生，不知恶死。(《庄子·大宗师》)

悦读一

老子讲："天长地久。天地所以能长且久者，以其不自生，故能长生。"

不自生，也就不自灭。

天地真性，天道真性，万物众生真性，非生非灭。

赵州禅师有言："世界未有，其性早有。世界毁灭，其性不灭。"

即令肉身沉浮于六道轮回千百世而不悟，其心性，依旧不生不灭、不垢不净、不增不减。

悦读二

知，真性在，不知，真性在。

识，真性在，不识，真性在。

知与不知、识与不识，真人与世人以此暂别。

以肉身而论，生，真性在，死，真性在。

生死轮回的是肉身，是二元分断之念，而非真性。真性非体、非时、非概念，超越生灭。

世人不知、不识真性，故而悦生惧死，迷恋肉身，沉浮于轮回而不觉。

古今真人，彻知生死实相，无知无念于生之欢悦，无知无念于死之厌惧。

不悦生，不惧死，生死一如，坦荡，淡然。

五　顺其自然

不以心捐道①，不以人助天②，是之谓真人。(《庄子·大宗师》)

注

① 捐：弃、取舍。
② 助：改造。"以人助天"，今人谓之"改天换地"。

望愚兴叹

"我有三宝，持而保之。一曰慈，二曰俭，三曰不敢为天下先。慈故能勇。俭故能广。不敢为天下先，故能成器长。……天将救之，以慈卫之。"(《道德经》)

今人不知天高地厚，狂言"敢为天下先"！

不解天道，愚人妄言。
不解天道，愚人妄为。

不解天道，愚人自毁。

天道无己，无心，非意志，没取舍，无为，利众生万物
而无害。

以"我"立基，人道有心，有意志，有取舍，妄为，"改
天换地""人定胜天"，自负"进步"，自负"先进"，狂言"敢
为天下先"，伤杀众生，侵害万物。

末了，自食其果之外，别无他途。

愚哉！

悦读一

"天之道……高者抑之，下者举之，有余者损之，不足者
补之。天之道，损有余而补不足。"（《道德经》）

道法自然。

天之道，道之法，自在本然，本然而然。

天地混沌，万物自在自为，自在互为，自生互养，总体
自有其天然平衡，微妙圆通。

以天道为师，无己无为，应天地顺万物，不以人道相"助"
相扰，庄子谓之真人。

悦读二

"天与人不相胜也，是之谓真人。"(《庄子·大宗师》)

雨露阳光，天施地育，天道无心，非意志，无为，浑然无念养万物，无争，没胜负的意念。

以天道为师，没争竞之心，无胜负之念，无己，顺道而不逆，谨言慎行，不敢为天下先，为而不争，利而不害，庄子谓之"真人"。

真人，天地之子，古今之师。

六　自在

泉涸，鱼相与处于陆，相呴^①以湿，相濡以沫，不如相忘于江湖。(《庄子·大宗师》)

注

① 呴(xǔ)：吐沫。

悦读

江、河、湖、海，浩瀚深广，相忘其中，各得其所，各有天地，自游而自在。

七　逍遥

鱼相忘乎江湖，人相忘乎道术。(《庄子·大宗师》)

悦读

鱼相处于陆，干涸的低洼里头挤在一堆，对口相湿，唾沫相沾。

人相处于方寸，计较于方寸，古今愚智，因利因道术，而辩、而争、而斗，而自乱、而自累、而自伤，而相乱、而相累、而相伤。与相处于陆之鱼无异，对口相湿，唾沫相沾，挤在一堆相煎、相诈、相轧。

何苦。

道不同不相为谋。

人相忘于道术，逍遥。
鱼相忘于江湖，自在。

八　坐忘

颜回曰:"回益矣。"

仲尼曰:"何谓也?"

曰:"回忘仁义矣。"

曰:"可矣,犹未也。"

他日,复见,曰:"回益矣。"

曰:"何谓也?"

曰:"回忘礼乐矣。"

曰:"可矣,犹未也。"

他日,复见,曰:"回益矣。"

曰:"何谓也?"

曰:"回坐忘矣。"

仲尼蹴①然曰:"何谓坐忘?"

颜回曰:"堕肢体,黜②聪明,离形去知,同于大通,此谓坐忘。"

仲尼曰:"同则无好也,化则无常也。而果其贤乎!丘也请从而后也。"(《庄子·大宗师》)

注

① 蹴(cù)然:惊奇不安。

② 黜(chù):免。

今译

颜回见孔子，说："我有所悟。"

孔子问："什么？"

颜回答："忘了仁义。"

孔子道："不错。还不是根本。"

过了一些日子，颜回又来，说："我有所悟。"

孔子问："什么？"

颜回答："忘了礼乐。"

孔子道："很好。仍不是根本。"

又过了一些日子，颜回再来，说："我有所悟。"

孔子问："什么？"

颜回答："我坐忘了。"

孔子一惊，问："什么是坐忘？"

颜回答："体身虚妄，万境皆空。听而不闻，视而不见，脱形，退智，心同太虚，内不觉有身，外不分天地，内外通化，是为坐忘。"

孔子感叹："既然通同万物，也就不再有好、恶、亲、疏分别。既然化顺天地，也就无所迷执。恭喜，你已然成贤！孔丘愿以你为师，随你习道。"

悦读

　　以丰子恺先生的譬喻，仁、义、礼、乐，是二层楼上居民所好。颜回忘仁义，便超越了仁义；忘礼乐，便超越了礼乐。超越仁、义、礼、乐，颜回登上第三层楼，进而坐忘，超越第三层。

　　孔丘虚怀若谷，赞叹之余，示意愿以自己的弟子为师。

　　逊哉，仲尼！

第五章　开窍

（《应帝王》文选）

南海之帝为儵[①]，北海之帝为忽，中央之帝为浑沌。

儵与忽时相与遇于浑沌之地，浑沌待之甚善。

儵与忽谋报浑沌之德，曰："人皆有七窍以视听食息，此独无有，尝试凿之。"

日凿一窍，七日而浑沌死。（《庄子·应帝王》）

注

① 儵（shū）：迅速。

今译

南海之帝叫"儵"，北海之帝叫"忽"，中央之帝叫"浑沌"。

儵与忽时常相会于浑沌的领地，浑沌每每善待。

儵与忽图谋报答，私下里商量："人人都有七窍，用以看、听、吃食、呼吸，单单这浑沌没有。我们尝试一遭，为其凿窍。"

一日凿一窍。七天之后，浑沌一命呜呼。

悦读一

"浑沌"寓意自然，天地的自然，万物的自然，社稷的自然，个人的自然，个体的自然。

纵横观史，大至天地，小到个体，顺其自然则昌盛，逆其自然则衰败。所以老子讲："天下神器，不可为也。……为者败之，执者失之。"（《道德经》）

现今世人见某有所进步，时常夸赞：嘿，开窍了！

庄子的原版，开窍却要了浑沌的命。换句话讲，庄子的原意，开窍是要命的事情。

"天下神器，不可为也。……为者败之，执者失之。"倏与忽图谋报答浑沌的恩德，是大大的善意，却因不了解浑沌无窍也不需窍的自然，要了好朋友的性命！

悦读二

不以心捐道，不以人助天，是之谓真人。

"天下莫大于秋毫之末。"秋毫之末，关乎天下。

人命关天，物命关天，生物之链环环相扣、物物相依，凿窍如同毁物伤物，生物之链就此败坏。

天地万物的整体平衡，有赖个体。而单一个体的生灭盛衰，又与天地万物的整体平衡息息相关。"天下神器"，既是整体，也在秋毫之末。

面对天地万物宇宙人生，以虔敬之心顺随其本然而然，不以强志取舍，不以愚智"改造"，为而不逆、不争，己得益，他人得益，万物得益。

悦读三

"吾言甚易知，甚易行。天下莫能知，莫能行。"（《道德经》）

古之真人，视天下为神器。

古今世人，认天下作实利。

有用无用，或"益"或"害"，单以一己利益度得失，自负"万物之灵"，矜己纵欲，将天下看作实利的人类我们，肆无忌惮，胡乱凿窍，祸害万物糟践天下。而这祸害糟践，终必降临人类自身。

天地悠悠，因果自在。

"天下神器，不可为也。……为者败之，执者失之。"

呜呼！人类之欲！

呜呼！人类之愚！

呜呼！"文明"之宿命！

《庄子·外篇》文选

（四十五段）

第一章　造化之功

（《骈拇》文选）

一　多余

骈拇枝指①，出乎性哉，而侈于德②。……

多方乎仁义而用之者，列于五藏哉③，而非道德之正也。（《庄子·骈拇》）

注

① 骈（pián）：合。拇：足之大拇指。骈拇：足之大拇指与二指相连，合为一指。枝指：手之大拇指附生一指，成第六指。

② 侈：多余。德：仁、义、礼、智、信。

③ 方：道术、规范。五藏：肝、心、脾、肺、肾。

望"侈"兴叹

仁义道德，世人以正、邪规范。

有用无用，世人以功、利判断。

骈拇与枝指，自然生成，以功利规范判断，却成了"多余"。

悦读一

"物固有所然，物固有所可。无物不然，无物不可。"（《庄子·齐物论》）

又有，"有无相生，难易相成，长短相形，高下相盈，音声相和，前后相随，恒也"（《道德经》）。

原野有大象，山林有虎豹，江海有鱼鳖，长空有飞鸟，四季有雨露甘霖，天地有万物万相。

阴阳乾坤，日月星辰，山河大地，花草林莽，天上翱翔的，地上奔走的，水里优游的，长者顺道而自长，短者顺道而自短，圆者顺道而自圆，方者顺道而自方，柔者自柔，刚者自刚，伟巨者顺道而伟巨，精微者顺道而精微。万物各有成因，各顺其性，成、坏、住、空、生、灭、盛、衰，得其所，循其轨，各顺其自然而然于天地。

自然奇妙，自在本然。

悦读二

万事万物，相生，相成，相形，相倾，相和，相随，事事相联、物物相依，恒也。且各自为用、各为他用，各有各的成因，各有各的道理，各成各的规律。

奇妙！

天地有大美，四时有明法，万物有成理，古今之人为之兴叹，天下为之兴叹。

世间万物，顺道而自生，循道而自成，应道而自灭。其存其在，无可无不可，无然无不然，非依人类仁、义、道、德、功、用、利、弊规范。

以庄子观之，仁义之用，如同肝、心、脾、肺、肾于众生，五藏器官之类肉身的事，无关性灵，非道德之正，非终极根本。

二　德之真　德之正

彼正正者，不失其性命之情。

故合者不为骈，而枝者不为跂①；长者不为有余，短者不为不足。(《庄子·骈拇》)

注

① 跂（qí）：“多余”之趾。

悦读一

本然自成，本然自在，本然自然。

长者长而不多，短者短而自足。

天上地下，万事万物，各因其所，各成其所，各得其所，各在其所，各适其所，各辅其所。

自然神奥。

“天之道，利而不害。圣人之道，为而不争。”（《道德经》）

如实明鉴，不失真性，顺道而正其行，庄子谓之德之真正。

悦读二

“生之畜之。生而不有，为而不恃，长而不宰，是谓玄德。”（《道德经》）

“施与生机，养育生命。育而不攫取，施而不居功，养而不支配不主宰，天道‘品性’，天之‘德’。

"人类有攫取、占有、支配、主宰的欲。欲望生意志，意志决定行动。攫取、占有、支配、主宰的行动，时常导引攻击伤害。

"天道无欲，无意愿，不做老大，万物因之自得空间，生得欢实。

"人道若以天道为师，育而不攫取、施而不居功、养而不支配不主宰，也就接近天道'品性'、天之'玄德'。"

（瞿小松：《无门之门·〈道德经〉附会》）

悦读三

"善者吾善之，不善者吾亦善之，德善矣。信者吾信之，不信者吾亦信之，德信矣。"（《道德经》）

"我们善，天道是天道。我们不善，天道还是天道。

"我们是诚信君子，天道是天道。我们是善变小人，天道仍是天道。

"道不移，至善至信。

"彼善，我们善意善言善行以待。彼不善，我们善意善言善行以待。

"彼有信，我们诚信以待。彼无信，我们诚信以待。

"善不移，信不移，方寸不移。

"不因世事之变而动，不随浊水之波而流……心广无际若虚空，无所不包、无所不容……

"善有善果，不善有不善果。信有信果，不信有不信果。顺道而为有顺果，逆道而行有逆果。天网恢恢疏而不失，生死循回，因果自在。

"做什么，怎样做，道无增减，人却有不同收成。

"以诚信为本，方寸不移，不计善恶凡圣贫富尊卑，不计得失毁誉反应回馈，善意善言善行待人如待己，终受益者自身。人人如此，推至人类。

"以诚信为本，方寸不移，善待同类善待异类善待万物，与己与人与天地万物协和相处共生共存，终受益者人类。"

（瞿小松：《无门之门·〈道德经〉附会》）

以天道为师，德之真、德之正。

三　造化之功

天下有常然。常然者，曲者不以钩[1]，直者不以绳，圆者不以规，方者不以矩[2]。……故古今不二，不可亏也。（《庄子·骈拇》）

注

① 钩：描曲之笔。

② 规：绘圆之具。矩：定方之尺。

悦读一

万物天成浑然。

曲者自曲，不循人为钩线。直者自直，不依人为绳墨。圆者自圆，非因人为规划。方者自方，不拘人为之矩范。

造化之功，奇妙！

悦读二

"雨露云雾天之神水，江河湖海地之甘霖，平原山岳地之肌肤，树禾花草土之毫发。"

"鱼虾游于江湖，走兽奔于林莽，飞鸟搏击长空，人结社稷居安。"

"季分春夏秋冬，时分年月日辰，物有阴阳雌雄，命有新陈代谢。"

"日落月升，潮伏起。立春雨水惊蛰春分、清明谷雨小满立夏、芒种夏至小暑大暑、立秋处暑白露秋分、寒露霜降立冬小雪、大雪冬至小寒大寒，四时明法，首尾相随。"

"天地无诺，不言不议，信不移，万古恒常。"

（瞿小松：《无门之门·〈道德经〉附会》）

造化之功，大美！

古人为艺，以自然为高，讲究"贵在自然"，讲究"师法造化"。描曲之钩、规圆之具、矩方之尺，一旦有所成就，方家赞叹："巧夺天工！"

慢！

造化之功，岂人力所能夺、所能及哉？！

四　君子小人

小人则以身殉利，士则以身殉名，大夫则以身殉家，圣人则以身殉天下。

故此数子者，事业不同，名声异号，其于伤性以身为殉，一也。……

彼其所殉仁义也，则俗谓之君子。其所殉货财也，则俗谓之小人。其殉一也，则有君子焉，有小人焉。(《庄子·骈拇》)

悦读一

逐利，谋名，齐家，事天下，"小人""士""大夫""圣人"，可有不同？

庄子讲："此数子者，事业不同，名声异号，其于伤性以身为殉，一也。"

以此而论，庄子言下，逐利、谋名、齐家、事天下，"小人""士""大夫""圣人"，所做不同，所求相异，质，却一般无二。

"无为而尊者，天道也。有为而累者，人道也。"（《庄子·在宥》）

天道浑漠。无己，无志，非为非不为。
为与不为，累与不累，尊与不尊，无关天道。

"小人""士""大夫""圣人"，逐利、谋名、齐家、事天下、励精图治、前仆后继，所作所为，无非有为有累之人道。
探究标榜仁义的，世人誉之为"君子"。经营追逐财富的，世人贬之为"小人"。同是探求、经营、追逐，同因伤性以身相殉而累，却有"君子""小人"之分。
厚此薄彼，扬君子、抑小人，以"君子"自矜，而以"小人"鄙人，何必？

人道人道，同是伤性以身相殉，却因"事业不同，名声异号"而相尊、相贵、相轻、相贱。
迷天道而执人道，有为而辩、而耗、而累、而衰，何苦？

然，老子言下圣人，悟道、证道、合道、弘道，浑然无我，一如天道利而不害。以身殉天下，为而无争，非"累"非"不累"。

之间

334

悦读二

中国禅宗初祖菩提达摩有言："无自无他，凡圣等一。"

看开了去！

以太阳系看地球，以银河系看太阳系，以无垠太虚看无穷星系！

太虚无垠，寂寥茫漠，小小地球，秋毫之末而已。

依身于地球，"小人""士""大夫""圣人"，以太虚观之，非大非小，非尊非卑，非圣非凡，秋毫之末之秋毫之末，显微镜也难见差异！

然，天下莫大于秋毫之末。

或大或小，或巨或微，秋毫之末、秋毫之末之秋毫之末，关乎天下。

第二章　原生态

（《马蹄》《天地》《胠箧》《在宥》文选）

一　原生态

彼民有常性，织而衣，耕而食，是谓同德。

一而不党，命曰天放。

故至德之世……山无蹊隧，泽无舟梁；万物群生，连属其乡；禽兽成群，草木遂长。（《庄子·马蹄》）

悦读一

织而衣，耕而食，古今东西，民之所求，无非安居乐业。

安居乐业，地球村村民同心所向。

识民常性，任民自安其居、自乐其业、自得其所，自然宽放，无为而任民自治，是谓"德政"。

"道生一，一生二，二生三，三生万物。万物负阴而抱阳，充气以为和。

"…… ……

"天得一以清，地得一以宁，神得一以灵，谷得一以盈，万物得一以生，侯王得一以为天下贞。"（《道德经》）

从一，随顺天道。不党，意趣相投，内和外敬，群而不党。

中国有俗语：物以类聚，人以群分。

顺物之自然，任物自以类聚。顺人之自然，任人自以群分。任物自以类聚，任人自以群分，是谓天放。

一而不党，放任自然，德之至善，至善之德。

悦读二

至德之世，乡里乡亲，乡村足矣。

不与天斗，不与地斗，不与人斗，不与万物斗，不"改造自然"，和睦相处于朴素之乡。

不猎、不伐、不战、不杀，禽兽成群，草木苗壮，万物欣欣，天地安详。

至善之德无德，至德无德。

二 宁静之乡

夫至德之世，同与禽兽居，族与万物并，恶乎知君子小人哉。

同乎无知，其德不离；同乎无欲，是谓素朴。(《庄子·马蹄》)

悦读

至德之世，理想世代，人与禽兽同安于自然，人兽与万物并存于天地。

人与物平等，人与人平等，不知世上竟有"君子"与"小人"之名、之分、之断。

上下无智，不谋划，不算计，不动心机，其德天真。

左右不贪，知足，自足，常足，不攀比，不争竞，素朴自然。

人与天地万物，无犯，无害，无伤，和睦相安。此谓宁静之乡。

三 无迹无记

至德之世，不尚贤，不使能；上如标枝，民如野鹿；端正而不知以为义，相爱而不知以为仁，实而不知以为忠，当而不知以为信，蠢动而相使，不以为赐。

是故行而无迹，事而无传。（《庄子·天地》）

悦读

能力强的，多做。能力不强的，少做。没能力的，不做。

己不自矜，世不夸赞，贤者自清，能者自为，一如高树高枝，天然而成而在，不以为意，非刻意为高。

民如野鹿，自游自在于山林，不在乎树大枝高，不在乎灌低草矮。

上下左右各行其道，各依其轨，顺其自然而天然。

不知"义"而行正，不知"仁"而互爱，不知"忠"而笃实，不知"信"而诚挚，不知"赐"而互利，不定自上而下之人为规矩，天真本然。

"天地相合，以降甘露，民莫之令而自均。"（《道德经》）

至德之世，君民淳朴，顺天地而自动，率真性而自为。君不以为有功，民不以为稀罕，无迹可记，无事可传。

四　现实理想

子独不知至德之世乎？

昔者容成氏、大庭氏、伯皇氏、中央氏、栗陆氏、骊畜氏、轩辕氏、赫胥氏、尊卢氏、祝融氏、伏戏氏、神农氏，当是时也，民结绳而用之，甘其食，美其服，乐其俗，安其居，邻国相望，鸡狗之音相闻，民至老死而不相往来。

若此之时，则至治已。（《庄子·胠箧①》）

注

① 胠箧（qū qiè）：意为开箱。

悦读一

自甘其食，自美其服，自安其居，自乐其俗，邻国相望，鸡狗之音相闻，民至老死不相往来。理想之邦！

古今东西，大至社稷，小到个人，往来多，是非多、纷争多；往来少，是非少、纷争少；没往来，便没是非、没纷争。

理想之邦安素抱朴，知足，自足，常足，没亲疏纠结，没是非纷争。

无争则和，和则应天地、顺万物。
上下无为，左右宽放，自定，自安。

容成氏、大庭氏、伯皇氏、中央氏、栗陆氏、骊畜氏、轩辕氏、赫胥氏、尊卢氏、祝融氏、伏戏氏、神农氏为"十二先帝"，老、庄之谓"圣人"，不属史书以文字书记之流，故遗为"传说"。

"传说"之"圣人"，言无自语，为无己作，一任万物顺天地而自动，一任万民率真性而自为。

老、庄之谓圣人，言无言，为无为。先古至德之世，至治。

悦读二

"山无蹊隧，泽无舟梁；万物群生，连属其乡；禽兽成群，草木遂长。同与禽兽居，族与万物并。"

老、庄之谓至德之世、原生态清宁之乡，人类与万物和睦相安，并非虚拟，并非仅存于"原始"，并非仅流于"传说"，并非当今无现实可能。

比如西藏地区，人民笃信佛教，不杀生，不吃鱼，不造捕鱼之船，水面不见舟影；有事须过河，扎筏以渡，河流不见桥梁；大山神圣，藏人虔敬谦恭，不劈山开路，不妄作妄为，不毁伤自然。人与人、人与万物，亲睦，祥和。

比如蒙古草原，牧民信仰万物之灵"长生天"，敬重万物之整体"大生命"，敬重万物链链相关之"生物链"，敬重珍惜每一个体。

传统生计，放牧牛羊依水草而居，春、夏、秋、冬，每季草场各有三季休养生息，待到来年，照样水草丰茂。

比如北欧诸国，人之间，相敬相安，有距离，少是非纷争，少亲疏纠结，人格清明，社会廉洁。

以环境论，虽山有蹊隧，泽有舟梁，人对自然界的取占，却规模节制，不"改天换地"，不为毁灭性侵害。

原野森林湖泊遍布，野鹿野兔野狐自在，野鸭大雁天鹅逍遥，人与万物，相安无犯。

"世界屋脊"的祥和，基于佛法对众生万物的平等慈悲，以及藏民族的单纯拙朴与淳厚。

蒙古草原的生态平衡，基于蒙古民族的"长生天"信仰，基于对万物整体"大生命"每一个体的敬重珍惜，基于依水草而居、而徙的游牧文明。

北欧诸国人与人、人与万物的和睦，基于文明的自省，基于人类面对自然的历史惨痛教训，基于深思熟虑的清明见地。

20世纪欧美绿色革命的理念，正是文明人类重归自然怀抱的理想与实践，并局部实现了接近庄子言下之"至治"。

"先进""落后""明智""愚昧"，其真意，"改造自然，人定胜天"之辈，敬请三思、深思！

为地球，为人类，拜托！

五　宽放

闻在宥① 天下，不闻治天下也。(《庄子·在宥》)

注

① 在：自在。宥：宽宏、宽容、宽恕、宽放。

悦读

"圣人无常心，以百姓心为心。"（《道德经》）

体悟天道，感应天道，随顺民意，以百姓愿为己愿，无为，宽宏、宽容、宽恕、宽放，顺其自然，任其自然，天下自在、自为、自昌。

在宥，宽放而顺其本然，任人任物自由而自在，天地祥和，万物安泰。

修身，在宥。齐家，在宥。事天下，在宥。

第三章　天地之友

(《骈拇》《在宥》文选)

一　内观

吾所谓聪者，非谓其闻彼也，自闻而已矣。吾所谓明者，非谓其见彼也，自见而已矣。(《庄子·骈拇》)

悦读一

慧能辞别五祖，发足南行。两月中间，有数百人尾随而来，欲夺衣钵。

其中有一僧人，俗姓陈，名惠明，原先是一个四品将军，足力强健，追上了慧能。慧能掷下衣钵，隐入草莽之中。

惠明追到跟前，却提不动那衣钵，于是高声叫喊："行者，行者！我为法来，不为衣来。"

慧能现身，端坐盘石。惠明作礼："望行者为我说法。"慧能道："你既然为法而来，可屏息诸缘，勿生一念，我这里为你说法。"

惠明入静，良久，慧能突然发话："不思善，不思恶，正恁么时，哪个是明上座本来面目？"

惠明一惊，随即大悟。问："适才这一密语密意外，还有没有别的密意？"

慧能答："说给你的，就不是秘密。你若返观自照，秘密在你自己。"

（《六祖坛经》）

"若返观自照，秘密在你自己。"

这个著名的禅宗公案里头，惠明不思善，不思恶，善恶之间，豁然顿悟超越二元的真性，从此不再疑惑。于是留下千古名句："如人饮水，冷暖自知。"

悦读二

《圣经·新约》记一小事，意思相近。

有犹太旧教徒数人，有意考较耶稣，要耶稣以神通显现神的国。耶稣答：

"神的国，就在你们心中。"

向内倾听，向内彻见，无旁骛，不外驰，以心体证"本来面目"，以心体证内在天国。

"即心即佛，离心无佛""即心即道，离心无道""即心即天国，离心无天国"。非体，无内无外，古今东西，大智慧无门户。

内闻则清，内观则明，其实世间事，也是一般道理。内省、内观，专注内收，心智清明，行见于果，事成于质。

二 之间

余愧乎道德，是以上不敢为仁义之操，而下不敢为淫僻之行也。(《庄子·骈拇》)

悦读一

仁义淫僻之间，无上无下，了无道德之断，顺天性自由而趋。

君子小人之间，非雅非俗，了无品位之别，依道性自在本然。

庄周冷眼内观，由内而外，明察秋毫而"愧"乎道德，上不为仁义之操，下不为淫僻之行。

非"君子"，非"小人"，不入桎梏，遗世独立于"上、下"之间。

"勇于敢则杀，勇于不敢则活。"(《道德经》)

庄子勇于不敢，得生于之间，自在于之间，遨游于之间。

悦读二

庄子勇于不敢。

某甲，非勇非不勇，非敢非不敢，曾经，偶然落入"之间"，不期深悟其玄。

不妨引以体味。

"1990 年秋冬某日，我在录音室听自己过去应约而作的舞剧音乐作品。

"起始，节奏极其缓慢。我把磁带的速度调慢一倍，音乐变得更舒缓，也更低沉。当我把速度调至原先的 16 倍慢，'作品'没了。

"我只听到无法形容的、非'乐音'的低音，极其松散、极其缓慢、极其微弱地趋近，又极其松散、极其缓慢、极其微弱地远去，之后的'休止'，预期的第二个音出现之前的间歇，长如亿万年。

"毫无预期地、意外地，无法形容的非'乐音'的低音，再次极其松散、极其缓慢、极其微弱地趋近，又再次极其松散、极其缓慢、极其微弱地远去。

"长如亿万年的'空白'，依旧无限地空白着。

"在那两个音之间的巨大空白里头，我仿佛被扔进了纯粹时间和纯粹空间的世界，无始无终，无边无际。我的心，无依无靠却不恐慌，并且跟那个纯粹时间和纯粹空间的世界融为一体。"

"如同两座冰山之间的水域其实就是大海，那个'瞬间'、那个'休止'、那个'间歇'——我清晰地感知，它是寂静，是根本的存在。而两个无法形容的非'乐音'的低音，它们显现又逝去的意义，如同一个启示，向我暗示那个永久的、根本的寂静。

"其实我使用'寂静'描述，是相对那两个无法形容的非'乐音'的低音而言。事实上，这个无边的'寂静'，不动，没速度，不'快'也不'慢'。它，无声，无形，甚至没有光。"

"那个境界，超越我们看得见，听得到，摸得着，能够思索的一切事、一切物、一切'东西'。

"它不是'东西'、没有'东西'，也没有情绪、没有情感、没有思维。但我对'它'，却确确实实有一个毫无疑问的感知，并且与它连成一片。

"本质上讲，那个'它'超越时间，或者说，'它'是一个非时间的'在'。'它'，非概念，非逻辑，非语言，非意义，空阔无边。

"它不是经由阅读或者学习得来的知识，而是一个超越语言的清醒的体认与同在。"

（瞿小松：《音声之道·音乐内外答问》）

之间

引文中所谓"休止"，是一音乐术语，说的是声音之间的

348

间歇、静默。而是次经历，两个低音无可言喻的"导航"、启示，让我无意中融入它俩之间那个巨大的空寂。

那两个不可名状的松散低音，仿佛夜空中模糊的星云，而它俩之间巨大的无形空寂，正是涵容无数星系、无数星云的无垠太虚！

悦读三

"之间"，一切二元相对之间，有如漂浮于大洋浮冰之间的水域，连通大海，与大海一体，本身就是大洋，浩瀚，深广。

"之间"，一切二元相对之间，有如聚散于天空流云之间的蓝天，连通太空，与太空一体，本身就是太空，无垠，无极。

"之间"，仁义淫僻之间，君子小人之间，上下左右之间，高低缓急之间，内外之间，一切二元相对之间，乃大自在、非概念之无垠太虚。

无系统，无对象，非体，非二元，非概念，优游于"之间"，浑然同在于太虚，同化于无垠。

同在于太虚，同化于无垠，但见万象沉浮如流云聚散。

草头露珠曾有，随日出光照蒸发。

迷幻影像似真，伴梦醒泡灭消散。

云聚，观闪电疾逝。

雾隐，见蓝天静安。

三　黄帝问道

广成子南首而卧。黄帝顺下风膝行而进，再拜稽首而问曰："闻吾子达于至道，敢问，治身奈何而可以长久？"

广成子蹶^①然而起，曰："善哉问乎！来，吾语汝至道。"（《庄子·在宥》）

注

① 蹶（jué）：急遽。

今译

广成子南首而卧。黄帝顺下风恭恭敬敬，曲膝而行，到了跟前，礼拜而问："听闻先生已然彻悟至道，敢问，修身怎样才可以长久？"

广成子欣悦，迅疾起身，说："大好一问！来来来，我与你聊聊至道！"

悦读一

至道之精，窈窈冥冥。

至道之极，昏昏默默。

无视无听，抱神以静，形将自正。

必静必清，无劳汝形，无摇汝精，乃可以长生。

目无所见，耳无所闻，心无所知，汝神将守形，形乃长生。

（《庄子·在宥》）

至道静默，寂兮，无声无息。

至道空蒙，寥兮，无色无形。

至道窈冥，浑浑然，非名相、非概念，先天地、外天地、内天地、行天地、运天地而自在。

至道无形，习道者无视。

至道无声，习道者无听。

至道无心，习道者无智。

无视，无听，无智，习道者契道。

抱神以静。

眼见而无所观，耳闻而无所听，心感而无所断。

无为清静，身不疲累，神不迷乱。

神宁则形固，身可以久长。

悦读二

慎汝内，闭汝外。(《庄子·在宥》)

目不滞形色，耳不滞音声，鼻不滞香臭，口不滞甘苦，身不滞冷暖，心不滞名相，意不随境转。

"虚其心，实其腹。……塞其兑，闭其门。……不欲以静，……"(《道德经》)

"兑：洞穴，眼、耳、鼻、口。门：气门，肛门。

"…… ……

"'塞其兑，闭其门。'

"不外视而内见，不外听而内闻，不外嗅而内清，不外语而内醒，不外泄而内满。

"无语，不受视、听、嗅觉之扰，静心内观。

"…… ……

"'虚其心，实其腹。……不欲以静，……'

"自调内息，损节欲愿，一呼一吸，细密绵长。

"心若虚空，下腹充满，宁寂清虚无为习道。"

（瞿小松：《无门之门·〈道德经〉附会》）

悦读三

堕其形体，吐其聪明，理、物俱忘。

无形，亦无见者。

无声，亦无听者。

无气，亦无嗅者。

无味，亦无品者。

无触，亦无觉者。

无心，亦无念者。

同于天，同于地，同于万物，"解心释神，漠然无魂"。（《庄子·在宥》）

悦读四

"古之善为士者，微妙玄通，深不可识。夫唯不可识，故强为之容：豫兮若冬涉川，犹兮若畏四邻，俨兮其若客，涣兮若冰之将释。"（《道德经》）

"'豫兮若冬涉川。'履薄冰，不慎则堕。谨小，慎微。

"'犹兮若畏四邻。'静心，内专，外交则神散。

"'俨兮其若客。'不为主，恪守本位。恭敬，退避，谦让。

"'涣兮若冰之将释。' 冷暖自知，收放仅在毫厘。

"敦兮其若朴旷兮其若谷，浑兮其若浊。……浊以静之，徐清，安以动之，徐生。……澹兮其若海，飂兮若无所止。"（《道德经》）

"敦厚质实原初未琢，旷达空阔谷川开阔。

"混沌蒙漠天地不分，江河入海浪起潮落。

"横空飘逸了无挂碍，有无来去万般自若。

"风啸雨狂我自宁安，静观万象喜怒哀乐。

"…… ……

"天地寂寂，生气徐徐，万物自化生于太虚。"

（瞿小松：《无门之门·〈道德经〉附会》）

悦读五

"天下有始，以为天下母。既得其母，以知其子。既知其子，复守其母，没身不殆。"（《道德经》）

老子言下，"天下母"喻道性，"子"喻内含道性之众生万物。

觉其母，醒其子，以子归母，一如以水归海。归其元，合其道，没身不殆。

印度高僧帝洛巴（约10世纪），有言道禅修次第：

起初，行者思绪纷乱，一如悬崖下之激流，奔腾不已，起伏不定。

进而，有了一些定力，渐感一如大河缓流，沉稳从容。

最终，众水归海，一如子母相会，相融浑然。

子，孕于母，出于母。

"复守其母""以子归母""子母相会"，譬喻而已，其意不外"融归本元"。

悦读六

"天地有官，阴阳有藏，慎守汝身，物将自壮。"（《庄子·在宥》）

日月星辰明照，雨露甘霖滋润，天官施而不矜为恩。

原野山川生养，江河湖海哺育，地官载而不持为功。

天官地官，阴藏阳藏，和合而乾坤吐纳，万物化生。

慎守其身，顺应天地，生机勃发。

身是小天下，社稷是大天下。

身顺自然则壮则久，社稷顺自然则和则昌。

四　人道与天道

何谓道？

有天道，有人道。

无为而尊者，天道也。有为而累者，人道也。(《庄子·在宥》)

悦读一

天道没"自己"，所以没意志。非尊，非不尊。

天道没"自己"，所以无作为。不判，亦不断。

"天地相和，以降甘露，民莫之令而自均。"(《道德经》)

天道运，万物成。

生、灭、盛、衰，万物各得其所，各得其用，各为他用，自然而然。

悦读二

"天网恢恢，疏而不失。"(《道德经》)

天地万物，各有成因，各运其法。人若逆其自然，"为者败之"。(《道德经》)

"天之道，利而不害。圣人之道，为而不争。"(《道德经》)

人若以天道为师，利而不害，为而不争，自然和顺，长治久安。

五　天地之友

大人之教，若形之于影，声之于响。有问而应之。尽其所怀，为天下配。

处乎无响，行乎无方。……以游无端，出入无旁，与日无始。

颂论形躯，合乎大同。……（《庄子·在宥》）

悦读一

影随形，响随声，自然而然。"大人"处真，浑然与真同在，有问而应、而"影响"。出于真、和于真，无隐，无藏。

"圣人无常心，以百姓心为心。"

不妨试将老子言下"百姓"二字，易为"天地"："圣人无常心，以天地为心"。

以百姓为愿，以天地为心，老子言下"圣人"，庄子言下"大人"，以自然为天，以社稷为上，外其身、后其身，不欲做主，辅佐天下，甘为人天配译。将天道之讯"翻译"为人类能够理解的话语，向人类传达天道。

静处寂然，动运无形。

以有时之限，入非时之空。

以有形之身，合无形之道。

悦读二

"万物生于有，有生于无。"（《道德经》）

"有"为子，生于"无"。"无"为母，生"有"生万物。

"睹有者，昔之君子。睹无者，天地之友。"（《庄子·在宥》）

古往今来，"君子"前仆后继，代代承传，以有见有，自矜自持。定伦纲，举伦纲，滞于伦纲。以身相殉宣讲伦纲，高举伦纲。规矩悬于头顶，无力透视，有为而累。

"颂论形躯，合乎大同。大同而无己。无己，恶乎得有有。"（《庄子·在宥》）

古、今、东、西，"大人""天地之友"，灵通天地，无己，无志，无欲，无为，无所拥占。既见无中之有，亦见有中之无。深谙无用之用、用之无用，彻知常与无常。

如影随形，如响随声，言自无言，言旨无言，言而无语，

之
间

谦谦接引有问来人。

　　出于道，合于道，无隐无藏。

第四章　得无所得

（《天地》文选）

一　应无形　和无声

视乎冥冥，听乎无声。

冥冥之中，独见晓焉。无声之中，独闻和焉。（《庄子·天地》）

悦读

看，无形。听，无声。

无形之中，太虚空阔，万象渺渺。

无声之中，天地相和，万籁萧萧。

身如天地，心若太虚，空无古今，幻化浑然。

二　得无得

黄帝游乎赤水之北，登乎昆仑之丘而南望。

还归，遗其玄珠。

使知索之而不得，使离朱索之而不得，使吃诟①索之而不得也。

乃使象罔②，象罔得之。（《庄子·天地》）

注

① 吃诟（gòu）：传说中的言辩之人。

② 象罔（wǎng）：《庄子》寓言中的人物，含无心、无形迹之意。

今译

黄帝畅游赤水之北，登昆仑之峰回头南望。

尽兴而归，无意间遗失了玄珠。

前后差"知""离朱""吃诟"往寻，都不得。

差"象罔"前往，象罔得之。

悦读

"玄珠"喻真。

真，无心，无形，无智，无辩。

"知"喻巧智。

巧智滞于概念，滞于逻辑，滞于机锋，不足以得无智之真。

"离朱"喻目。

目滞于色，滞于形，滞于有，不足以得无形之真。

"吃诟"喻言辩。

言辩，去无心无辩之真尤远。

"象罔"喻无心。

无心者，无形，无智，无辩，同于"玄珠"。

无心者得真。

所谓得真，原本无心，其得也无得。

三　忘者合天

老聃曰："……忘乎物，忘乎天，其名为忘己。忘己之人，是之谓入于天。"（《庄子·天地》）

悦读

天无"自己"。有己者，则有物、天之分。

内不自见"天"，外不他见"物"，不见分别，无见。

忘物，忘天，浑然而忘分别，己、他俱忘。

忘己之人，合于无己之天地。

之
间

四　浑沌无术

子贡南游于楚，反于晋，过汉阴，见一丈人方将为圃畦①，凿隧而入井，抱瓮而出灌，搰搰②然用力甚多而见功寡。

子贡曰："有械于此，一日浸百畦，用力甚寡而见功多，夫子不欲乎？"

为圃者仰而视之曰："奈何？"

曰："凿木为机，后重前轻，挈③水若抽，数如泆④汤，其名为槔⑤。"

为圃者忿然作色而笑曰："吾闻之吾师，有机械者必有机事；有机事者必有机心。机心存于胸中，则纯白不备；纯白不备，则神生不定；神生不定者，道之所不载也。吾非不知，羞而不为也。"

子贡瞒然⑥惭，俯而不对。

……

反于鲁，以告孔子。

孔子曰："彼假修浑沌氏之术者也。识其一，不知其二。治其内，而不治其外。夫明白入素，无为复朴，体性抱神，以游世俗之间者，汝将固惊邪？且浑沌氏之术，予与汝何足以识之哉？"（《庄子·天地》）

注

① 圃畦（qí）：种蔬菜的园畦。

② 搰（gǔ）搰：用力状。

③ 挈（qiè）：提。

④ 泆（yì）：溢。

⑤ 槔（gāo）：桔槔，汲水杠杆。

⑥ 瞒（mén）然：愕然。

今译

子贡游楚，返晋，过汉阴，见一农夫正在园里整理菜地，凿一隧道入井，抱一罐子打水灌溉，忙乱辛苦，用力多，功效少。

子贡问："有一机械，每日可灌地上百畦，用力少，功效多，你怎么不去谋它一个？"

农夫抬头，问："怎么做呢？"

子贡答："有一用木头做成的机械，后重前轻，提水若抽，其流如注，叫作桔槔。"

农夫佯作怒态，笑言："我师父讲，有机械必有机事，有机事（需谋划算计之事）必有机心（谋划算计之心）。机心存于胸，则心、气不纯。心、气不纯，则神不安宁。神不安宁，则离道远。我并非不知桔槔，只是以算计之事与算计之心为羞。"

子贡愕然，无言以对。返归鲁国，将此事告与孔子。

孔子道："这人假修浑沌术。明白一，不明白二。修内，却不知修外。真明白者朴素，无为，体性抱神，自由出入世俗之间，无所障碍。你何必大惊小怪？不过浑沌氏之术，你我又怎能领悟？"

悦读一

"有机械者必有机事；有机事者必有机心。机心存于胸中，则纯白不备；纯白不备，则神生不定；神生不定者，道之所不载也。"

"纯白"之"白"，《庄子·人间世》另有语曰："虚室生白。"

虚室：身，内空，通。白：气。

虚室生白：以身修气，以气修真。气纯而心静，心静而致道。

"机心存于胸中，则纯白不备。"于修真之士而言，任何念头，任何"走神"，不论粗细，都将导致"白"之不纯、"白"之不完备。

"纯白不备"，即真气不纯。真气不纯，则无以致道。

"虚其心，实其腹。"（《道德经》）

此"腹"，指丹田。丹田，藏密称"气轮"，位置在脐下约四指处。气轮是一个核心，是通往法界，超越时空的"隧道"。

道虚空，无声，无相，无形，无感，无念。

修道者必先将心空去，虚如道空。无声，无相，无形，无感，无念，此谓"虚其心"。将气下沉至丹田，令其充满，以备游走全身，并以此与道之能合一，从而亲证道。此谓"实其腹"。

虚其心，实其腹，虚室生白。

道无我，"虚室"无我，"纯白"无我。

以无我之身修气，以无我之气修真。气纯而心寂、心静，心寂心静，无为致道。

悦读二

以"我"立基，眼见形，耳闻声，唯见、闻而随，迷于视听之滞、之乱。

以"我"立基，鼻嗅气，舌品味，唯嗅、品而随，迷于气味之滞、之乱。

以"我"立基，身感软硬，体受冷暖，唯感受而随，迷于触觉之滞、之乱。

立基于"我"，谋机事，动机心，意，唯念而随，迷于得失之滞、之乱。

为道日损，不见，不闻，免视听之迷、之滞、之乱。

为道日损，不嗅，不品，免气味之迷、之滞、之乱。

为道日损，不感，不受，免触觉之迷、之滞、之乱。

为道日损，远机事，忘机心，不思，不断，免思维之迷、之滞、之乱。

视而不见，听而不闻，息而不嗅，食而不品，触而不感，不思不断，行者远机事，忘机心，"为道日损，损之又损，以至于无为"，无为而近"浑沌"。

浑沌没眼、没耳，无见，无闻，无视听之迷、之滞、之乱。

浑沌没鼻、没口，无嗅，无品，无气味之迷、之滞、之乱。

浑沌没身、没体，无受，感，无触觉之迷、之滞、之乱。

浑沌没脑、没心，无思，无断，无思维之迷、之滞、之乱。

没眼、没耳、没鼻、没口，没身没体，没脑没心，无见、无闻、无嗅、无品，无受无感，无思无断。

"专气致柔，能婴儿……"（《道德经》）

一旦回返浑沌，无痕的至柔真气之外，别无其他。

还归本元，浑然空无，一任天下机事机心如流云生灭聚散于虚空。

五　知惑不惑

知其愚者，非大愚也。知其惑者，非大惑也。(《庄子·天地》)

悦读一

世人系统，以"我"立基。

以"我"为基，得则喜、失则怨，誉则乐、毁则恼，荣则欢、辱则怒，随波逐流于得、失、荣、辱、毁、誉的浊浪，拘缚于对"自我"的迷恋与夸张而不自知，沉浮于期待的焦虑与失望的沮丧，沉浮于苦痛、惑乱的浊海，上下翻滚无有宁日。

以"我"立基，根本之愚。

《道德经》有言："自知者明。"

了解根本之愚，自见根本之愚，直面根本之愚，人就拔脚走出泥潭。所以古语讲：人贵有自知之明。

悦读二

世人系统，以"我"立基。

立基于"我"，随之便有与"他、她、它"的分割与相对。

立基于"我"，概念滋生。概念寻求相应的概念，二元对立由此无尽生衍。

以"我"立基，世人沉浮于概念的浊海，缚于概念的深重迷网而不得自由却不自知。

立基于"我"，惑之根本。

人贵有自知之明。

了解惑之根本，自见惑之根本，直面根本之惑，人就从困惑步向明智。所以老子讲："知不知，上。"

沉睡于根本之愚、颠倒于惑之根本而不自知、不自见、不自明，佛家谓之"无明"。无明是病，根上的病。

所以老子讲："不知知，病。"

悦读三

世人系统，凡事以"我"立基。此基此"我"，到底是个什么？

"《圆觉经》，佛陀释迦牟尼教导普眼菩萨自析'我'与'心'。

"宴坐静室，恒作是念：我今此身，四大和合，所谓发毛、爪齿、皮肉、筋骨、髓脑，皆归于地；唾涕、脓血、津液、涎沫、痰泪、精气、大小便利，皆归于水；暖气归火；动转归风。四大各离，今者妄身当在何处？即知此身毕竟无体，和合为用，实同幻化。

"四缘假合，妄有六根。六根四大内外合成，妄有缘气。于中积聚，似有缘相，假名为心。此虚妄心若无六尘，则不能有。四大分解，无尘可得，于中缘尘各归散灭，毕竟无有缘心可得。"

"'我今此身，四大和合。'我在哪里？我是个什么？

"发毛、爪齿、皮肉、筋骨、髓脑，固体物质，皆归于'地'。我是个什么？是发毛？是爪齿？是皮肉？是筋骨？是髓脑？是'地'？是固体？

"唾涕、脓血、津液、涎沫、痰泪、精气、大小便利，液体物质，皆归于'水'。我是个什么？是唾涕？是脓血？是津液？是涎沫？是痰泪？是精气？是大小便？是'水'？是液体？

"暖气归'火'，我是个什么？是冷暖？是体温？是'火'？是零上零下的温度？

"动转归'风'，我是个什么？是空气？流动的空气？是饱嗝？是臭屁？是'风'？是气体？

"固体液体温度气体，地、水、火、风'四大'各离，我在哪里？我是个什么？

"四大分解，缘尘各归散灭，心在哪里？心是个什么？

"在地？在水？在火？在风？在固体？在液体？在温度？在气体？或者都在、都不在？是地？是水？是火？是风？是固体？是液体？是温度？是气体？或者都是都不是？

"发毛、爪齿、皮肉、筋骨、髓脑，唾涕、脓血、津液、涎沫、痰泪、精气、大小便利，温度，气流，相互依存相互生长相互牵扯，生、老、病、死，相辅相成相毁。假设'我'是它们的总和，'心'是它们附加六根（眼、耳、鼻、舌、身、意）的聚集，这个我，这个心，它是一随遇而散的沙器？

"我在哪里？我是个什么？

"我们来到世上，起初因爹成长为男人，有了精子。爹娶成长为女人有了卵子的娘。爹的精子钻进娘的肚子，再挤进娘肚里的卵子。我们住下，吸取娘的营养，慢慢成长。娘吃山珍海味我们得山珍海味美汁，娘吃糠咽菜我们吸糠菜苦水。羊水里我们撒尿，又合着羊水将尿吸回，肥水不流外人田。咱娘十月怀胎，俺们十月暗无天日，俺爱那个。终于长成一个人，我们从娘的阴门赤裸光身来到世上。娘胎不再管咱，黑暗也不再护咱，太可怕，贼亮，这么多光，扎眼，想躲想藏没处躲藏。太可怕，我们大哭。

"哭我们的以前死了，哭我们新生。

"已然来了，就谁也挡不住。我们从婴儿，到幼儿，到小童，一直堕落，少年、青年、中壮年、老年、弥留，停止外呼吸，停止内呼吸，终止心跳。我们躺在那里，模样儿仍像我们，却已不再是'我们'。然后我们火化，成一堆灰，或者入土，变几根骨。

"来世生成啥：猫、狗、鸡、鸭？猪、马、牛、羊？猛兽？猛禽？非猛兽？非猛禽？虫？人？或者别的？

"我在哪里？

"在精虫？在卵子？在母腹？在婴儿？在幼孩？在小童？在少年？在青年？在中壮年？在老年？在弥留？在停止外呼吸？在停止内呼吸？在终止心跳？躺在那里的我们？火化的我们？在骨？在灰？在等待来生？在来世生成的啥？或者全都不在全都在？

"精虫卵子到骨到灰，那是'我'的全过程？

"猫、狗、鸡、鸭、猪、马、牛、羊，猛兽猛禽非猛兽非猛禽，鱼虾昆虫，挨宰不挨宰，从生到腐烂，那是各种'我'的全过程？

"'我'是一过程？是一必然灭亡的过程？'必然灭亡'四个字，真叫人心惊肉跳。

"我在哪里？我是个什么？

"人说'我思故我在'。

"我是一个思？思善？思恶？思美？思丑？或者就是一个思？四大和合必然灭亡的肉身死灭，这思还在不在？如果在，思在何处？到哪里思？"

"我在哪里？我是个什么？

"误认有个实在的'我'，必贪恋狠抓'我的'。触犯'我的'，我怄气、我伤心、我吐血，我悲痛欲绝，我欲哭无泪，我捶胸顿足，我勃然大怒。

"勃然大怒，进而捍卫攻击，造成伤害。这嗔，由贪而生，己、他俱伤。

"轮回于必死之生，迷执于子虚乌有的'我'，贪恋虚幻之'我的'，自伤伤他相互倾轧。一生争斗，精疲力竭临到大限跟前，我们才真正明白这'我的''我们的'，生不带来死不带去。'死不带去'无须赘言，这个不难明白。生呢，能带来吗？别的不说，比如'父母'。一出生，我们就拥有父母？父母属于我们？父母由我们带来？假设我们刚来在世上就成弃婴，那情形怎样？怀下我们生下我们的男男女女，愿不愿做我们的父母，取决于谁？我们，还是他们？而他们，又取决于谁？假设他们父亲的精子未曾进入他们母亲的卵子，他们在哪里？我们在哪里？

朝晴暮雨，连父母都拥有不了，我们真正能拥有的，是什么？

我们没法不深问自己。"

（瞿小松：《无门之门·〈金刚经〉附会》）

我在哪里？我是个什么？我们没法不起疑，没法不深入自问。

追问，深入追问，再深入，打破砂锅问到底，因疑而自见其愚、其惑，悟。

大疑大悟，中疑中悟，小疑小悟。

不疑，不悟。

悦读四

"外其身而身存。"（《道德经》）

其一，自外其身，跳脱开去，回头将己作"他"观，以"他"而观己，冷眼看清根本之愚、透视惑之根本。

愚与不愚，惑与不惑，基于一心。

心转换，愚将不愚，惑将不惑，无明灰飞烟灭，烦恼即菩提，此岸即彼岸。

其二，有身，便有生。伊斯兰世界有格言："凡生命，必尝死亡之苦水。"有身之生，必尝死亡之苦水。

自外其身，离身，非体，了脱生死，优游于有、无、生、死之间，化融于无生无灭之天道。

第五章　天然

（《天道》《天运》文选）

一　天运疏朗

天道运而无所积^①，故万物成。帝道运而无所积，故天下归。圣道运而无所积，故海内服。（《庄子·天道》）

注

① 积：堆砌，积滞。

悦读

堆砌，积滞，不能疏导引流，大至天下，小至秋毫之末，便成结、成囊、成障。

无所堆砌，无所积滞，大至天下，小至秋毫之末，便无结、无囊、无障，天地自然，万物舒朗。

有道是：

太虚空阔，天道自运而通达，浑然则万物自成。

天下自然，帝道无志而放任，无为则千邦自归。

大觉蒙漠，圣道不执而广旷，无形则群生自化。

无所堆砌，无所积滞，因势利导，疏导引流，天地人文同理。

二　朴素

……朴素[①]而天下莫能与之争美。（《庄子·天道》）

注

① 朴：未经雕琢的原木。素：一无虚饰的本真。

悦读一

名、利、权、财、容、貌，世人以浮华虚饰为耀为美，相竞相争。

所谓"玉不琢不成器"，世人非但不安浑沌、不争浑沌，反以浑沌为羞，若不将浑沌胡乱凿窍，便左右不安身。

未经雕琢的原木，一无虚饰的本真，世人不识，故而不争。

悦读二

朴素，没雕琢，无华饰，本真，自在天然。无为，不争。

不争，人莫与之争。

三　人道之师

（孔子）往见老聃，老聃不许。于是繙^①十二经以说。

老聃中其说，曰："大谩^②，愿闻其要。"

孔子曰："要在仁义。"

老聃曰："请问，仁义，人之性邪？"

孔子曰："然。君子不仁则不成，不义则不生。仁义，真人之性也，又将奚^③为矣？"

老聃曰："请问，何谓仁义？"

孔子曰："中心物恺，兼爱无私，此仁义之情也。"

老聃曰："意，几乎后言。夫兼爱，不亦迂乎。无私焉，乃私也。夫子若欲使天下无失其牧乎？则天地固有常矣，日月固有明矣，星辰固有列矣，禽兽固有群矣，树木固有立矣。夫子亦放德而行，循道而趋，已至矣。又何偈偈^④乎揭仁义，若击鼓而求亡子焉？意，夫子乱人之性也！"
（《庄子·天道》）

注

① 繙（fān）：同"翻"，反复。

② 谩（màn）：空泛。

③ 奚（xī）：何。

④ 偈（jié）偈：用力貌。

今译

孔子往见老子，老子不予赞许。于是孔子打算详说十二经。

老子叫停，说："太空泛，愿闻其要。"

孔子答："要在仁义。"

老子问："请问，仁义，人之真性？"

孔子答："当然。君子不仁则不成，不义则不生。仁义，真人之性，这有疑问吗？"

老子再问："什么是仁义？"

孔子答："中心以物为乐，兼爱无私，乃仁义之情。"

老子叹："唉！几乎本末倒置了。所谓'兼爱'，迂腐。而'无私'，已然是私。夫子是否希望天下丧其天性？天地原本有常，日月原本自明，星辰原本有序，禽兽原本成群，树木原本顺势直立。夫子倘若遵循自然、遵循天道而行事、进取，足矣。何苦如一勇夫，奔走宣讲仁义，如同击鼓而求丧亡之子？夫子，你这是惑乱人之真性！"

悦读一

"无私焉，乃私也。"

倘若纯然一如天道，自然没"己"、无"我"。

没己、无我，便没中心。

没己、无我，便没概念。

没概念，没中心，便没准绳。

没概念，没中心，没准绳，便没判断，何以论"私"？何以论"无私"？

无己，无我，分断"无私"与"有私"者谁？

无己、无我、无志，天之道，无仁无义，无爱无恨，有万物不乐，没万物不哀，没"私"也没"无私"，天然无二，所有概念与准绳蒸发。

悦读二

老子讲，"天地不仁"，"天道无亲"。

耶稣讲："天父叫日头照善，也照恶，降雨给义，也给不义。"

天地无爱，故而无怨无恨。天地无爱憎，故而没亲疏。

"天之道，利而不害。"无爱、无怨、无恨、没亲疏，天地利万物而无害。

了无凡、圣，尊、卑，贵、贱，高、低之分，万物因道平等而生、因道平等而成、因道而平等获益、因道而平等自足。天地之间，万物平等。

悦读三

天道无己，非概念，无准绳，没判断。

世人执己，树概念，立准绳，嗜判断。

"仁义"，悬上而下的人为之规，基于概念判断而界定的准绳，立基于"我"与"我们"。

有"仁义"，便有"不仁义"。

立基于"我"与"我们"，仁义的界定者，自来有其鲜明倾向。

立基于"我"与"我们"，出于"仁义"的"无私"，已然是"我"这个"中心"之私的界定。基于"仁义"的"兼爱"，必是以"我"为基之偏爱。

"……失道而后德，失德而后仁，失仁而后义，失义而后礼。

夫礼者，忠信之薄，而乱之首。"（《道德经》）

纵横观史，世人立基于"我"与"我们"之"仁义、兼爱"，基于己他之分、凡圣贵贱之分、是非善恶之分、"君子""小人"之分、"正义""邪恶"之分，基于权力与话语权的"确立"，从来因人而易、因时而易，从来变易无常，从来因亲疏而怨、恨、鄙、薄以伴。

立基于"我"与"我们"，君、臣之仁义兼爱，贬百姓为愚民。

立基于"我"与"我们"，父、子之仁义兼爱，置母、女为从属。

立基于"我"与"我们"，夫、妇之仁义兼爱，陷妻、妾为奴仆。

立基于"我"与"我们"，大汉之仁义兼爱，鄙非华为夷狄。

立基于"我"与"我们"，古犹太文士长老对"正统"权威之仁义兼爱，将耶稣送上十字架。

立基于"我"与"我们"，中世纪罗马教廷对古犹太传统"地心说"之仁义兼爱，将科学家与自然主义者绑上火刑柱。

立基于"我"与"我们"，纳粹德国对"优秀人种"与帝国大梦之仁义兼爱，将犹太民族送进毒气室，将整个欧洲拖入战火。

立基于"我"与"我们"，日本帝国对"大东亚共荣圈"之仁义兼爱，将整个亚洲卷入战争泥沼，令无数平民人头落地。

立基于"我"与"我们"，古今中外暴君对权力之仁义兼爱，陷无辜百姓于大苦痛、大灾难。

立基于"我"与"我们"，自负"最高等生物、万物之灵"的人类，以己类之仁义兼爱，裹挟生灵万物与自身坠向毁灭的深渊。

纵横观史，立基于"我"与"我们"，弃天地自然之道而悬人定之规，普世百姓遇难、生灵万物遭殃。

所以老子讲："天地原本有常，日月原本自明，星辰原本有序，禽兽原本成群，树木原本顺势直立。夫子倘若遵循自然、遵循天道而行事、进取，足矣。何苦如一勇夫，奔走宣讲仁义，如同击鼓而求丧亡之子？夫子，你这是惑乱人之真性！"

悦读四

中国古代，儒、道、释三家，儒士与崇儒的君王对道、释的排斥与讨伐，正是立基于"我"与"我们"而对仁义的"正统"有所偏爱。

儒家思想，有人道的仁厚，比如"己所不欲，勿施于人"（孔子语），比如"老吾老以及人之老，幼吾幼以及人之幼"（孟子语），具有超越文化差异的普适人道价值。

但由于欠缺对天道的彻悟，不具天宇胸怀，儒家鲜明的分断心，难以抵达彻底的平等，难有真正的宽广与包容。

纵横观史，差之毫厘，失之千里，谬之毫厘，误之千古，尤以先贤之言为甚！

人类生于天道，成于天道，得益于天道。

人之真性，根植于天道，本具领悟并回归天道之能。

人道不足以为师。人之师，天道。

之间

———

四　孔子见老聃

孔子见老聃归，三日不谈。

弟子问曰："夫子见老聃，亦将何规哉？"

孔子曰："吾乃今于是乎见龙。龙，合而成体，散而成章，乘乎云气而养乎阴阳。予口张而不能嗋①。予又何规老聃哉？"（《庄子·天运》）

注

① 嗋（xié）：闭合。

今译

孔子见老聃而归，三天不说话。

弟子问："夫子见老聃，怎样规劝他的呢？"

孔子答："今次我见到了龙。龙，合而成体，散而成章，乘乎云气，养乎阴阳。我这嘴，张开来，便合不拢，又怎能规劝老聃呢？"

悦读一

孔丘一世，未曾悟道，未曾抵达终极彻悟，未曾彻悟天地万物之常与无常的本性，未曾亲证宇宙太虚本元，而随顺、而平等。

故尔游学教诲，尊礼，悬得过高，凡事欲以人之旨意制规定范，其智，滞于凡、圣、贵、贱、俗、雅、愚、智之辨之断，难达究竟。

儒家先贤的言教，宣讲仁义道德，有宽厚热肠，有益人类，功德无量。不过，言下也流露鲜明的分断之心。

分断之心出于对"我"与"我们"的迷执与夸张，导致自矜，导致自我崇高感、自我优越感，导致对准绳的偏爱与固执，自负，居高临下，非他、排他而不自知。

觉者境界，合于天地，超越儒者之能甚远，非儒士之智所能测。孔丘见老聃，勉强将其喻为龙，惶惶然言尽词穷。《论语》里头，自言"述而不作，信而好古，窃比于我老、彭"，暗下窃比老子与彭祖，追慕之心昭然。

悦读二

然而，孔子在世，绝非仅仅口头论理尊礼之辈。以《大学》与《中庸》看，仲尼曾有极深的实际灵修功夫。

"知止而后有定，定而后能静，静而后能安，安而后能虑，虑而后能得。"（《大学》）

以现今的白话解读，《大学》开篇这段话，是讲"打坐""禅修"。

道家打坐，终极目标是悟道证道。佛家禅修，终极目标是悟空证空。

道家之"道"，佛家之"空"，乃无可言说无可描述之"终极所在"，乃超越概念无法定义之宇宙太虚本元。

换个说法，道家、佛家"终极"所证，乃道，而非术。

孔子言下，经止、定、静、安、虑而达之得，乃"大学之道"，乃"修身、齐家、治国、平天下"的大学问。

这个大学问，无非个人治身之术、家长治家族长治族之术、君王治国称帝之术。

"大学之道，在明明德，在亲民，在止于至善。"

纵横观史，所谓"明德"，所谓"至善"，若无对天道的彻悟与亲证，一如"仁义"与"兼爱"，因人而定因人而易，因时而定因时而易，囿于人道而流转，囿于"文化"而"单传"。

以此看，"大学之道"这个大学问，乃"道昭之道""可道之道"。

"道昭而不（非）道"，"大学之道"，非不昭之天道。

"道可道，非常道"，"大学之道"，非常道。

"自天子以至于庶人，一是皆以修身为本。"（《大学》）

虽，下至庶民个人修身，上至"天子"治国平天下，孔子所求范畴，道家谓之"术"，佛家谓之"方便法门"（可行之有效的方法），乃有为之术，非无为天道。

然，止、定、静、安，言出灵修的真实经验，虽未圆满，所得却真实。

善哉！

悦读三

"喜怒哀乐之未发，谓之中。发而皆中节，谓之和。"（《中庸》）

喜、怒、哀、乐，不同情绪。

体悟亲证不同情绪生起之前的状态，体悟亲证无情大寂，修心已然抵达极深的境界。

夫子言下中庸之"中"，这个境界，实话实说，非凡夫所能达。而将其揭示于世，后人当感怀夫子之仁。

喜、怒、哀、乐，"发而皆中节，谓之和"。何谓"中节"？这个"和"，如何达至？《大学》里头另有一席话，解得清晰：

"身有所忿懥①，则不得其正；有所恐惧，则不得其正；有所好（喜爱）乐，则不得其正；有所忧患，则不得其正。

"心不在焉，视而不见，听而不闻，食而不知其味。此谓修身在正其心。"

愤怒、恐惧、忧虑，诸如此类负面情绪、负面心理、负面能量，于人的身心健康有害，乃传统中医学以及现代西方心理学家历经观察、实验、考证而告知文明人类的不虚真言。

两千余年前，夫子告知世人，愤怒、恐惧、好乐、忧患，皆因其心未得其正。

心不正，身难健。故修身之要，在正心。

"子曰：其未得之也，患得之。既得之，患失之。"(《论语》)

愤怒、恐惧、好乐、忧患，其根在得、失、荣、辱、毁、誉。
得失皆惊、荣辱皆惊、毁誉皆惊，其根在有己。
贵大患己，贵大患心。

"心不在焉，视而不见，听而不闻，食而不知其味。"(《大学》)
不滞缠眼见之形色，不滞缠耳闻之音声，不滞缠舌感之品味，心便无所困缚。
无所困缚，不患得，便不因失而惊、而惧。
无所困缚，不患宠，不患誉，便不因辱与毁而惊、而怒。
无所困缚，不患欲，便不因"欲得"的期待与落空而惊、而忧。
无所困缚，不患好乐，便不因所好所乐而沉沦、而迷失。
无所困缚之心，宠辱不惊，毁誉不惊，得失不惊，好恶不惊，哀乐不惊，自知其度，自得其和，身心康泰。

历经止、定、静、安，孔子所虑、所得、所言，出自实修亲证。虽未达究竟，却实实在在，足以启后人深思、助后人正行。

将其揭示于世，更见夫子之仁、之慈。

善哉夫子孔丘！

"唐宋八大家"之一的韩愈，曾经哀叹仲尼传统之断绝，想来正是感慨后世儒生不事实修，欠缺真切体验与亲证，仅流于口头伦理且傲慢训世的虚浮。

哀哉。

注

① 愭（zhì）：怒。

悦读四

"子曰：予欲无言。

"子贡曰：子如不言，则小子何述焉？

"子曰：天何言哉？四时行焉，百物生焉，天何言哉？！"

（《论语》）

不事实修，欠缺真切体验与亲证，口若悬河、流于嘴皮子伦理且傲慢训世之辈，不妨深心体会夫子之谦下，不妨深心体会天地之无言。

悦读五

话说回来，就"修身在正其心"之"正"，不妨深心体悟天地之无言，进而略窥打坐修真之深入次第。

道家打坐修真，讲究"去杂念"，"连一根头发丝都不能有"。

佛家禅修悟空，止观禅修之"止"，有一深定的境界，谓"无念"。无念，了无念头起伏的寂静。

喜、怒、哀、乐，不同情绪之间，存有极其细微的念头、心流。

深入探寻，不同的情绪，无不经由极其细微的念头生长、壮大。因而，止观禅修之"观"，精要在于洞察念头、识别念头，一任念头自起自散。

情绪之间、念头之间，了无念头起伏的、非感官非概念的根本寂静，正是无己非时之"道""空""唯一之神""本元"。一如有形万物，不同情绪、不同念头与心流，无不生、灭、盛、衰于其中。

道家有言："一切有形皆含道性。"

佛家有言："色不异空，空不异色。色即是空，空即是色。受、想、行、识，亦复如是。"

究竟而言，情绪、念头与心流，一如有形万物，无不生于"道"、生于"空"、生于"唯一之神"、生于"本元"，因而无异"道"、无异"空"、无异"唯一之神"、无异"本元"，即"道"、即"空"、即"唯一之神"、即"本元"。

相对而言，因果而言，不同情绪与念头，本身是"果"与果之果。一切果，无不自有其成因。不同情绪与念头，"果"与果之果的根本之因，在有己、执己。

知其因，转其因，化其果，最终彻底超越，融"有己"于"无己"，进而自如圆通于"有己"与"无己"之间。道家、佛家，因深知终极境界所在，打坐修真的层次远为深入，禅修次第的技巧也远为精细。

即令功夫不凡，"去杂念"去到连一根头发丝都没有，禅修体证至"无念"，也仍然是处于过程中的境界，而非终极的圆满彻悟。

《圆觉经》里，佛陀释迦牟尼开示了圆满的见地：

"一切障碍，即究竟觉。

"得念、失念，无非解脱。成法、破法，皆名涅槃。智慧、愚痴，通为般若。菩萨（与）外道（非佛家）所成就法，同是菩提。无明、真如，无异境界。诸戒定慧及淫怒痴，俱是梵行。……法界海慧，照了诸相犹如虚空，此名如来随顺觉性。"

于修行道上的行者而言，完备体证"无念"止禅功夫之即，具体到观禅，须清明警醒，以心之活态，明察所有因缘浮现的情绪与念头，无所谓粗细善恶，不判不断，不拒不取，不迎不随。

以视为修，以听为修，以嗅为修，以味为修，以触为修，以念为修，眼、耳、鼻、舌、身、意，圆融无碍。心"看"念头一如太空"看"流云、大海"看"波涛，任其自生，任其自散。

流云聚散，蓝天自在。
念头沉浮，寂心安然。

落到日常起居，行、住、坐、卧，言无自语，为无己作，"随缘不动、不动随缘"，随顺众生而寂寂无为，善意柔软。

悦读六

道家之"道"，佛家之"空"，乃无可言说无可描述之"终极所在"，乃超越概念无法定义之宇宙太虚本元。

佛家所谓"中观"，不落、不昧任何"二边"，了无二元相对，了无"喜怒哀乐未发"之"未发"，了无"发而皆中节"之"已发"，了无"未发""已发"二元之间之"中"，了无"之前""之后"，了无"之前"与"之后"二元之间之"中"，了无概念立足地，了无"空"，了无"道"，了无"了无"。

进而，以"色不异空、空不异色，色即是空、空即是色，受、想、行、识亦复如是"，揭示色、空无异，物、念无异的圆满境界。

究竟而言，"终极"而言，儒家所谓"中庸"之论，滞于"未发"与"已发"二边、"之前"与"之后"二边、"有"与"无"二边，未能超越二元相对的思辨模式，未证"终极"，未达究竟。

以此论，实话实说，不褒不贬，儒家之"中庸"，相较于佛家之"中道"（中观）与"色、空无异，物、念无异"见地所揭示的实相，不在同一层域，未达同一境地。

以为儒家"中庸"即佛家"中道"（中观），是一善意的误解。

但毕竟，体证"喜怒哀乐之未发，谓之中。发而皆中节，谓之和"，已然抵达心与行的甚深境界。这个境界，离亲证非二元、非概念之"道"、之"空"，仅有一步之遥。

纵览《大学》《中庸》《论语》，这关键的一步，仲尼遗憾生前未曾跨越。故而叹息："朝闻道，夕死可矣！"

悦读七

"子贡问曰：有一言而可以终身行之乎？子曰：其恕乎。己所不欲，勿施于人。"（《论语》）

其恕宽博，堪忍堪容其量如海，大心深广。

其恕悲悯，以己及彼善解人意，大心柔软。

据悉，20 世纪 90 年代，欧洲曾召开一世界各大宗教讨
论会。

与会学者云集，就终极所在之名争辩不休。

有学者建议，能否暂且放下终极所在的名相之争，看看
东西文明之中，有否普遍人类能够接受的基本原则。终了，
与会学者达成共识："己所不欲，勿施于人。"

悦读八

"子曰：夫仁者，己欲立而立人，己欲达而达人。"（《论语》）

以己所期许的成就，成就他人。

以己所祈望的成功，助他人成功。

仁者胸怀，以己及彼善解人意，大心悲悯。

仁者胸怀，以己及彼诚意树人，大心旷达。

善哉，仁者大心！

善哉，夫子胸怀！

佛经有言："自未得度，先度人者，菩萨发心。"

就圆满实证、亲证究竟实相而言，藏传佛教一当代大德

揭示：

"佛陀的证悟这个词（在藏语中）是'桑杰'。'桑'，意思是已经获得了清净、净化。'杰'，意思是扩展、广大。

"如果我们仅仅修习止禅，却没有慈悲心，也许能够首先到达'桑'，也就是得以净化。但却没有达到'杰'，也就是广阔。

"我们也许会认识到空性，即，这里无我。但之后它不会变得广大。而广大是全然证悟的特质。

"全然证悟的特质，是一种在其核心具有慈悲的空性。这个慈悲心具有无限扩展的特质，它能遍满轮回与涅槃的一切处。

"一旦我们培养慈悲，我们将自然而然抵达证悟。即令我们没有获得证悟的愿望。

"反之，即令非常期望证悟却不培养慈悲，你将不会抵达证悟，你不可能获得证悟。"

以慈观之，以仁、恕观之，以轮回之说推衍，孔子后世，必成大觉。

"天何言哉？四时行焉，百物生焉，天何言哉？！"（《论语》）

感悟天道之无言，趋近无言之天然。

第六章　平常心是道

（《刻意》《缮性》文选）

一　无所刻意

刻意尚行，离世异俗，高论怨诽，为亢而已矣。此山谷之士，非世之人，枯槁赴渊者之所好也。

语仁义忠信，恭俭推让，为修而已矣。此平世之士，教诲之人，游居学者之所好也。

语大功，立大名，礼君臣，正上下，为治而已矣。此朝廷之士，尊主强国之人，致功并兼者之所好也。

就薮①泽，处闲旷，钓鱼闲处，无为而已矣。此江海之士，避世之人，闲暇者之所好也。

吹呴②呼吸，吐故纳新，熊经鸟申，为寿而已矣。此道引之士，养形之人，彭祖③寿考者之所好也。

若夫不刻意而高，无仁义而修，无功名而治，无江海而闲，不道引而寿，无不忘也，无不有也。澹然无极而众美从之。此天地之道，圣人之德也。(《庄子·刻意》)

注

① 薮(sǒu)：多草之湖。

② 呴(xǔ)：嘘气。

③ 彭祖：上古得道之人，据称活了八百岁。

悦读

庄子之谓圣人，非枯槁赴渊，非教诲游学，非尊主强国，非避世闲暇，非养形寿考。

"不刻意而高，无仁义而修，无功名而治，无江海而闲，不道引而寿，无不忘也，无不有也。澹然无极而众美从之。"不滞"无"，不滞"有"，自如往来于"有""无"之间，无所刻意，无拘，平常。庄子言下，合天地之道，言无自语，为无己作，顺万物性情，随众生所愿，此谓圣人之德。

二 平淡天真

夫恬淡寂漠，虚无无为，此天地之平而道德之质也。

故曰：圣人休休焉，则平易矣。平易则恬淡矣。平易恬淡，则忧患不能入，邪气不能袭。(《庄子·刻意》)

悦读一

建功立业图功名，启争竞，不平常。

树规立范举伦纲，辅威权，不平常。

舌战群儒运巧智，矜辩才，不平常。

教诲游学开混沌，昧真性，不平常。

施舍兼爱歌功德，居高位，不平常。

宣讲仁义断是非，排异己，不平常。

天地无业，所以无功，没争竞，平平常常。

天地无志，所以不立，没权威，平平常常。

天地无智，所以无论，不雄辩，平平常常。

天地蒙漠，所以无知，不教诲，平平常常。

天地无心，所以无德，没高下，平平常常。

天地无志，所以不断，没是非，平平常常。

无功，不争。

无立，不威。

无巧，不辩。

无智，不诲。

无形，没高下。

无心，没是非。

"恬淡寂漠，虚无无为"，平常心是道。

悦读二

圣人休休焉，则平易矣。平易则恬淡矣。平易恬淡，则忧患不能入，邪气不能袭。

日月星辰天地太虚、山河湖海生灵万物，平眼看去，无辨无断，平常心以待。

不见"净、贵、圣、尊、智、雅"，不见"垢、贱、凡、卑、愚、俗"，不仰不俯平视万有，随顺一如，平常心以待。

合天地之道，以平常心顺万物性情，以平常心随众生所愿，古今真人，灵台清明，心静如水，平易恬淡，笃定休休。

三　止

形劳而不休则弊，精用而不已则劳，劳则竭。(《庄子·刻意》)

悦读一

不知止，不知歇，身之劳顿必成弊病，心之劳顿终必衰竭。

"小人""君子""士""大夫"，逐利、谋名、齐家、事天下，励精图治前仆后继，我们世人，所为无非庄子言下以"我"

立基之人道。

立基于"我"，身心虽因天地之气而成，性命却因"我"与"我的"而累、而伤，身内天地之气也因之而耗、而衰。

庄子讲："形劳而不休则弊，精用而不已则劳，劳则竭。"

老子讲："知止不殆，可以长久。"

知止，身心歇息，眼前将陡然呈现巨大的余地与空间。

悦读二

《六祖坛经》有载，"惠明入静，良久，慧能突然发话：'不思善，不思恶，正与恁时，哪个是明上座本来面目？'惠明一惊，随即大悟"。

"如同佛陀以野花无语环示，四众愕然不解其意，慧能的突然发问，惊吓了深度禅定之中的惠明，截断惠明可能的期待。

"'不思善，不思恶'，善与恶这一相对，衍生开去，可以是难以数计的相对，比方说，错与对，邪与正，魔与仙，凡与圣，贱与贵，卑与尊，俗与雅，丑与美，垢与净，臭与香，苦与甘，悲与喜，恨与爱，死与生，小人与君子，恶徒与良民，淫邪与贞操，残忍与仁善，暴力与非暴力，我与无我，有与无有，轮回与涅槃，诸如此类，不一而足。

"这个'本来面目'，竟然不在任何一对，不在任何一边，不在任何一点，不在任何一方，'它'没有落处！'它'是一片无边开放的开阔地。'它'是深不见底的大海洋。

　　"这突如其来的截断，令惠明心中一片空白。从所未历的意外空白之中，刹那间呈现与宇宙太虚无界的广大空明。

　　"换个说法，从所未历的意外空白之中，惠明的心，顿时化为无边开放的开阔地，化为深不见底的大海洋。这颗'心'，非'我'，非'非我'，刹那间顿见自身内在的、非肉身、不受限于肉身的、从来本有的、贯通轮回、涵容轮回超越轮回的广大空明，与宇宙太虚无界的广大空明。"

（瞿小松：《音声之道·尺八与禅》）

　　"不思善，不思恶"，六祖慧能突如其来的断喝，令惠明止于善恶相对，顿入二元概念之间，顿入与"之间"相连的"宇宙太虚无界的广大空明"。

　　于以实践行的灵修者而言，任何一对相对概念的真实消解，整个二元相对的大厦将随之坍塌，灰飞烟灭化为乌有。

　　止，止于二元相对，惠明面前，陡然呈现巨大的余地与空间。超越二元相对，惠明豁然顿悟自身非概念、非二元、非时间的本来面目！

悦读三

非概念、非二元、非时间的本来面目，既是惠明与慧能无二的本元真相，也是宇宙万有的本元真相。

"心量广大，犹如虚空，无有边畔，亦无方圆大小，亦非青黄赤白，亦无上下长短，亦无嗔无喜，无是无非，无善无恶，无有头尾。

"诸佛刹土，尽同虚空。……自性真空，亦复如是。……世界虚空，能含万物色相。日月星宿、山河大地、泉源溪涧、草木丛林、恶人善人、恶法善法、天堂地狱、一切大海、须弥诸山，总在空中。世人性空，亦复如是。"（《六祖坛经》）

当初禅宗五祖弘忍为慧能讲解《金刚经》，至"应无所住而生其心"句，慧能顿悟，于是承菩提达摩衣钵而为禅宗六祖，并留下如是感言：

"何期自性本自清净，何期自性本不生灭，何期自性本自具足，何期自性本无动摇，何期自性能生万法。"（《六祖坛经》）

顿悟的骤然降临，正在于止与歇。

止、歇立基于"我"之凡夫概念性思维，以止与歇超越凡夫概念性思维，其心了无拘缚，瞬间回返宇宙万象无己之自在真性。

止己、歇己、无己，一无所滞，其心大自由。

"应无所住而生其心"，一旦机缘降临，行者顿见非相对，
"己、无己""止、不止"，"歇、不歇"，统统蒸发，浑然而化，
空无古今。

四　隐不自隐

隐，故不自隐。

古之所谓隐士者，非伏其身而弗见也，非闭其言而不
出也，非藏其知而不发也。……则深根宁极而待，此存身
之道也。(《庄子·缮性》)

悦读

因谦恭而伏其身，因求真而闭其言，因为道而忘其智。
非刻意弗见，非刻意不出，非刻意不发，非刻意深沉。
真隐者，人谓之"隐"，而自不以为隐。
深根宁极，存身以待，道成而事天下。

五　无饰　不辩

古之存身者，不以辩饰知，不以知穷天下。(《庄

子·缮性》）

悦读一

质实，不需辩。

智朴，无须饰。

古今存身者一如"象罔"，无心，不以辩饰知，不以知穷
天下。

悦读二

"善者不辩。"（《道德经》）

世人以"我"立基，嗜辩。

因辩而争，因辩而怨，因辩而忿，因辩而怒。

因辩而怒，进而因辩而斗、而伤。

自伤、他伤，以"我"立基之辩，鲜有不伤者。

善者知其不善，故尔不辩。

"古之存身者"，古今知真者，逢逆不惊，遇驳不辩。

第七章　天地之心

(《秋水》文选)

一　天地之心

秋水时至，百川灌河。泾流之大，两涘①渚②崖之间，不辩③牛马。于是焉，河伯④欣然自喜，以天下之美为尽在己。顺流而东行，至于北海，东面而视，不见水端。

于是焉，河伯始旋其面目，望洋向若⑤而叹曰："……今我睹子之难穷也，吾非至于子之门则殆矣，吾长见笑于大方之家。"

北海若曰："井蛙不可以语于海者，拘于虚也。夏虫不可以语于冰者，笃于时也。曲士不可以语于道者，束于教也。今尔出于崖涘，观于大海，乃知尔丑，尔将可与语大理矣。天下之水，莫大于海。万川归之，不知何时止而不盈。尾闾⑥泄之，不知何时已而不虚。春秋不变，水旱不知。此其过江河之流，不可为量数，而吾未尝以此自多者，自以比形于天地，而受气于阴阳，吾在于天地之间，犹小石小木之在大山也。"(《庄子·秋水》)

注

① 涘（sì）：岸。

② 渚（zhǔ）：洲。

③ 辩：通"辨"。

④ 河伯：河神。

⑤ 若：北海海神。

⑥ 尾闾：海水所归之处。

今译

秋雨滂沱，百川灌河。泾流之大、之宽阔，两岸洲崖之间，辨不清牛马。于是河神"河伯"扬扬得意，以为天下大美尽都集聚于己。浩浩荡荡，行至北海，向东一望，不见边际。

河伯羞愧难当，面北海之神若而望洋兴叹："今日我见先生之难以穷尽，终得幡然醒悟。惭愧，倘不到先生之门，必长久贻笑大方！"

北海若讲："对井蛙没法言海，因大海于井蛙太过虚幻。对夏虫没法言冰，因夏虫不知时有四季而囿于时节。对辩士没法言道，因其囿于先入之见而自负固执。如今你出离河岸洲崖之流而见海，明白自己的局限，明白自己的无知与狂傲，所以，对你可以言道。天下之水，莫大于海。万川归，不知何时歇，海不满溢。细隙泄，不知何时止，海不虚委。季有春夏秋冬，海不变。陆有洪涝枯旱，海不知。与江河相较，其量不可同日而语。但我不敢以此自多、以此自大。受气于阴阳，自知天地之间，我这海，不过大山之上一小石、一小木。"

悦读一

井蛙不可以语于海者，拘于虚也。

井是井蛙的整个世界。井蛙的最阔视野，井。

"天下之水，莫大于海。万川归，不知何时歇，海不满溢。细隙泄，不知何时止，海不虚委。季有春夏秋冬，海不变。陆有洪涝枯旱，海不知。与江河相较，其量不可同日而语。"

井之外，隔着流水，隔着江河，另有大大的世界。

不在同一空间维度，对井蛙言海，如同说一非在之虚幻，苦了井蛙的小眼、小脑袋。

此举，俗话讲：白耽误工夫。

然，知天地者，以天地说井，不耽误。

夏虫不可以语于冰者，笃于时也。

夏是夏虫的整个生命。夏虫的生存时节，夏。

冰之冬，跟夏隔着一个秋。秋尚不知，何以言寒冬之冰？

不在同一时间维度，对夏虫言寒冬之冰，如同描一非在之时，绘一神话之物。

此举，俗话讲：白耽误工夫。

然，知四时者，以四季说夏，不耽误。

曲士不可以语于道者，束于教也。

礼，教，规矩，逻辑，乃辩士得自教化的先入之见。辩士的立身之本，规矩、逻辑。

道，非礼，非教，非规矩，非逻辑，非概念。礼、教、规矩、逻辑，统统派不上用场，一无用武之地。

不在同一意识维度，对辩士言道，如同述一不可证实亦不可证伪之在，摸不着、抓不到，荒谬！

此举，俗话讲：白耽误工夫，白惹人生气。

然，知道者，以道说规矩，不耽误，不冲突。

悦读二

道家有言：道不传六耳。

佛家有言：无缘不度，非机不传。

河伯出离河岸洲崖之流而见海之无涯，顿见局限，顿悔无知与狂傲，羞愧难当，望洋兴叹。

知其愚者，非大愚也。

河伯自见其愚自知其愚，明，堪以直接闻道。

悦读三

"天下之水，莫大于海。万川归，不知何时歇，海不满溢。细隙泄，不知何时止，海不虚委。季有春夏秋冬，海不变。陆有洪涝枯旱，海不知。"

海，处低地之极处，位百川之下流。
百川归之、汇之，于低地极处，海纳众流而无流。

若，称天地之间，海成于阴阳之气，不过大山之上一小石、一小木。
自知其大，更知天地无涯。若怀天地之心，不愧大水之神、大水之魂。

世人我们，常以大海喻深、广、博、大。
自诩心胸开阔，自诩"海纳百川"，可愿一如大洋，处低地之极低、位百川之下流？

二 非大非小

河伯曰："然则，吾大天地，而小豪①末，可乎？"

北海若曰："否。夫物，量无穷，时无止，分无常，终始无故。……故小而不寡，大而不多。……察乎盈虚，故得而不喜，失而不忧，知分之无常也。明乎坦途，故生而不说[2]，死而不祸，知终始之不可故也。"（《庄子·秋水》）

注

① 豪：通"毫"。

② 说：通"悦"。

今译

河伯问："以天地为大，以毫末为小，尊天地而卑毫末，可以不？"

北海若答："不当。万物无尽，计量无穷。生死轮转，时无休歇。……小不为少，大不为多，大小各异，分寸不一、无定。……清明体察万物盈虚，也就不会因得而喜、因失而忧。时与太虚，无可穷尽终始。彻悟生死实相，也就不以生为欢悦，不以死为祸灾。"

悦读

居伟不亢，居微不卑。不尊大，不抑小。不沉浮于忧喜，不滞患于得失。知万物各得其所，勿妄断是非高下。

于生不乐，于死不哀。不沉浮于起灭，不滞患于生死。

知万物因缘各异，察万象无定无常，以天地之广，会秋毫之末。

毫末与天地，一也。

三　非精非粗

河伯曰："世之议者皆曰：'至精无形，至大不可围。'是信情乎？"

北海若曰："……夫精粗者，期于有形者也。无形者，数之所不能分也。不可围者，数之所不能穷也。可以言论者，物之粗也。可以意致者，物之精也。言之所不能论，意之所不能察致者，不期精粗焉。"（《庄子·秋水》）

今译

河伯说："世上嗜论者议论：'至精无形，至大不可围。'情形是否确实如此？"

北海若说："……能以精粗议之论之，无非有形之物。无形之物，无法以计数分断。不可围之物，计数不能穷尽。能以言语论说的，物之皮毛。能以意念体会的，物之精髓。而言所不能诠、意所不能及者，不在精粗之分。"

悦读

粗、精、表、里、大、小，世人用以分、别、判、断、计、量，言语概念，以有说有，天花乱坠。

议论之所能及者，无非体表之粗。意会所能及者，无非体里之精。

道昭而不道。言辩而不及。

言所不能诠、意所不能及、不在精粗之分者，天道。

"有物混成，先天地生。寂兮寥兮，独立而不改，周行而不殆，可以为天下母。吾不知其名，字之曰道。"（《道德经》）

有个"东西"，先天地、外天地、内天地、运天地而浑然自在。它没声音、没形象，非意志也不被意志所左右，却贯穿万物、渗透万物。它是万物生、灭、盛、衰根本的因。

老庄言下之"道"，非精非粗、非大非小，无形无声、无志无念，无可分断、不被分断，无可议论、不被议论。

赋万物以生，显现于宇宙万有之形，道，非感官所能及，非概念所能定，非逻辑所能达，却无所不在，非在，非不在。

四 非贵非贱

河伯曰："若物之外，若物之内，恶至而倪贵贱？恶至而倪小大？"

北海若曰："以道观之，物无贵贱。以物观之，自贵而相贱。……以差观之，因其所大而大之，则万物莫不大；因其所小而小之，则万物莫不小。……以趣观之，因其所然而然之，则万物莫不然。因其所非而非之，则万物莫不非。"（《庄子·秋水》）

今译

河伯说："物外，物内，因何分贵贱？因何判小大？"

北海若说："以道看，物没有贵贱之分。以物看，物自大自贵，相轻相贱。……万物千差万别。近看、内看，以物看物，万物莫不大。远观、外观，以道观物，万物莫不小。……心生妙趣而观，叹万物莫不自然而然。心存是非而观，见万物莫不有是非。"

悦读一

"以道观之，物无贵贱。"

有一居士问禅师："我想请一尊菩萨。道友讲，必须请四尊，单请一尊不合规矩。请问师父，是不是有这个规矩？"

禅师答："一尊，四尊，千万尊，都一样。菩萨没差别，你们自己分差别。"

悦读二

"以物观之，自贵而相贱。"

世间万事万物，度量无定，准绳无恒。

以象之大观雀，必鄙雀之小。

以雀观雀，以实观实，以实说实，"麻雀虽小，五脏俱全"。

雀就是雀，无所谓大，无所谓小。

以此物分寸观彼物，不见彼物为彼物。以彼物分寸观彼物，但见彼物是彼物。

庄周梦为蝴蝶，以蝶之观而怡然自适，非以人之观而惊惧、而妄断。

悦读三

"天下莫大于秋毫之末。"

倘不能以秋毫之末观秋毫之末，则无缘以天下观天下。

"以道观之"，万物无贵无贱、无大无小、无是无非、无然无不然，以至于非平等非不平等。

道，无意，无念，无分别，无判断。以实在论，道无观。

五　随顺自化

河伯曰："然则我何为乎？何不为乎？吾辞受趣舍，吾终奈何？"

北海若曰："……万物一齐，孰短孰长？道无终始，物有死生，不恃其成。……物之生也，若骤若驰，无动而不变，无时而不移。何为乎，何不为乎，夫固将自化。"（《庄子·秋水》）

今译

河伯说："什么我能做？什么我不能做？倘若凡事不作取舍，我无所适从，我怎么办？"

北海若说："……万物无一不生于道，无一不因道而在，各然其然，何以论短长？道无终始，物有死生，其成天然，无以执恃。……万物之生，或疾或缓，若骤若驰。凡动的，无不变异。凡有时的，无不迁流。做什么，不做什么，随其自然，顺而自化。"

悦读

凡物运动，无不身处瞬间变异。凡有时之生，无不轮转于刹那迁流。小至毫末，大至星云，宇宙万有，无一停留，无一永恒。

而瞬间变异刹那迁流之每一个体，无不饱含无生非时之天道，无不饱含无生非时之本元能。

天地有天地的自然，万物有万物的自然，社稷有社稷的自然，各人有各人的自然。天地，万物，社稷，个人，各各自有因果。

身居变异迁流而不求长生永存，囿于体之流程而不迷，无形非时，顺其本然者得天真。

第八章　至乐无乐

（《秋水》《至乐》文选）

一　鱼之乐

庄子与惠子游于濠梁之上。

庄子曰："鯈①鱼出游从容，是鱼乐也。"

惠子曰："子非鱼，安知鱼之乐？"

庄子曰："子非我，安知我不知鱼之乐？"（《庄子·秋水》）

注

① 鯈（tiáo）：同"鲦"，一种白鱼。

今译

庄子与惠子优游于桥。

庄子叹言："鱼游于水，出入从容，鱼，乐哉。"

惠子诘问："先生不是鱼，怎知鱼之乐？"

庄子反诘："先生不是我，怎知我不知鱼之乐？"

悦读

庄周梦蝶，以蝶之性而适。庄周观鱼，以鱼之性而散。

有从容之心，见鱼之从容，会鱼之悠乐。

见与不见，会与不会，如人饮水，冷暖自知。

二 人之苦

夫天下之所尊者，富贵寿善也；所乐者，身安厚味美服好色音声也；所下者，贫贱夭恶也；所苦者，身不得安逸，口不得厚味，形不得美服，目不得好色，耳不得音声。

若不得者，则大忧以惧，其为形也亦愚哉。

夫富者，苦身疾作，多积财而不得尽用，其为形也亦外矣。

夫贵者，夜以继日，思虑善否，其为形也亦疏矣。

人之生也，与忧俱生。寿者惽惽①，久忧不死，何苦也！（《庄子·至乐》）

注

① 惽（hūn）惽：糊涂。

叹

身安，厚味，华服，丽色，悦音，美声，富贵，善寿，世人所求。得，大喜。不得，大不喜。担心得而复失，恐惧如影随形，大忧。

得也伤，不得也伤，心忧心惧，惶惶不可终日，怎一个苦字了得！

三　以鸟养鸟

昔者海鸟止于鲁郊，鲁侯御而觞之于庙，奏《九韶》以为乐，具太牢以为膳。

鸟乃眩视忧悲，不敢食一脔[1]，不敢饮一杯，三日而死。

此以己养养鸟也，非以鸟养养鸟也。

夫以鸟养养鸟者，宜栖之深林，游之坛陆，浮之江湖，食之鳅鲦，随行列而止，逶迤而处。（《庄子·至乐》）

注

[1] 脔（luán）：肉块。

今译

往昔，有海鸟歇于鲁郊。鲁侯将其圈养于庙，祭酒，奏乐，喂以御膳。这鸟目瞪口呆，忧郁伤悲，不敢食一肉，不敢饮一杯，三天就死掉了。

如此养鸟，"以自为是"养鸟，而非"以鸟为是"养鸟。

以鸟之为鸟养鸟，当放归山林，任其游于江湖，栖于陆岸，捕鱼食虾，起落翱翔，自由自在、自生自灭于天地。

悦读

以鸟之自然养鸟，鸟以鸟适。

以人之自然养人，人以人适。

以社稷之自然养社稷，社稷以社稷适。

以自然之自然"养"自然，自然以自然适。

天地万物，顺其自然则自在。

四　至乐无乐

至乐无乐。（《庄子·至乐》）

悦读

世间一切得、失，如影随形。

世间一切誉、毁，如影随形。

世间一切荣、辱，如影随形。

世间一切智、惑，如影随形。

世间一切乐、苦，如影随形。

"至乐"，终极喜悦，无乐之乐。

有志灵修的，一旦彻悟，无疑，无惑，如如不动，宁寂
清虚，非乐非不乐。

无得之盼，无失之忧。

无誉之期，无毁之颓。

无荣之喜，无辱之恼。

无智之矜，无惑之迷。

无得、失、荣、辱、毁、誉之患，无智识之迷之惑，非
世俗智可以揣度，非世俗乐可以想象，以实说实，所谓"至
乐"，非人间欢喜之终极喜悦。

"至乐"，非乐非不乐。

此非乐非不乐之"乐"，得无所得，如人饮水，冷暖自知。

第九章　心境

（《达生》文选）

一　忘

善游者数能，忘水也。(《庄子·达生》)

悦读

善游者，知水顺水而忘水。

善艺者，知技运技而忘技。

修真者，知智离智而忘智。

得道者，知道合道而忘言。

万事万物，各有其自然。

知其自然，顺其自然，便得其自然。

二　心境

桓公田于泽，管仲御，见鬼焉。

公抚管仲之手曰：“仲父何见？”

对曰：“臣无所见。”

公反，诙诒①为病，数日不出。

齐士有皇子告敖者，曰："公则自伤，鬼恶能伤公！"
（《庄子·达生》）

注

① 诙（xī）诒（tái）：萎顿。

今译

齐桓公狩猎于野，以管仲御车。

桓公见了鬼，抚管仲之手，问："仲父，你见到什么？"

管仲答："臣无所见。"

桓公回返，抑郁不乐，成病，数日不出。

齐国有一叫作皇子告敖的贤人，来看望齐桓公，说："您的病是自伤。鬼怎能伤得大王！"

悦读一

有个段子，意思相近，想来大家熟悉。

和尚领小徒上路，到得河边，见一少妇，欲渡河又害怕，一筹莫展。和尚二话不说，卷裤腿，背起少妇，过河，放下，二话不说，抬头赶路。

向前走了老大一程，徒弟实在放不下心中疑团，启齿道：

"师父时常教导弟子，不可亲近女色。今日师父您，不单近，还背了她！弟子不懂，请师父开示。"

和尚呵呵一笑，答："我早已将那女子放在河岸。你怎么，她一直伏你背上？"

齐桓公心里有鬼，小和尚心有少妇。大王纠结鬼，沙弥怀揣女，都难放下。结果桓公抑郁成病，小和尚纠结不爽。

皇子告敖启奏齐桓公："您的病是自伤。鬼怎能伤得大王！"

和尚反问小徒："师父早已放下，你咋一直背着？"

齐桓公抑郁而衰，其病在心。小和尚满心纠结，不爽在心。

见鬼，念妇，大王与沙弥，各为自己设局，各陷自己于困境。心有病，心打结，无力自拔，无力跳将出脱。

忧、乐、盛、衰，心所作为。纠、结、舒、朗，心所作为。皇子告敖，和尚师父，点到即止。

悦读二

佛家讲："万法唯心造。"一切都是心的化现。反过来看，一切化现都是心。这心，它是个啥？

齐桓公怕鬼，因为古来都说鬼害人，邪，不是好东西。小和尚不解师父，因为"大文明"都教训：女人是祸水，险，不能沾！

看来这颗心，由教化塑造。

初生婴儿，"婴儿之未孩"（老子语），不那样。

婴儿之心，尚未成长为男孩女孩的婴儿之心，教化来不及塑造。故尔婴儿之心干干净净，没有纠结，不受"文明"羁绊。

古语讲："子生赤色，故言赤子。"初生婴儿，皮肤微红，故称"赤子"。

赤子之心，婴儿之心，原初之心，干干净净没有纠结，不受文明羁绊。这颗原初之心，我们大家都有。

悦读三

老子讲："天下之至柔，驰骋天下之至坚。"

又讲："专气致柔，能婴儿……"

心至柔，气至柔，能婴儿，我们回元归初。

耶稣启示弟子："我告诉你们，若不能回返婴儿，你们断不能进天国。"

古、今、东、西，真言无异。

悦读四

专气致柔，返婴儿，回元归初，有赖心的转换。

心的转换，奇妙。心能转换，奇妙。

这奇妙无比的本领，大家个个有，不单属皇子告敖、和尚师父、老子庄子、耶稣佛陀。

有道是：

鬼由心生，魔由心生，神由心生，佛由心生。一切化现都是心。

心生神，心生佛，光明旷广，自养。

心生鬼，心生魔，晦暗阴郁，自伤。

境由心生。

心即是境，境即是心。离境心明，心明境散。

三 艺之道

梓庆削木为镱[①]，镱成，见者惊犹鬼神。

鲁侯见而问焉，曰："子何术以为焉？"

对曰："臣，工人，何术之有？虽然，有一焉。臣将为镱，未尝敢以耗气也，必齐[②]以静心。

"齐三日，而不敢怀庆赏爵禄。

"齐五日，不敢怀非誉巧拙。

"齐七日，辄然忘吾有四枝[③]形体也。

"当是时也，无公朝，其巧专而外滑消。然后入山林，观天性。形躯至矣，然后成见[④]镱，然后加手焉。不然则已。

"则以天合天，器之所以疑神者，其是与。"（《庄子·达生》）

注

① 镶（jù）：古钟鼓架。

② 齐：通"斋"。

③ 四枝："枝"通"肢"。

④ 见：通"现"。

今译

鲁国有一叫梓庆的名匠，善削木以做祭典所用的钟鼓架。做成后，见者惊为鬼斧神工。

鲁侯见了，问："先生以何道术以至入神？"

梓庆答："臣，工人，有什么道术？不过，有一习，臣将做镶，不敢虚耗精气，必斋戒以静心。

"斋戒三日，无意于庆、赏、爵、禄。

"斋戒五日，无意于非、誉、巧、拙。

"斋戒七日，浑然忘身有四肢形体。

"此时，视公朝若无，无亢卑之心，内专而外化。然后入山林，静观木之天性。镶形躯如生，木中之镶完整显现，然后动手去除余木。不然，则止，则歇，则归。

"以天合天，器方得以凝神。"

悦读

庆赏爵禄，忘。

非誉巧拙，忘。

四肢形骸，忘。

凡圣卑亢，忘。

忘利，忘技，忘名，忘意，以至漠然忘己。

凝神内专清净无染，以天合天，艺之真髓不期而显。

第十章 道在屎尿

(《知北游》文选)

一 语与无语

知谓无为谓曰："予欲有问乎若：何思何虑则知道？何处何服则安道？何从何道则得道？"三问而无为谓不答也。非不答，不知答也。

知不得问……知以之言也问乎狂屈。

狂屈曰："唉！予知之，将语若。"中欲言而忘其所欲言。

知不得问，反于帝宫，见黄帝而问焉。

黄帝曰："无思无虑始知道，无处无服始安道，无从无道始得道。"

知问黄帝曰："我与若知之，彼与彼不知也，其孰是邪？"

黄帝曰："彼无为谓真是也，狂屈似之；我与汝终不近也。夫知者不言，言者不知，故圣人行不言之教。"(《庄子·知北游》)

今译

知（智）问无为谓："何思何虑则知道？何处何服则安道？

何从何道则得道?"此三问，无为谓木然不答。不是不答，是不晓得怎样答。

知不得所以……知以此言问狂屈。

狂屈答："唉！我倒是知道，我跟你说。"才要说，却忘了要讲什么。

知依然不得所以，回返帝宫，见黄帝而问。

黄帝答："无思无虑始知道，无处无服始安道，无从无道始得道。"

知问黄帝："我与你似乎晓得答案，他与他似乎不晓得，谁对呢?"

黄帝答："无为谓是真，狂屈相似，你我离道就远了。智者不言，言者不智，所以圣人行不言之教。"

悦读

"视之不见名曰夷，听之不闻名曰希，抟之不得名曰微，此三者不可致诘，故混而为一。"(《道德经》)

无为谓同真，处一，无念。面对思、虑、处、服、从、论等有为之问，无语，不知何以作答。

狂屈有轻微意识，稍染尘垢，却已远离致诘之意。面对有为之问，刚起念，随即忘语、忘答。

"无思无虑始知道，无处无服始安道，无从无道始得道。"黄帝之答，乃高人之悟，足以点醒无数迷人。但，毕竟，有意、有念、有言、有智，是一路上行人有所心得之答。

"知者不言，言者不知。""……圣人……行不言之教。"
(《道德经》)

黄帝明白，所以告知（智）："无为谓是真，狂屈相似，我与你远之。"其中深意，会便会，不会便不会，无须用力，也不受力。

二　不言　不议　不论

天地有大美而不言，四时有明法而不议，万物有成理而不说。(《庄子·知北游》)

悦读

我们矜持，我们傲慢，我们自负，我们狂妄，想想庄子的警言，面对大美不言的天地，面对明法不议的四时（四季），面对成理不说的万物，或许可以降降温，醒醒发昏的头脑。

三　一无可有

舜问乎丞曰："道可得而有乎？"
曰："汝身非汝有也，汝何得有夫道？"

舜曰："吾身非吾有也，孰有之哉？"

曰："是天地之委形也。生非汝有，是天地之委和也。性命非汝有，是天地之委顺也。子孙非汝有，是天地之化现也。……天地之强阳气也，又胡可得而有邪？"（《庄子·知北游》）

今译

舜问丞："道是否可以得而拥有？"

丞反问："你的肉身并非属你所有，你以什么得道而拥？"

舜问："我身不属我有，我有什么？"

丞答："你的肉身，得自天地之赋形，所以并不属于你。你之所以有生，得自天地之和合，所以并不属于你。你的深层天性，如万物随顺天地而在，所以并不属于你。你的子孙，来自天地之化现，所以也不属于你。……你的一切，得自天地之气，因天地之气而成、而存、而在，你有什么可以得而拥占？"

悦读一

我身非我有，我们不是自己身体的主人，仔细探究，其实并不玄虚。

比方说，不小心摔了一跤，膝盖破了，疼，我们央求："拜托，别疼啦！"

经验不虚，它不会因我们的意愿而止痛。

嘘气，膝盖疼，我们做不了膝盖的主，我们不是它的主人。

比方说，蚊子叮了我们，胳膊红了，痒，我们对胳膊吼："烦人，别痒啦！"

经验不虚，它不会因我们的意愿而止痒。

光火，胳膊痒，我们做不了胳膊的主，我们不是它的主人。

耶稣讲："你不能让自己的一根头发变白或者变黑。"

倘若不染发，我们清楚，我们没法命令自己的黑发自动变白，也无法命令自己的白发自动变黑。我们甚至做不了一根头发的主！头发这个"身"，不属我们所有。

再比方说，累、疲劳，没及时休息，我们生病。

身体累了，不能再工作，不能再干活，我们没听它，强迫它，它就病给我们看：自以为是我的主人，那是你们做人的大误会！

悦读二

以庄子的说法，我们的肉身，因天地之气而生，因天地之气而在，因天地之气而长，因天地之气而旺，因天地之气而衰，因天地之气而亡。

成"我们"之身的，是天地之气；养"我们"之身的，是天地之气；灭"我们"之身的，也是天地之气。身这个"它"，随顺天地之气，实实在在的，并不随顺我们。

因天地之气而生、而在、而长、而旺、而衰、而亡，"我们的"子孙，同我们完全一样。所以子孙们，生、灭、盛、衰、存、亡，听由天地之气，不由我们。我们并不拥有子孙。万有万物，同样的道理。我们一无所有。

悦读三

凡生命，逃不脱死亡。

谁都知道，没人不死。也都听说，名、利、权、财，生不带来，死不带去。

生不带来，死不带去，那中间呢？人生一世，生死之间，图谋功名、图谋利禄、图谋权力、图谋财宝，光阴岂能虚度？！多好的东西为啥不要？！

我们世人，"小人""君子""士""大夫"，逐利、谋名、齐家、事天下，励精图治，前仆后继，所为无非有累之人道。

身心虽因天地之气而成，性命却因人道而忙、而盲、而乱、而累、而伤，身内天地之气也因之而衰而耗。心，本由天道而来，却渐行渐远离道而去。

所幸前人发现灵修，吐纳天地之气，体悟天地之德，回返万有之根，融归太虚之能。

悦读四

师古禅修的，深度禅定当中，体验"我"越来越小，无限向上飞升者有；体验"我"与肉身全然消失，化入虚空者有；体验刹那间同时照见不同意识层面，照见无垠广阔之"底座"，此"观"此"见"，非身、非心、非语、非识、非我者有；不一而足。

机会降临，体验此身非我有之余，也将清晰地确知，此身非有我。

悦读五

此身非我有，此身非有我，如同丞答舜问，事实上，没有什么我们可以拥有，我们一无所有。

明白这个，起始，我们吓一大跳，紧张，恐惧，惶惑。因为我们一向以为我们的拥有无限广大。

苏轼有词言："长恨此身非我有，何时忘却营营？"表面看，这个句子的"当下"，东坡居士正当惶惑，难以放下。

过得这一关，我们将体会难以言喻的轻松、广旷、一无牵挂。

一无可有，也就一无可失。一无可失，也就一无机心、一无恐惧、一无忧烦。

进而，我们体会无心。

如同"象罔"，无智、无辩、无形、无心，得无所得，"玄珠"自在。

进而，我们渐生助愿。

放眼望去，如我一般忙于"我"道的、乱于"我"道的、累于"我"道的、伤于"我"道的，因"我"道而无休轮回者，前仆后继，虚空遍满！

放眼这一望，清楚，明白，这"助"，永无尽头。

从而也明白，唯无所期望，唯平常心以待，路，才能真实平静地走下去。

四　人生迅速

人生天地之间，若白驹之过隙，忽然而已。（《庄子·知北游》）

悦读一

我们一生，活个几十年、上百年，觉得时间很够用，可以做很多的事，也可以有很多的乐趣与享受，并不短暂。不过，或许，不同的时空格局里头，情形不一样。

庄子的格局，于天地之间，人生在世如白驹过隙，忽然而已，一眨眼的事。

某日，某甲闲坐顽石，兀自思量。

星系有年龄，地球有年龄。座下这岩石有年龄。它，正处于"成、住、坏、空"无一刻不易的过程。某甲，却浑浑噩噩难以觉察。

细想，嚯！相对顽石、地球、星系，人生一世，弹指一挥间！

悦读二

想想地球，想想日月，想想星系，想想以太，想想非时之空，庄子的格局似乎并非不可想象。

几十年、百把年，或者一眨眼，世事人生无常。

天地之间，得过且过，得有且有？得富且富，得欢且欢？或者，彻悟常与无常，彻悟非常非无常，闻道而信、而修、而往？

去向哪里，实在是个人自己的事、个人自己的选择。所以，此问，乃自问。

五　道在屎尿

东郭子问于庄子曰："所谓道，恶乎在？"

庄子曰："无所不在。"

东郭子曰："期而后可。"

庄子曰："在蝼蚁。"

曰："何其下邪？"

曰："在稊稗①。"

曰："何其愈下邪？"

曰："在瓦甓。"

曰："何其愈甚邪？"

曰："在屎溺。"

东郭子不应。(《庄子·知北游》)

注

① 稊(tí)稗(bài)：田地中的杂草。

悦读一

东郭子问道，自认极为慎重，问的是神圣之事、神圣之物。

不料庄周所答，从蝼蚁，直至屎尿，一路的卑微低下粗鄙。东郭子每况愈恼，最终不再回应。

问道，是严肃认真的请教。

不过，遗憾，东郭子忘了庄子开头所答："无所不在。"

若不在低、不在下，不在卑微、不在粗鄙，道，如何"无所不在"？

东郭子先生之心，向高、向上、向洁、向净、向圣、向伟，以为庄子存心戏弄。一生气，错过了庄子的点拨，也错过了悟道之机。

悦读二

不妨，将心放平。

抬头看天，低头看地，平视天地万物。

"东郭子：'所谓道，在哪里？'

"庄子：'无所不在。'

"东郭子：'愿闻其详'。

"庄子：'在蝼蚁'。

"东郭子：'何其低下？'

"庄子：'在稊稗'。

"东郭子：'怎么每况愈下？'

"庄子：'在瓦甓。'

"东郭子：'愈加的邪，成什么话？'

"庄子：'在屎尿。'

"东郭子恼而不应。

"我体会庄周的意思，道，无所不在，既在天、在地、在神、在人，也在魔、在鬼，在猪在驴、在猫在狗，在河马、在大象、

之间

438

在鼠兔、在牛羊，在豺狼虎豹，在蝼蚁杂草瓦甓屎尿。

"实实在在的，道，无所不在。

"这段问答，我们不妨将其换换'嘴脸'，作个附会。

"某甲：'所谓音声之道，在哪里？'

"某乙：'无所不在。'

"某甲：'愿闻其详。'

"某乙：'在驴吼马嘶。'

"某甲：'何其低下？'

"某乙：'在鸡鸣犬吠。'

"某甲：'怎么每况愈下？'

"某乙：'在野猫叫春。'

"某甲：'愈加的邪，成什么话？'

"某乙：'在饱嗝臭屁。'

"某甲恼而不应。

"我体会某乙的意思，音声之道，无所不在，既在天籁、地籁、人籁，也在魔籁、鬼籁、幽灵籁，在古在今、在俗在雅，在东在西在南在北在上在下、在驴吼马嘶、在鸡鸣犬吠、在野猫叫春、在饱嗝臭屁。

"实实在在的，音声之道，无所不在。"

（瞿小松：《音声之道·自序》）

天道、地道，人道、鬼道，禽道、兽道、昆虫道，相形道、音声道，"一切有形皆含道性"。道，无所不在。

悦读三

不妨，将心放平。

抬头看天，低头看地，平视虚空万象，但见"色不异空，空不异色，色即是空，空即是色"。空，无所不在。

不妨，将心放平，纵眼眺望，太虚空阔，但见"宇宙万物不异本元能，本元能不异宇宙万物，宇宙万物即是本元能，本元能即是宇宙万物"，本元之能，不生不灭，不净不垢，不增不减，非在，非不在。

《庄子·杂篇》文选

（七段）

一　忘言

筌者所以在鱼，得鱼而忘筌。……言者所以在意，得意而忘言。(《庄子·外物》)

悦读

天地有大美而不言，四时有明法而不议，万物有成理而不说。

感天地不思不诠，应四时不拒不取，顺万物不论不断。悟道修真，得其旨，浑然忘言。

二　忘心

故养志者忘形，养形者忘利，致道者忘心矣。(《庄子·让王》)

悦读

天之道，无形。
天之道，无利。
天之道，无心。

忘形，契无形之天道。
忘利，契天道之非利。
忘心，契天道之非"我"。
无我，便无"我"之形、"我"之利、"我"之心。

"天之道，利而不害。圣人之道，为而不争。"(《道德经》)

无"我"之利，便无争、无战、无胜，无伤、无害、不杀。
为而不争，古今圣人之道，普世和平之道。

无"我"之心，无心，利而不害，浑然而合无己无心之天道。

利而不害，顺天道无己，为而不争，习圣人明智，天下太平。

三　无应

故敬之而不喜，侮之而不怒。(《庄子·庚桑楚^①》)

注

443　① 庚桑楚：人名。

悦读一

世间一切乐、苦，如影随形。

敬，世人之情。
因敬而喜，世人之乐。
有敬则有不敬，有喜则有不喜。因敬而喜，必因不敬而不喜。
期盼敬，期盼因敬之喜，心必纠结沉沦于尊卑得失，不复安宁。
不因敬而喜，不因不敬而不喜，我们接近无乐之至乐。
至乐深处，宁寂清虚。

佛家修行，讲究修恭敬心。恭敬心的修行，意在降伏我执与傲慢。

不在意"我"，不因"我的"而紧缩、而堵塞，心开放，心通畅，心旷广，无所不受、无所不纳。

而恭敬的消受者，稍有不慎，我执我慢将随之悄然萌生。故而，有高僧警示：恭敬是毒药！

悦读二

世间一切誉、毁，如影随形。

于一颗自尊自恋之心，不敬，不誉，已然是侮。

一般而言，自尊自恋而敏感的心，脆弱，容易感冒受伤。

期盼恭敬，期盼赞誉，自尊自恋的敏感心，难经风雨。

不敬、不誉乃至诋毁，无论来势柔缓抑或凶猛，我们都感觉受伤。轻伤，中伤，重伤，不一而足。

一旦失控，生气，光火，怒火将自身与对方烧个体无完肤。

佛家禅修，有一法，讲究将赞誉与诋毁统统听为山谷回声。

山谷无心，反射其声而无喜无悲、无欣无怒，没情绪波澜。

悦读三

无听之以心，而听之以气。

爱、恨、恩、怨，喜、恶、亲、仇，贵、贱、高、低，俗、雅、愚、智，心常纠结。以心听，因情、智而累，而伤。

非情，没亲疏，不自伤，不他伤。

非智，没判断，不自扰，不他扰。

彼声轻慢，我寡淡。彼声恭维，我愚蒙。彼声羞辱，我漠然。

无论赞誉诋毁，听之以气而不动之以情，心志清明，宁静致远。

悦读四

有人慕老子圣名，前往朝拜。

见老子修行的洞口邋里邋遢，不若想象般神圣净洁，轻慢之心顿生，睥睨而咄："原以为你是圣人，一见之下，大失所望。非也！"

言毕背转身，扬长而去。

老子没反应。

次日，这人又来，致歉道："昨日我大不恭，冲撞了先生，今日特来请罪。"

老子答:"无所谓啊。你叫我牛,我就是牛。你叫我马,我就是马。叫我猪狗,我就是猪狗。没所谓,叫啥都行。"

老子,觉者。

圣人、牛、马、猪、狗,"名者,实之宾也",觉者境界,无己无相。

圣人、牛、马、猪、狗,平等无二,凡圣等一,觉者境界,无判无断。

不以"圣人"为敬,不以"牛、马、猪、狗"为侮,觉者境界,无喜无忧,无欣无怒。无感于恭敬,无感于轻慢,无感于赞誉,无感于诋毁,心若太虚,无所不就,无所不容,无可,无不可,浑漠坦荡。

四 争胜者不善

……无以巧胜人,无以谋胜人,无以战胜人。

夫杀人之士民,兼人之土地,以养吾私与吾神者,其战不知孰善?胜之恶乎在?(《庄子·徐无鬼》)

千古之叹

"一将成名万骨枯。一将之成名,成名之一将,万兵成枯骨、万民成枯骨。一帅呢?一帝呢?大国小国,国与国争

之间

战呢？

"大军之后，必有凶年。(《道德经》)

"打仗这个事，发动战争的高枕无忧，希特勒萨达姆小布什们不用亲上沙场；军事家欲成名之将得用武之地；兵器商、军火贩获暴发横财之不义商机。惨受战祸之害之苦的，无非平头百姓。

"文明以降，小战、大战不断。且文明越发达、越'先进'，战争手段越酷烈、杀伤越惨巨。一战下来，家破国烂，无数生灵灰飞烟灭。"

"战胜，以丧礼处之。(《道德经》)
"一家之胜，万家丧葬！

●

"兵者，不祥之器。
"胜而不美。而美之者，是乐杀人。夫乐杀人者，则不可得志天下矣。(《道德经》)

"兵者，杀人，战之器，大大的不祥。
"个、十、百、千、万、十万、百万、千万，无论胜方败家，每一战死的士兵，每一无辜的平民，都是曾经有名有姓有血有肉的生命，都是曾经的孩儿、曾经的爹娘、曾经的妻子、曾经的丈夫、曾经的兄弟姐妹、曾经的婆婆公公、曾经的岳母岳父、曾经的爷爷奶奶、曾经的外公外婆。

　　"'战胜，以丧礼处之'。以万家丧葬赢来之胜，丑恶。而以之为美者，以杀人为乐。凡以杀人为乐者，恶魔，不可以得志于天下。"

（瞿小松：《无门之门·〈道德经〉附会》）

　　以天地之心观天下，贩夫走卒、市井小民、文士、将军、元首，或为蝇头小利，或假"国家利益"，以巧而取，以谋而计，以战而争，胜人之心不善。

　　以不善之心杀人士民，兼人土地，养私肥私，人性之大丑大恶大凶。更有甚者，以圣为号，以神为名，杀人士民，兼人土地，人性之大邪大伪大蛮。

　　以己立基，伤杀生命而胜，人性之大憾。

　　无以巧胜人，无以谋胜人，无以战胜人。

　　庄周因深痛而发千古警言！
　　善哉，庄周！

五　散哉，善哉

舜以天下让善卷。

善卷曰："余立于宇宙之中，冬日衣皮毛，夏日衣葛绨①。

春耕种，形足以劳动。秋收敛，身足以休食。日出而作，日入而息，逍遥于天地之间，而心意自得。吾何以天下为哉？悲夫，子之不知余也。"

　　遂不受。于是去而入深山，莫知其处。(《庄子·让王》)

注

① 绤(chī)：细葛布。

悦读

　　舜以天下让予善卷，善卷不受，但求逍遥于天地之间而心意自得。

　　以现今话讲，大舜将王位让给善卷。善卷不要！

　　放着万人之上的大王不争、不做，甘愿为一农夫，简居深山，应天地，顺四时，日出而作，日入而息，伙同万物顺应天地而生、而存、而在、而亡。散哉，善卷！

　　古今真人，不争权、不要权，不争名、不要名，不争位、不要位，单要一个自由。

　　世人俗话讥嘲：自由值几文？

　　嘿嘿，以钱算计的东西，值一文，是一文；值亿文，是亿文。一文、亿文，有账可查，算得清。

　　一文不值？没法估算。

道值几文？

不值一文。

一文不值的自由，一文不值的逍遥，不值一文的道，世人不屑，善卷们要。

名、利、权、位，一文、亿文，生不带来死不带去的东西，大家都想要。

要，老子称之为"欲得"。"欲得"导致争，争导致斗，斗导致战，战导致杀。

大家都想要的，善卷不要。善卷们没名欲、没利欲、没权欲、没位欲。

无欲便无争，无欲便无斗，无欲便无战，无欲便无杀。

无以巧胜人，无以谋胜人，无以战胜人。

天下莫大于秋毫之末。秋毫之末，关乎天下。

倘天下散若善卷，"和平"大概不须使力倡导。

善哉，散人善卷！

六　真人博大

以濡弱谦下为表，以空虚不毁万物为实。……

常宽容于物，不削于人。……

关尹、老聃乎，古之博大真人哉！（《庄子·天下》）

悦读

毁与不毁，害与不害，决于心意，决于意志。

太虚无心，太虚无志。同于太虚而空虚，一任万物自生、自由、自在，无扰，无伤，无毁，无害。

倨傲与谦下，决于"我"之大小。

太虚无心，太虚无我。同于太虚而空虚，倨傲无处生、无由起。

山河大地，日月星辰，万物生、灭、盛、衰。

万物有，太虚空虚。万物不有，太虚空虚。

心若太虚而空虚，宽阔旷广，无所不容。

心若太虚而空虚，寂静无己，容而无意无念。

心若太虚而空虚，混沌无志，容而无判无断。

心若太虚而空虚，浑漠无绳，容而没亲疏没取舍。

庄子言下真人，知天地之博之广，同于太虚而空虚，濡弱谦下。

庄子言下真人，知天地之慈之厚，同于太虚而空虚，为而不争饶益众生，利而不害善待万物。

"圣人常善救人，故无弃人；常善救物，故无弃物。"（《道德经》）

"以濡弱谦下为表，以空虚不毁万物为实。……常宽容于物，不削于人"，庄子尊关尹、老聃为古之博大真人，后人尊老子、佛陀、耶稣为圣者。

七　悠哉，庄周

寂漠无形，变化无常。
死与生与，天地并与，神明往与！
……古之道术有在于是者。庄周闻其风而悦之。……
独与天地精神往来，而不敖倪①于万物。
不谴是非，以与世俗处。……
上与造物者游，而下与外死生、无终始者为友。（《庄子·天下》）

注

① 敖倪：通"傲睨"。

悦读

天道寂漠无形，万象迁化无常。

"夫物芸芸，各复归其根。归根曰静，静曰复命，复命曰常。"（《道德经》）

不悦生，不惧死，应天地，顺万物。

非生非灭，即生即灭。悠悠兮与天地并，冥冥兮与神明往，庄周心悦趋之。

同于太虚而空虚，无己，无心，于万物不俯不仰，独与天地精神往来，而不傲睨于万物。

同于太虚而空虚，无志，无断，于世间不见是非，独与天地精神往来，而不傲睨于世俗。

同于太虚而空虚，无亲，无疏，于雅俗富贫不见尊卑，独与天地精神往来，而不傲睨于社稷。

同于太虚而空虚，无取，无舍，灵与造物天道神游，性与外死生、无终始者为友，自与天地精神独往来。

体悟天道之无言无辩不昭，
深契无言无辩不昭之天道。
逍遥寂漠，悠哉，真人庄周！
无功不才，散哉，神人庄周！
以己立人，善哉，至人庄周！
悠哉，庄周。散哉，庄周。善哉，庄周。

悦读庄周，空无古今，至乐无乐。

后记

陶潜苏轼之间
庄周老聃之间
老子耶稣之间
基督佛陀之间

古今之间
宇宙之间

天不言兮，日往月运。